DAXINAN WENXUE LUNTAN DISIJI

大西南文學論壇

大 / 西 / 南 / 文 / 学 / 论 / 坛　　流沙河题

第 4 辑

朱寿桐　白　浩　主编

四川大学出版社

SICHUAN UNIVERSITY PRESS

图书在版编目（CIP）数据

大西南文学论坛．第4辑 / 朱寿桐，白浩主编．—
成都：四川大学出版社，2022.7
ISBN 978-7-5690-3310-6

Ⅰ．①大… Ⅱ．①朱… ②白… Ⅲ．①地方文学史—
西南地区—文集 Ⅳ．① I209.97-53

中国版本图书馆 CIP 数据核字（2019）第 291513 号

书　　名：大西南文学论坛（第4辑）
　　　　　Daxi'nan Wenxue Luntan（Di-4 Ji）
主　　编：朱寿桐　白　浩

选题策划：何　静
责任编辑：何　静
责任校对：周　颖
装帧设计：墨创文化
责任印制：王　炜

出版发行：四川大学出版社有限责任公司
　　　　　地址：成都市一环路南一段24号（610065）
　　　　　电话：（028）85408311（发行部）、85400276（总编室）
　　　　　电子邮箱：scupress@vip.163.com
　　　　　网址：https://press.scu.edu.cn
印前制作：石　慧
印刷装订：成都市新都华兴印务有限公司

成品尺寸：170 mm×240 mm
印　　张：15.5
字　　数：271千字

版　　次：2022年7月 第1版
印　　次：2022年7月 第1次印刷
定　　价：75.00元

本社图书如有印装质量问题，请联系发行部调换

四川大学出版社
微信公众号

目　录

大西南区域文化与文学

多民族文学与文化

文学个案研究

蜀 山 讲 坛

特辑：《骏羿的诗》

域 外 视 野

大西南区域文化与文学

昭通文学的特征、短板与突围透视

□艾自由①

    昭通是一部深邃隽永的典籍，是一轴翰墨馨香的长卷。新时期以来，昭通作家群与昭通文学现象如雨后春笋，破土而出。昭通文学在书写新的光荣与梦想的同时，也见证了新中国成立以来中国地域性文学群体及广大作家的艰辛文学追梦之旅，充分展示了昭通作家群在新时代的创作理想。昭通文学堪称云贵高原璀璨的文学星空。随着时间的推移，人们越来越注意到，在昭通这块经济相对落后的土地上，文学精神不仅不贫穷反而很富裕，文学之花不但未枯萎反而更鲜艳，昭通作家群已形成了一个实力雄厚、风格各异、老少相扶的创作群体。小说以夏天敏、曾令云、黄玲、潘灵、胡性能、刘广雄、傅泽刚、杨昭、吕翼、沈洋、朱镛、徐兴正、叶听雨、意千重为代表，诗歌以雷平阳、麦芒、李骞、樊忠慰、陈衍强、夏吟、夏文成、尹马、王单单、影白、芒原、张雁超、杨碧薇为代表，散文以雷平阳、淡墨、阮殿文、刘平勇、杨恩智为代表，报告文学以曾令云、刘广雄、杨莉为代表，戏剧以蒋仲文、廖天云为代表，文学评论以宋家宏、李骞、黄玲、艾自由、尹宗义为代表。昭通文学在小说、诗歌、散文、报告文学、戏剧、评论方面所取得的成就是云南省其他州市所不可比拟的，撑起了云南文学创作的半壁江山，堪称云南省当代文学的新重镇。在昭通作家群已成为昭通市乃至云南省文学艺术繁荣发展的一张新名片的

---

①   艾自由：昭通市文联副主席、昭通市文艺评论家协会副主席兼秘书长、昭通市作家协会常务理事。中国文艺评论家协会、云南省作家协会会员，第八届全国中青年文艺评论家高级研修班、第九届云南省中青年作家培训班学员。在《文艺报》《中国艺术报》《杂文月刊》《文学评论》《艺术百家》《中篇小说选刊》《作品与争鸣》等报刊发表文学评论200余篇，多篇入选《新形势下文艺评论的理论与实践》《文化自觉与当代文艺发展趋势》《中青年文艺评论文选 2014 年度》《云南青年批评家文萃》等文论选本，编著有《诗痴麦芒》，与人合著有《昭通文学三十年》《文学昭通》。

今天，我们回头审视昭通文学，就会发现，文学的火光在昭通只会越燃越旺！

一、昭通小说在"再现现实"中寻求突围

昭通小说创作，人才辈出，成绩斐然，特别是进入21世纪后占据昭通文学领军地位，长篇、中篇、短篇并进，其中以中篇小说成就最高。

1."底层叙事"的本土化和深开掘。这是昭通小说引人特别关注之处，也是制约昭通小说向纵深推进的瓶颈。以第三届鲁迅文学奖中篇小说奖得主夏天敏来说，其"乡村情结"来源于他所认定的"苦难是我永不背离的主题"的一以贯之，来源于"热爱家园"的故土情深和悲悯情怀。这种"乡村情结"的特点表现为对乡村人和事多层次的批判角度，多层次的意义交融，多层次的主题呈现。而曾令云以昭通的地域为书写背景，迄今出版了12部共计五百多万字的长篇小说，是昭通出版长篇小说最多的作家。面对昭通恶劣的生存环境和巨大的生存压力，夏天敏、曾令云等本土老作家代表和季风、吴运强、吕翼、刘平勇、沈洋、朱镛等中青年作家代表一样，不是简单地展示苦难、欣赏苦难，而是理解苦难、超越苦难，将苦难变成一种自觉践行"团结奋进、热爱家园、无私奉献、只争朝夕"的"昭通精神"动力。但是"底层叙事"书写本土特色不鲜明和深开掘不足的问题，随着时间的推移已暴露出来。如何实现"底层叙事"的鲜明本土化和深开掘的有机结合，将是昭通小说进一步发展必须解决的首要问题。

2."都市小说"的批判性。昭通当代都市小说一直是昭通当代文学的短板，近年来有所拓展。从昭通本土青年作家吕翼来看，其都市题材小说主题的深开掘、涉及的多领域、写作的高技巧，以及所体现出来的小说批判精神，无疑给我们带来耳目一新之感。吕翼都市题材小说有对城市家居现实与另类生活的批判，有对城市官场权色交易和从政心态失衡的批判，有对充满现代都市气息网恋无所适从的批判，有对都市金钱至上爱情观和爱情陷阱的批判，有对城市现实生活与欲望彼岸的批判。而傅泽刚的小说大多采用第一人称和昆明真实地名的写法，调动自己作为画家得天独厚的艺术积累，尽力拉近与读者的距离，让小说真实起来。这不是小说技巧，而是真实生活的文本再现，或者说这本身就是生活的启示。傅泽刚别具一格的"昆明都市小说"，从一个侧面显示了"昭通人在昆明"的"旁观者

清"！

3. 网络小说与纸质小说并行不悖。昭通的网络小说家虽然人数不多，却发展势头不错。70 后网络小说家叶听雨的《脸谱》2009 年 6 月荣获"全国网络文学 10 年盘点"十佳优秀作品奖、人气作品百强奖。《脸谱》集文学性、娱乐性和可读性于一体，因对社会转型期官场生活和人性脸谱般的复杂性比较立体深刻的展现和揭示，当之无愧应列入 70 后的优秀长篇小说行列。而 80 后网络小说家意千重 2009 年 7 月开始在起点中文网上撰写网络小说，系起点中文网白金作者，创作有《剩女不淑》《喜盈门》《世婚》等多部网络长篇小说。意千重擅长用浓淡皆宜的笔触描绘女子内心最柔软最温暖的故事，颇受读者欢迎。

4. 破解"雅俗共赏"难题。怎样实现"雅俗共赏"，写出直逼心灵的作品，是当前和今后相当长一段时期昭通小说家亟待解决的问题，是昭通小说在"再现现实"中寻求突围的关键所在。

二、昭通诗歌在"表现自我"中张扬个性

在昭通，许多文学爱好者是由于爱好诗歌而喜爱文学的，昭通文学最早也是由于昭通诗歌而声名远播，不少诗人诗作在全省甚至全国都有一定影响。

1. 高扬理想主义旗帜的"高原诗"。滇东北高原无疑是昭通诗人的诗歌矿藏，就其特质，高原诗的语境和高原的地理地貌一样，厚重、结实、雄浑、辽远，甚至苍凉、沉郁，展示的是博大的胸怀和深邃的思想，这是高原诗歌的文化品质和思想依托。昭通诗人的诗歌，彰显了这种文化和精神，也具备高原的质地和力量。以傅泽刚为代表的昭通"高原诗"表现了昭通诗人对乌蒙群山的一往情深，具有浓郁的滇东北高原的乡土气息，是"云南精神"的诗意呈现。傅泽刚的"高原诗"在全国文坛形成的冲击波，对昭通其他诗人有或多或少的影响与激励，其中比较突出的有雷平阳、陈衍强、尹马和夏吟等诗人。

2. 在"表现自我"中百花齐放。雷平阳总能在那些粗粝而渺小的细节中，发现生命的欢乐和悲怆。其诗集《云南记》2010 年 10 月获第五届鲁迅文学奖诗歌奖，颁奖辞道："诗人怀着一颗大爱之心，在云南的大地上穿行，在父老乡亲的生命历程中感悟，在现实的土地和历史的星空中往

返，打造出一片神奇、凝重、深邃的诗的天空，流贯其中的精神则超越了地域限制，而具有普通人性的价值。"樊忠慰自1991年8月在《诗刊》发表处女作以来，基本每年都要在《诗刊》发表诗歌，至今单在《诗刊》发表诗歌就逾百首。樊忠慰的诗歌是其天真淳朴心性的自然流露，他的许多诗句如同梦呓，极富人生哲理，特别是其诗歌鲜活的口语、灵动的意象、泣血的咏叹很难进行深度破译和贴切解读，只可意会不可言传，让人回味无穷。麦芒的一行诗《雾》："你能永远遮住一切吗？"是第一首在《诗刊》上发表的昭通诗歌。1995年1月，因该诗被侵权而引发的诉讼被确认为"世界上内容最短的版权诉讼案"，从而创"大世界吉尼斯之最"。这首微型诗及其各种评论文章出现在全国上百家报纸杂志和诗歌选本中。麦芒的另一贡献就是对现代四行体诗的探索与实践，2000年出版的《麦芒四行体诗二百首》是我国第一本以"四行体诗"命名的诗歌专集。陈衍强的口语诗平白如话，善于调侃，诙谐幽默，喜欢用真人真事入诗，善于描写老百姓辛酸又充满温情的生活，让诗歌产生"含泪的微笑"式快感是其诗歌的独有魅力，是"欧·亨利手法"在诗歌中的娴熟运用。夏吟的诗歌充分融合我国古代"诗缘情"和"诗言志"两大诗歌传统的优长，唯美性和现实性相结合，讲究语言美和意象美。夏吟诗歌意象具有明朗化、生活化的特点，因充盈其间晶莹的纯真气息，而开拓出了属于自己的一片独特诗意天空。尹马的诗歌先锋意识强，富有刚性，讲究力度和硬度，诗集《尹马诗选》中的诗如崇山峻岭，奇险奇峻，也不失良醇甘露之清冽，小桥流水之顺畅，把抒情蕴含在叙述之中，在浪漫的思绪里坚守着自己的精神家园。另外，李骞、沈沉、成忠义、夏文成、陈卓、李果、王单单、影白、芒原、张雁超、杨碧薇等诗人在诗歌创作上取得较为突出的成绩。

三、昭通散文在"表现自我"与"再现现实"中左右徘徊

昭通散文作者众多，昭通作家中不少人把写散文作为主攻小说、诗歌的前奏，但在省内外有影响者不多。

1. 雷平阳的"新散文"与淡墨的"诗散文"。雷平阳的散文具有独秀于林的风格特征，他被推为"新散文"青年代表作家之一，作品入选过年度中国散文排行榜。淡墨的诗散文是在散文的形式和特质上加入了诗的元素，但比诗的容量大，比散文的意境深远，从而更具诗情画意的

特质；淡墨诗散文言简意赅，生动形象，真正做到了在诗散文的创作上文体意识自觉化、题材把握多样化、艺术手法成熟化、文体文本实证化。另外，阮殿文、刘平勇、黄代本的乡土散文以其浓郁的"乡土气"与"文化气"受到关注，杨琼的休闲散文则因以情感人的魅力与说我世界的精彩受到青睐。

2. 在无法超越自我中散文日趋边缘化。除上述几位散文家外，具有个性化和有影响力的散文家不多。昭通散文最大的弊端在于"表现自我"的"小女人散文"和"小情感散文"大行其道，缺少"再现现实"的"大我"的大散文。散文在昭通文学中最脆弱而日趋边缘化。

四、报告文学在接地气中弘扬正能量

从报告文学来看，昭通没有专攻报告文学的作家，多属客串者，却有可圈可点之处。

曾令云的《一桥飞架南北　乌蒙天堑变通途》2001 年获中国报告文学学会主办的全国报告文学大赛一等奖，《延续生命的求索》2004 年获中国报告文学学会主办的全国报告文学大赛特等奖。他经过半年多实地走访，以昭通扶贫工作为主题创作的 40 余万字的长篇报告文学《春暖乌蒙》在 2017 年《十月》杂志增刊全文发表，全景式呈现了昭通人的生存状态及脱贫之路。2017 年 4 月，在昭通市委、市政府主办，昭通市委宣传部、市文联与《十月》杂志社承办的曾令云长篇报告文学《春暖乌蒙》研讨会上，中国作协副主席吉狄马加认为，《春暖乌蒙》不仅以翔实的数据和细致的笔触描述了昭通的扶贫工作，更全方位展示了昭通的历史、经济及文化等，呈现了昭通人的生存状态和精神变迁，既有历史的纵深度，也有地方的文化感。云南省副省长张祖林认为，《春暖乌蒙》既揭示了昭通深度贫困的原因，又写出了昭通实施精准扶贫之后的变化，各级的领导扶贫干部的奉献以及扶贫群众的拼搏，催人奋进，彰显了昭通人的精神。

刘广雄在《中国作家·纪实版》2010 年第 5 期全文发表的长篇报告文学《中国维和英雄》，记录了我国派出维和警察参与国际维和行动十年间发生的感人故事，突出反映了在海地地震中遇难的八位维和英雄特别是云南边防总队的三位英烈的先进事迹，以大量鲜为人知的第一手资料，生动感人的文字，展现了新时期中国公安边防警察敢于担当、勇于献身的精神，在社会上引起较大反响，2011 年获云南省首届《百家》文学奖。

杨莉在《中国作家·纪实版》2015 年第 6 期全文发表的长篇报告文学《断裂带上的断裂》为云南省作协重点扶持作品，全景式记录了 2014 年"8·03"鲁甸地震后，军、地、民万众一心、众志成城抗震救灾，呈现了一个国家、一个民族面对灾难时同心同德、众志成城的精神。人性中最美好的一面在作品中充分释放，人性之光照耀在灾区，温暖着人心。对于进一步凝聚重建的强大正能量，奋力夺取灾后重建的全面胜利，其意义重大而深远。

五、戏剧创作成绩不菲但有断代危险

从戏剧创作来看，20 世纪 80 年代在昭通风行一时，90 年代后由盛转衰，2000 年后有断代危险。虽然创作者较少，成绩却不菲。

蒋仲文、廖天云始终坚持戏剧写作，成果颇丰，多部剧作荣获中国戏剧文学奖、曹禺戏剧文学奖、中央电视台电视剧创作奖、云南省文学艺术政府奖等奖项，可谓昭通的戏剧双雄。昭通有着丰富的文化资源，在舞台艺术和影视产品在一个地方的文化建设和旅游宣传中所起的作用越来越重要的今天，戏剧创作已经成为昭通文学的一个短板，昭通的戏剧创作需要重整旗鼓，需要人才培养、选题策划、演出支持等多方面的扶持，同时，也需要昭通的剧作家和文艺演出团体、文化传播机构相互沟通合作。让人欣慰的是，2010 年 11 月，永善县文联举办廖天云戏剧文学创作座谈会，就如何进一步搞好戏剧文学创作，围绕剧作家廖天云的戏剧创作暨反映农村人口与计划生育题材的新作《死结》展开座谈讨论。2014 年 7 月，由云南省文联和昭通市委、市政府联合主办的"纪念反世界法西斯战争胜利 70 周年——蒋仲文剧作《战争五部曲》研讨会"在昆明举办，与会专家对此系列作品给予了高度评价，认为其不仅在内容上具有较强的现实意义，在形式上，《战争五部曲》也作出了不少创新。在戏剧创作和演出日渐萧条，戏剧创作后继无人的现实情况下，这两次研讨会体现了云南各级文联和昭通市委、市政府对戏剧创作的重视和支持，让我们看到了些许繁荣地方戏剧创作的希望和曙光！

六、昭通文学评论与文学创作并驾齐驱

总的来看，昭通的文学评论以昭通学院为大本营，与文学创作相得益彰，是昭通作家群健康成长的重要保障。但"客串者"多，专攻者少。

宋家宏对"昭通作家群"和"昭通文学现象"的整体把握和重点作家分析多有精辟的独到论述。2004年在云南昭通作家创作研讨会上，宋家宏的发言引起了全国著名作家的关注，贾平凹在听了发言后说，"从创作方面看，与昭通作家群相比较，商洛作家群缺乏一两个很好的评论家，一个作家群的成长需要有好的真正建设性的意见。昭通作家群之所以不断在成长和进步之中，其中一个很重要的原因，就是拥有像宋家宏这样的文学评论家"。2011年以来以"昭通作家群"和"昭通文学现象"为研究对象的两个课题组引起关注。一个是以云南省文艺评论家协会副主席、昆明文学艺术研究院院长冉隆中为组长的课题组，以昭通本土中青年评论家、作家尹宗义、艾自由、吕翼、朱镛、杨昭、夏吟为主体，采取文学普查与典型文本分析相结合的"点面结合"方式进行研究，课题成果于2013年11月由冉隆中主编，以《昭通文学三十年》为书名由云南人民出版社出版。另一个是以云南省文艺评论家协会副主席、云南民族大学李骞教授为组长的课题组，以云南民族大学教授、研究生为主体，山东大学文学博士刘启涛，《边疆文学》编辑田冯太，《边疆文学·文艺评论》编辑朱霄华，昭通市文艺评论家协会副主席艾自由、尹宗义，楚雄州文艺评论家协会副主席杨荣昌等人加盟撰写，采取代表诗人、小说家、散文家、文学评论家个体研究为主的"选点突破"方式进行研究，课题成果于2014年6月由李骞、黄玲、黄立新联袂主编，以《文学昭通》为书名由云南人民出版社出版。两个课题组坚持自己的真诚立场，在文学评论如何发出自己的独立声音上苦下功夫，两个课题成果2013年、2014年相继结集出版后，对助推昭通文学提供了新视角和新参考。

另外，刘廉昌的专著《走进昭通文学——昭通文学创作研究》，杨昭的专著《诗人的魂路图——雷平阳论》、编著的《温暖的钟声——雷平阳对话录》，李骞主编的《夏天敏作品评论集》《樊忠慰诗歌评论集》，蒋仲文选编的《金声玉振——夏天敏作品评论集》，夏天敏主编的《来自"深扎"第一线的报告——沈洋文学作品评论》，艾自由编著的《诗痴麦

芒——麦芒诗文评论集》，也是近年来值得一读的昭通文学研究成果。

结 语

2014 年 5 月，在中国文艺评论家协会成立大会上，中共中央宣传部副部长黄坤明在题为"切实抓好文艺评论"的讲话中要求，"要倡导生动活泼、有血有肉的文艺评论，对不同的现象和作品做具体的、个性的、科学的分析，不断增强评论的说服力和影响力。"中国文联党组书记、副主席赵实在题为"文艺评论要树导向、开新风唱响时代主旋律"的讲话中要求，"要加强对文艺作品本体的研究，深入剖析作品的主题内容、题材体裁、风格样式、人物塑造、叙事手段、表演技巧等，不断提升文艺评论的专业水准。"而当选为中国文艺评论家协会首任主席的著名文艺评论家仲呈祥，在接受《光明日报》记者的专访《导向是文艺评论之魂》中，对文艺评论家的自身修养也提出了一些想法和要求："要提倡实事求是、是其所是、非其所非、说真话、求真理、诉真情的学风，提倡认真攻读、深入生活、耐得寂寞、淡泊名利、享受孤独、潜心学术的学术品格。"

2016 年 8 月，江苏省作协主席范小青在"江苏文学批评传统与青年批评的责任——江苏青年批评家研讨会"上提出："文学的河流里，批评家即是'摆渡者'，连接着读者和作者，读者和作者都离不开批评家的引导和领航。当批评家说出了连作家自己都没有想到的意义时，这才是作家最受用的时刻，会使作家脑洞大开，甚至开启全新创作模式。"

2006 年 11 月，中国作家协会第七次全国代表大会所作《作协工作报告》对五年来我国文学事业取得的成绩和经验进行了回顾和总结，对近年来在全国文坛崛起的"昭通作家群"和获得鲁迅文学奖的夏天敏的中篇小说《好大一对羊》给予了充分肯定。全国有四个被中国作协认定的创作群体，昭通作家群是唯一以市级地名命名的作家群。

当前昭通文学评论的弊端是批判精神不够，特别是对昭通文学的不足挖掘不深，对昭通作家群的未来深入思考不够，需结合上述文艺评论的新论断、新要求切实予以加强改进，切实助推昭通作家群走得更远，助推昭通文学再创辉煌！

"回归"文本：民歌研究的一种路径

——从通江民间文学三套集成整理再版引出的话题

□李国太①

引 言

2018 年 10 月 21—22 日，以"从启蒙民众到对话民众"为主题的纪念中国民间文学学科 100 周年学术研讨会在北京大学举行。会议几乎汇聚了当代中国民俗学和民间文学研究最具影响力的学者。就会议主题设置而言，从"启蒙"到"对话"，正好反映出中国民俗学和民间文学百年探讨的起承转合，而会议论文集的专题设置，也基本涵括了该学科发展的各个领域。据专题设置人北京大学陈泳超教授介绍，本拟以"歌谣""民俗""民间文艺"为名设置三个专题，致敬百年民俗学和民间文学发展史上先后出现的《歌谣周刊》《民俗周刊》和《民间文艺》三个标志性的刊物，但后因参会学者讨论主题溢出此话题，最终设置为"歌谣""启蒙与对话""神话传说故事""民间文艺""民俗""非遗"六个话题。专题设置的扩展，反而引出了"启蒙与对话"的主题，同时"非遗"的出场，又较好地对接了新世纪民俗学或民间文艺研究的新变。笔者将此次会议视为民俗学学科发展的最佳"田野"，借此观察民俗学或民间文学在"继往"中将何以"开来"，又将开向何处。而在观察中，也自然地融入了笔者近一年来参与通江民间文学三套集成整理的体验与感悟，在历史回眸中审视这项局部性工作的整体性意义，力图在学术史的脉络中，凸显通江民间文学三套集成整理、再版的价值。本文的写作虽基于一个县域对其集成时代材料的整理、再版，但却希望从县域出发，展开对百年中国民歌研究范式的反

---

① 李国太：四川师范大学文学院讲师，文学博士，主要从事中国少数民族文学和文学人类学研究。

思，并就如何推进新世纪中国民歌研究，开创具有中国特色的民间文艺研究方法，提供一孔之见。虽自感最后所开"校补""图注"二法并非良方，但舍此一时又无他法，如能借此引起对集成工作的致敬，并以此为起点开创新局面，愿足矣。

一、"继往"的遗产：百年民歌研究历程

回眸百年来的中国民歌研究，按研究方法与路径的差异，大致可分为歌谣学运动及其遗续阶段（1918—1942 年）、文艺服务工农兵阶段（1942—1966 年）、民间文学集成阶段（1978—2003 年）、非物质文化遗产保护阶段（2003 年至今）四个阶段。这种划分不仅受到学术话语的影响，也与社会思潮以及意识形态密不可分，还在无形中影响到对民歌价值的认识。下面集中对前三个阶段进行分析。

（一）歌谣学运动与民歌研究范式的奠基

20 世纪中国民歌研究的兴起与科举制度的废除和新文化运动的发生等一系列社会变革和思想转型密不可分。科举制度废除后，中国传统社会中"士"阶层"学而优则仕"的上升途径被截断，急需通过"学"来确证自我。① 在内忧外患中，他们通过"学"唤醒"民"，成为"民"之导师。在此过程中，民歌这一天然与"民"休戚相关的载体，自然成为知识分子认知中国、实现启蒙的最好途径。与之同时，西学的东渐和新文化运动的发生，又让知识分子认识到"民众"的"知识"在变革时代的资源价值，它们首先被新史学和新文学的倡导者发掘出来并大肆鼓吹。

正是在此背景下，1918 年 2 月 1 日，刘半农在《北京大学日刊》上发表了《北京大学征集全国近世歌谣简章》，由此拉开了歌谣运动的序幕。在传统社会中被大多数士大夫阶层视为难登大雅之堂的民歌，受到前所未有的重视。《北大日刊》开辟了"歌谣选"专栏，每天登载歌谣一首，合计刊登了 148 首。② 1922 年 12 月 17 日，中国第一个民间文学刊物《歌谣周刊》创办，《发刊词》对搜集歌谣的目的作了说明："一是学术的，一是

---

① 徐新建：《民歌与国学》，四川：巴蜀书社，2006 年，第 23 页。
② 钟敬文：《钟敬文民间文学论集》（上），上海：上海文艺出版社，1982 年，第 358 页。

文艺的"；前者基于认识到歌谣"是民俗学上的一种重要的资料"，后者则是"由文艺批评的眼光加以选择，编成一部国民心声的选集"。① 由此可见，民国初年的歌谣搜集已经与传统的"观风俗，知得失"有了较大差异。

要理解北大研究所国学门歌谣研究会为何提出此种目的，必须回到清末民初中国传统学术之现代转型的语境中加以考察。笔者认为，"学术的"对应了中国从传统经学向现代史学转型的时代之需②，"文艺的"则与白话文运动和新文学的发生互为表里。

关于搜集民歌"文艺的"目的，1921 年 6 月 30 日胡愈之在《文学旬刊》上发表的《研究民间传说歌谣的必要》中有如下阐释：

> 企图真实的艺术创作的，必须摄取民族的心灵，探测民众的深底，使全民族的性格和作家的个性，融合而为一。那么在一方面应该和真实的民众多相接触，在一方面更应该对于民间的信仰习俗歌谣故事等等，都有相当的研究。③

在胡愈之看来，民间的歌谣、故事等是作家摄取民族心灵，探测民族性格，致力于真实的艺术创作的重要途径。当时的知识界，在新文化运动的洗礼下提倡白话文创作，提倡能够紧扣时代脉搏又反映民众心声的创作，正因为此，胡愈之进而指出：

> 我对于现在的创作所不满意的，便是太不真切，太缺乏民族的特殊性，要是大家对于民间的歌谣故事，有相当的注意，也许所得的创作成绩，更要好些。④

这样的认知在当时的知识分子群体中不在少数，这得益于白话文学的提倡。这一力图从民歌中吸取营养以壮大新文学的努力，对 20 世纪的中国文学创作影响深远。无论是 20 世纪 30 年代的"大众文艺"，还是 20 世纪

---

① 《歌谣周刊》（第一册），台北：东方文化书局影印，1982 年。
② 周予同：《五十年来中国之新史学》，《经学和经学史》，上海：上海人民出版社，2012 年，第 169—216 页。
③ 胡愈之：《胡愈之文集》（第一卷），北京：生活·读书·新知三联书店，1996 年，第 216 页。
④ 胡愈之：《胡愈之文集》（第一卷），北京：生活·读书·新知三联书店，1996 年，第 216 页。

40 年代毛泽东在延安文艺座谈会上提出的为了人民大众的文艺，都提倡作家从民间文艺中汲取养料，创作具有民族特性的文艺作品。

歌谣征集活动通过"到民间去"的方式，客观上发动了一场被后世学者称之为"眼光向下的革命"，使原本散落在乡野间，难登大雅之堂的"歌"，一跃而成为知识界的"学"。其背后的学理依据既有中国"采诗"以观政之得失的传统，更有对西学东渐后西方现代学科分类体系的借鉴。

当然，"歌谣"之作为"学"，虽开辟了新的学术领地，但其独立性则随着新文化运动的退场和各种西学的分化与整合，逐渐并入民俗学中。1925 年 6 月 28 日，延续了两年半共出版了 97 期及周年增刊一册的《歌谣周刊》，并入《国学门周刊》，歌谣征集和研究虽并未就此中断①，但作为一场"运动"的歌谣搜集和研究却落下帷幕。

"歌谣学运动"虽仅指特定时期的民歌研究，但由此开启的对"民"的发现，却打通了中国传统社会中官、士、民的阶层区隔，并在 20 世纪中后期与中国共产党的人民史观和为人民的文艺观遥相呼应，造就了民歌研究的长期繁荣。

（二）延安文艺座谈会与民歌研究的范式转换

1942 年 5 月毛泽东在延安文艺座谈会上明确提出了文艺为工农兵服务的方针，强调文艺工作者必须到群众中去，熟悉工农兵，转变立足点，为革命事业做出积极贡献。② 随后，大量文艺工作者深入民间，寻找文艺大众化的途径。他们在形式上借鉴和学习民间文艺，在内容上致力于反映民众生活以及其在新民主主义革命中的精神面貌。

就音乐而言，1938 年在吕骥的倡导下，延安成立了"民歌研究会"。三年后，更名为"中国民间音乐研究会"。一大批音乐家深入民众生活，

---

① 1927 年以后，歌谣搜集和研究作为民俗学的组成部分，在广州和杭州生根发芽，并一直延续到抗战时期大后方的民族文化调查中。由刘兆吉编纂的《西南采风录》较具代表性。该书是抗战时期清华、北大和南开三校，从长沙西迁昆明的途中，刘兆吉利用各种机会，采集流行在民间的歌谣，68 天中共记录各类歌谣 2000 多首，在此基础上经过分辨、整理，选择出 771 首歌谣编成的。其中，情歌 640 首，童谣 35 首，抗战歌谣 20 首，民怨 13 首，采茶歌 4 首，杂类 59 首。

② 毛泽东：《毛泽东选集》（第三卷），北京：人民出版社，1991 年，第 847—879 页。

调查采集民间音乐素材，产生了诸如冼星海《论民歌的研究》、钱仁康《论民歌》、安波的《秦腔论》等一批研究民歌的著作。① 这些研究是"为了音乐作品的创作，从这些民间音乐中寻找一定的规律、素材和特征"②。

在 1949 年中华人民共和国成立到 1966 年"文化大革命"爆发这 17 年间，民歌的搜集、整理和改编，得到文化部门和宣传部门的高度重视，虽然在不同阶段搜集整理民歌的方法以及对民歌价值的认识有所不同，但由歌谣学运动所开创的"学术的"和"文艺的"两条路径依然有所体现。

1950 年，诗人何其芳在《陕北民歌选》的序言中，不仅从思想内容上对旧民歌进行了分析，而且充分肯定了新民歌的价值，认为"这种民歌就不再是农民的悲惨生活的表现，而主要是革命的战歌和对于新社会的生活的赞扬了"③。"天然去雕饰"的民歌，被视为民众表达情感的最佳途径，也是最能反映在中国共产党的领导下，劳苦大众精神面貌变化的媒介，由此成为测验民心向背的晴雨表；其质朴、通俗的特征，也成为文艺工作者践行毛泽东延安文艺座谈会讲话精神的学习对象。对民歌的这种定位，迅速得到学界的回应，1950 年国庆前夕，钟敬文发表了《口头文学：一宗重大的民族文化财产》，开篇便从"文艺的"角度肯定了口头文学的价值，他指出：

> 要创造为工农兵服务的文艺，不从民族固有的有价值的文学艺术资产的库藏里去观摩、吸取，就不容易进一步创造出真正民族的、大众的作品。④

这也正是延安文艺座谈会后一部分文艺工作者选择的道路，他们充分汲取民间文学的养分，创作出了为工农兵服务的文艺作品。但是，"人民的口头创作，不只是可以作为我们新创作的题旨、题材，实际上，

---

① 乔建中：《20 世纪中国传统音乐研究论纲》，《国乐今说——乔建中音乐文集》，上海：上海音乐学院出版社，2005 年，第 5—8 页。

② 洛秦：《音乐人类学的理论与方法导论》，上海：上海音乐学院出版社，2011 年，第 35 页。

③ 何其芳：《论民歌》，《中国民间文学论文选（1949—1979）》（中），上海：上海文艺出版社，1980 年，第 21 页。

④ 钟敬文：《钟敬文民间文学论集》（上），上海：上海文艺出版社，1982 年，第 2 页。

有许多本身就是完成了的作品，不是一种'素材'或一种值得入诗的'思想'"①。正因为此，作为民族文化财产的口头文学，便需披沙拣金，这就涉及口头文学的搜集整理。搜集什么，如何搜集，如何整理，这些都是需要探究的问题。由此可见，中华人民共和国成立初期的民歌搜集，虽主要源于"文艺的"，最终却不可避免地与"学术的"勾连在一起。

1950年11月，中国民间文艺研究会创办《民间文艺集刊》，1955年《民间文学》创刊，民间文学在新中国成立后受重视的程度可见一斑。《民间文学》1956年8月号发表了一篇题为《民间文学需要百花齐放、百家争鸣》的社论，基本上反映了当时学界对民间文学的认识。该文指出：

> 忠实的记录，慎重的整理，这是当前需要引起大家注意的头等重要的事情。一切参加民间文学的搜集、整理工作的人，应当把它们看得象法律一样尊严。这就是我们的殷切希望。②

这样的态度是具有代表性的，也符合搜集和整理民间文学的科学态度。实际上，在1956年到1957年，民间文学的搜集整理在《民间文学》《民间文学集刊》等刊物上，曾引起热烈讨论，其中刘守华与李岳南、刘魁立与董均伦之间的争论还火药味十足。争论表面上是针对民间文学的搜集方法，背后却隐含着民间文学研究范式，即应是"学术的"还是"文艺的"之争。此间的争论似乎还未溢出学术讨论的范围。到1958年，为了配合"大跃进"的政治宣传，新民歌一跃而成为全国最具影响力的文艺形式。在1958年3月召开的"成都会议"上，毛泽东倡议搜集民歌，认为民歌是中国诗的一条出路；在党的八届二次会议的讲话中，毛泽东又谈及全面搜集民歌的问题，而且对搜集的范围和办法都有明确指示。1958年4月14日，《人民日报》发表了《大规模地搜集全国民歌》的社论，指出"这项工作已经引起了各地领导机关相当的重视，已经完全有条件可以大规模地进行"，号召"需要用钻探机深入地挖掘诗歌的大地，使民谣、山

---

① 钟敬文：《钟敬文民间文学论集》（上），上海：上海文艺出版社，1982年，第18页。

② 中国民间文艺研究会：《民间文学搜集整理问题》（第一集），上海：上海文艺出版社，1962年，第7页。

歌、民间叙事诗等等象原油一样喷射出来"。① 在此号召下，出现了全国上下创作新民歌的景象。当时的统计数据显示，这些被称为"新民歌"的作品数量众多，仅以四川省为例，截至 1958 年 10 月，141 个县市便编印了 3733 种民歌小册子，其中仅古蔺一县便印了 600 余种，而叙永县编印的个人诗选达到 50 种。②

与此同时，民歌的搜集也成为一项政治任务，其参与者已不仅仅限于从事民间文艺研究的学者，如贵州省委在一个搜集民歌的通知中便明确提出要求：

> 一、希望各地宣传部门，文化普及机构抓紧这一工作，配合青年团、工会、妇联等单位，广泛宣传，组织人力，进行搜集。
>
> 二、希望所有的上山下乡的干部、中小学教员、民校或扫盲教员、业余文艺爱好者、在乡中学生以及广大农村知识青年都动起手来，人人搜集，不让民歌散失。
>
> 三、希望各县文化馆、站帮助与指导全县所有的俱乐部、创作组进行收集，将自编的和社员编唱的民歌记录下来，加以整理、编印。
>
> 四、结合县、区、乡的各种工作会议，通过各种座谈会，会演大会，普遍进行宣传，并采用各种方法，鼓励与推动搜集工作。③

如果隐去时代背景，单就搜集的方法而论，该要求无疑与 20 世纪 80 年代以后的民间文学集成工作有类似之处。问题在于，这种民歌搜集活动已完全溢出了学术范畴，而演变为一项配合"大跃进"的政治任务。如 1958 年 7 月的全国民间文学工作者大会，确立了"全面搜集，重点整理"的方针，以及"忠实记录""适当加工"的搜集整理方法，同时也强调要努力做到：

> 一、必须是政治挂帅，走群众路线。只有走群众路线，众人

---

① 天鹰：《1958 年中国民歌运动》，上海：上海文艺出版社，1978 年，第 65—66 页。

② 天鹰：《1958 年中国民歌运动》，上海：上海文艺出版社，1978 年，第 11 页。

③ 天鹰：《1958 年中国民歌运动》，上海：上海文艺出版社，1978 年，第 87—88 页。

动手，遍地开花，我们也才能飞跃前进；

二、要努力浇花锄草，兴无灭资，以配合文化革命，促进群众创作与作家创作的新发展，促进社会主义的民族新文化的繁荣；

三、我们要提倡敢想、敢说、敢做和实事求是相结合的思想作风。①

现在看来，在此过程中，作为民族"新诗"的"民歌"，其"民"与"歌"的所指都发生了本质变化。如果说1957年之前中国民歌的搜集、整理还延续了民国歌谣学运动所开创的"学术"的传统的话，那么，1958年的新民歌运动，则更多的是在"文艺"的口号下，进行政治的动员与宣传，已经远离民歌的本质。由此产生的数量巨大的新民歌，无论是在思想内容还是艺术形式上，正如有学者曾一针见血地所指出的：

新民歌体实际上是伪颂歌的最佳形式，其形式之"民间性"给其实用政治目的打了掩护。

如果我们以今天的眼光来重新审视在新民歌运动中产生的典型作品《红旗歌谣》，便可以得出如下结论：

《红旗歌谣》所代表的新民歌是一种写特定政治——文化目的而制造的俗文学，它是一柄双刃剑，一方面扫除了口头文学，另一方面整肃了上层文学。它用一种破坏性的方式排除了中国传统文化中一直存在的上层/下层—书面/口头之对立。②

时隔半个世纪之后，重新回望这场运动，我们发现，它在一定程度上不但未促进中国新诗的发展，反而阻碍了中国文学的雅俗互见与上下勾连。

1958年，全国上下都沉浸在新民歌的创作与搜集、整理中，但这股潮流随着"大跃进"的退潮而迅速冷却。1959年，民间文学的搜集和整理逐渐回到正轨，一些刊物又开始讨论民间文学记录、整理的原则与方法，刘

---

① 贾芝：《采风掘宝，繁荣社会主义民族新文化》，《拓荒半壁江山：贾芝民族文学论集》，北京：文化艺术出版社，2012年，第17页。

② 赵毅衡：《礼教下延之后：中国文化批判诸问题》，上海：上海文艺出版社，2001年，第58页。

魁立、陶阳、毛星等人都参与其中，讨论的焦点在"忠实记录，慎重整理"。这场讨论当然也烙上了时代烙印，如刘魁立在《再谈民间文学搜集工作》中便说道：

> 搜集问题不能被看作只是技术、方法的问题。这次讨论实际上是一场关于民间文学观的辩论，里面是包括了思想斗争的。①

无论如何，中华人民共和国成立后的 17 年间，民歌作为可以"发展民族新文化"和"提高民族自信心"的"国家文化财富"，搜集民歌作为"我国社会主义革命和社会主义建设的伟大事业的一个不可缺少的方面"②，得到了国家的充分重视。20 世纪 60 年代初，中国音乐家协会、民族音乐研究所、音乐出版社等单位开展了《中国民间歌曲集成》的编辑工作。总之，其间虽经历了新民歌运动的狂热，但对民歌"学术的"与"文艺的"两种认知并行不悖地体现在民歌的搜集、整理与研究中。

（三）"集成时期"与民歌研究范式的复归

1979 年 7 月，文化部和中国音乐协会联合发出《收集整理我国民族音乐遗产规划》的通知，要求重新编辑因"文化大革命"而中断的《中国民间歌曲集成》。明确提出，各卷均"要有充分的代表性、文献性、科学性、艺术性"，并且要求做到"质量高、范围广、品种全"，从而开启了中国民歌搜集、整理与研究的"集成时期"。总主编吕骥对民间歌曲"集成"工作有如下定位：

> 这部多卷本的民间歌曲集成，在某种意义上可以认为是两千多年前的《诗经》的续编，不过，在规模上性质上是有了新的发展……歌词和曲谱加上录音都收集了。在内容上更广泛了，过去被忽视的属于远古人民创造的各种劳动歌曲，都列入了《集成》的重要内容。编选的目的不再是为了研究人民的政治情绪了，而是出于文学和艺术方面以及社会学等方面研究的需要。③

---

① 中国民间文艺研究会：《民间文学搜集整理问题》（第一集），上海：上海文艺出版社，1962 年，第 164 页。
② 贾芝：《谈各民族民间文学搜集整理问题》，《拓荒半壁江山：贾芝民族文学论集》，北京：文化艺术出版社，2012 年，第 128 页。
③ 吕骥：《中国民间歌曲集成·总序》，《音乐研究》，1992 年第 3 期。

紧接着，1984 年文化部、国家民委和民研会联合下发 808 号文件，发起编纂中国民间文学三套集成，其中的《中国歌谣集成》接续了《中国民间歌曲集成》的工作，只是前者重在音乐，而后者则偏重文学。作为一项重大的文化工程，此项工作延续了二十年。其最重大的价值在于对中国歌谣进行了史无前例的调查和搜集，使随着农耕文明而逐渐势弱的民间歌谣，得以用纸质媒介的方式保存。

"集成"工作由文化部牵头，由各地的民间文艺研究会和民间音乐协会的骨干组织更多的工作人员进行采集、收录和整理，在规范性上，远远超过了新民歌运动时期的民歌搜集。同时，集成时期的民歌搜集因旨在抢救性地保存民族文化遗产，而非单纯地发展"民族的新诗"，因此不仅仅注重搜集歌词，民歌的曲谱也是重点搜集的对象，使得劳动号子这类曲调丰富但歌词简单的民歌也进入集成。就搜集的广泛度而言，在搜集反映新时代、新生活民歌的基础上，将劳动歌谣、风俗歌谣、儿童歌谣、山歌、小调等均纳入搜集范围。与之同时，还将演唱者、采集地、流传地域、搜集者等信息附于民歌后，有利于还原该民歌的生存语境。这在民俗歌谣的搜集中体现得尤其明显。《中国歌谣集成》总主编贾芝明确指出：

> 歌谣集成不仅是各族人民歌谣作品的集粹，同时也包含了对于歌谣相关联的民俗的调查研究成果，在各种说明、注释和附记中科学地阐述和记载了它们之间的相互依存关系。[1]

由此可见，《中国歌谣集成》已不仅仅记录民歌本身，更对与之相关的民俗一一进行调查。这种处理的方式更具学科之规范性，是该时期民歌搜集注重"学术"的体现。但稍显遗憾的是，无论是民间歌曲集成，还是歌谣集成，受入选标准的限定，都对部分歌谣进行了删减，尤其是歌谣学运动时期被称为"猥亵的歌"，基本难以入选。但"集成"工作毕竟使中国的民歌研究重新回到学术的路途。

再将目光聚焦四川。四川在中国民歌研究的以上三个阶段皆侧身其间，虽歌谣学运动时期相比江浙等省区，四川地区的参与有限。在 20 世纪 50 年代的民歌搜集、整理和新民歌运动中，以及 20 世纪 80 年代的民间歌曲和歌谣集成的搜集、编纂工作中，四川都占据重要地位。

---

[1] 贾芝：《谈谈中国歌谣集成》，《文艺理论与批评》，1993 年第 5 期。

以歌谣集成为例,《中国歌谣集成·四川卷》的搜集工作始于 1984 年,截至 1987 年年底,共收录民歌 2117 首。而这 2117 首民歌仅仅是当时四川各县市所搜集到的 20 多万首、7000 多万字民歌的精选集。① 集成工作完成后,四川民歌的研究,虽也有新作,但无论搜集的规模,还是理论与视野均相对滞后,关注重点也逐渐转向民族音乐,汉族地区的民歌搜集和研究相对沉寂。

二、文本研究的起点:民歌分类再探讨

"集成时期"的民歌搜集与整理,为后世留下了一笔宝贵的财富。各民族、各地区丰富的民间文化遗产,以文本的形式得以保存,在民间文化遗产迅速消失的时代,此项工程的价值无疑是巨大的,使民歌真正成为民族文化的财富。当然,在新的理论思潮影响下,今天可能会从诸多方面对当年的工作进行反思。如调查、记录者是以地方精英为主体,他们在搜集和记录的过程中,往往最为关注"歌"的文本,即"歌"的文化意义,对"歌"的旋律和节奏的关注稍显不够。更为重要的是,对于"歌"的分类,完全采纳了当时民间文学界统一的分类方式,即山歌、劳动歌、情歌、仪式歌等固定类型。这固然有利于歌谣的分类整理,但也在一定程度上将"歌"从具体的演唱语境中剥离出来,不利于对"歌"之原生功能和意义的理解。同时,对于"歌者"缘何而唱,以及"唱"的"表演性"和"程式性"的关注也不够。总之,笔者认为,"集成时期"的民歌搜集和整理,在一定程度上使"歌"离开了"唱",而从活态的"生活文化"凝固成文本的"歌唱遗产"。在此过程中,失掉的不仅是"唱",更是对民歌之"民"的主体性的遮蔽。

在新的时代背景下,对于如何呈现民歌搜集中"民"之主体性,笔者以为,近年来被引进中国学界的"表演理论",对于解决这一问题有所裨益,即在搜集中充分注重对歌词之外的各种信息的记录,如唱歌的环境、歌的旋律、节奏,表演者的表情、姿态,与听众的互动、交流等信息。而在此过程中,记录者需放下"启蒙者"的自我认知,以听众的姿态进入

① 中国民间文学集成全国编辑委员会、中国歌谣集成四川卷编辑委员会:《中国歌谣集成·四川卷》(上册),中国 ISBN 中心,2004 年,前言第 12 页。

"唱"的"场"中。要充分体现"歌者"的主体性。当然,记录者必须对歌者缘何而唱,以及何时能唱等问题进行记录,从而使所记录的"歌"成为超越文字文本的复合性、立体性文本。

遗憾的是,20世纪八九十年代搜集到的歌唱文本,随着时代变迁以及人亡歌息等无法避免的原因,这一设想今天已基本无法实现。虽然我们也试图让这些民歌回到民众生活场景,重新以新的方式记录,但生活场景本身就已经变化了,除部分仪式性场合外,"民"已经不再需要"歌","歌"的功能消减了,自然难以回复到演唱的语境中去重新观察、记录歌,即便让人将这些民歌重唱一遍,那依然是一种脱离语境的"表演"。这是时代留下的遗憾,只能在遗憾中寻找来路。我们既要充分肯定"表演理论"和"民族志诗学"等理论,对当下和今后民间文学调查和搜集的推进,却不能仅仅停留在用这些理论来批评和检讨"集成时期"的工作。我们应该做的或许是思考如何继承和推动"集成时期"留下的十分丰富的遗产,即面对卷帙浩瀚的民歌文本,到底能够做些什么。

启动于20世纪80年代的中国民间文学三套集成工程,直到进入21世纪才逐渐告一段落。但迄今为止,除各省卷陆续出版外,大部分县市区卷都只以内部印刷的形式,在极小范围内传播,甚至有些县市卷已经难觅踪迹。这些投入了大量物力、人力、财力,凝聚了各级文化工作者大量心血的国家工程,似乎逐渐被新媒体时代的"众声喧哗"所掩盖,它在文化留存、文化保护、文化建设等方面的意义并未被深入挖掘,多成为"资料"而沉寂在各大图书馆的角落。

笔者以为,在国家大力提倡"文化自信"和"中华优秀传统文化"继承与保护的今天,如何在反思固有成绩的基础上接续这项工作,应该引起人们的重视。只是无论是"反思",还是"接续",都应该回到当年开展这项工作的"前线",即从底层的视角寻求一条可行的道路。以此观之,四川省通江县的文化工作者力图与学界合作,整理、出版该县的民间文学三套集成的价值便凸显出来了,因为这恰好是以"地方"为主体,寻求与学界合作,来"反思"与"推进"当年的工作。而具体到整理工作中,该如何体现这种反思与推进,笔者以为,首先便在于重新探讨"民歌"的类型。综合歌的演唱语境和民众自身的歌谣知识,我们不妨将民歌分为"情歌""力歌""礼歌""儿歌"四大类。下文分别叙之。

"情歌"关键在"情",而这类民歌的演唱地点往往在"野",其歌词通俗、直白，情感表达较为直接，多具有"山野"气息，因此传统上的"山歌"也属于"情歌"。实际上，"山歌"本身就是一个由民众发明、创造，并被学界借用的概念。在川东北的方言中，"山"是"文""野"之分中"野"的代表，如河流下游的人会将上游的人称为"山河老几"，在一定程度上蕴含了"看不起"之意，有时候还含有"落后"的成分。如果评价一首歌很"山"，即是说其歌词"粗俗"；如果说一个人讲话很"山"，则是说其满口脏话。运用到民歌中，"山"不仅暗示此类歌曲演唱的场景在山坡、山场、山顶等野外，更重要的是其歌词"鄙俗"，直抒男女之情，且大胆、直露，所谓"猥亵的"歌谣多出于此类。

此外，在巴山地区唱山歌，不称之为"唱"，而称之为"吼"，同样体现出它的"野"性。正因其演唱方式用"吼"，有的歌词用语又很"山"，山歌可谓是最直抒胸臆的"情歌"，这才使得山歌多不能当着长辈或晚辈的面唱，也不能在家中乃至房前屋后随意唱。如通江有首民歌便唱道：

> 屋团屋转莫唱歌，大小人户子女多。
> 大人听见不喜欢，小娃娃听见要上坡。

此外，情歌还有一个特征是"调定而词不定"，即在同一个"调"下，歌者可以根据演唱的语境，即兴更换歌词。这一特征也使得从情歌中衍生出其他各类歌谣，如时政歌谣、红军歌谣等。但旧有的歌谣分类往往依据"词的多元"而忽视了"调的一体"，故时政歌谣、红军歌谣等被单列一类，从而隔断了它们与当地情歌之间的血脉关联。而在新的民歌分类体系中，它们或许可以作为情歌的衍生类，被归入广义的"情歌"范围。总之，无论从数量的多寡，还是从传唱度的广狭，情歌一般都是一个地区民歌中最为丰富的类型。《毛诗序》说：

> 诗者，志之所之也，在心为志，发言为诗。情动于中而形于言，言之不足故嗟叹之，嗟叹之不足故永歌之，永歌之不足，不知手之舞之，足之蹈之也。①

情歌正是心中之志的自由抒发，只是在一个长期受"温柔敦厚""中庸节制"规训的文化中，这些"多情"的诗便在民间释放出来，成为最具

---

① 郭绍虞：《中国历代文论选》（一），上海：上海古籍出版社，2001年，第63页。

真性情、最具"童心"的诗。

"力歌"关键在"力",亦即劳动,这一类歌谣可大致等同于旧时民歌分类体系中的"劳动歌"。"力歌"一般与集体的体力劳动相伴相生,它的主要功能在于调整劳动节奏,统一劳动步伐,如船工号子、抬工号子、石工号子等。但有一部分在歌词上与情歌类似的歌谣,也可以被归入"力歌",因为它们多是用于劳动者相互之间"开玩笑",目的在于调节劳动的氛围,其戏谑的功能大于表"情"功能。至于薅草锣鼓、薅秧锣鼓等的功能也应与之类似,如通江有首《薅草锣鼓》:

> 你快快地挖来快快地薅,主人家给你热醪糟。
> 哄你的来逗你的,醪糟还在茅坑里。
> 你快快地挖来快快地挖,主人家给你炸麻花。
> 哄你的来逗你的,麻花儿还是揪起的。

这类民歌在"力歌"中所占比重也不在少数,它们与"号子"一样,是旧时劳动中一种旨在调整劳动强度的歌谣,只是一在直接"协力",一在间接"协力"。

"礼歌"关键在"礼"。仪式类型多样,既包括神圣、虔诚的宗庙祭祀之礼,又有喜庆、程式的出生婚娶之礼;既有悲伤、庄严的丧葬之礼,又有神秘莫测的驱鬼之礼。仪式代代相传,不可轻易变更。与之相应,仪式中的歌也神圣而庄严,从歌词到歌调都很难更易。即便是婚姻仪式中的哭嫁歌,都具有明显的程式化痕迹。可以说,"礼歌"是所有歌谣中最稳固的一类,它们服务于仪式,也是仪式的组成部分,一旦形成,便较少受到社会环境的影响。

情歌、力歌、礼歌的分类依据,是基于传唱语境和歌词内容,"儿歌"却主要基于演述主体或接受对象的特殊性,要么由儿童演述,要么由儿童接受。该特殊性也决定了儿歌演述语境的随意性以及歌词内容的简易特征。由于相关论述已经较为丰富,此处不再赘述。

以上分类虽旨在简化和归整已有的民歌分类,避免出现不同类型民歌之间实则相互交织,以及各种类型划分标准不一的问题,但并非没有纰漏,如"情歌"与"时政歌",从内容而言差距颇大,如何既兼顾调式、歌词等内部要素,又考虑演唱语境等外部要素,使分类更具有科学性,还有待进一步论述。这里需要强调的是,笔者的目的不在于确定一个分类模式，而是想指出继承和推进"集成时期"的民歌研究，重新讨论分类是起点。

三、文本细化的可能路径：校补与图注

集成时期的民歌搜集、整理，虽很好地继承了"歌谣运动"的学术传统，无论是参与的人员，还是动用的力量，以及形成的成果，都已远远超过了民国时期的歌谣运动。今天，面对这批已经成型的资料，我们已经认识到，它们既可用作"文艺"创作的素材，又可用作"学术"研究的资料。如果说在歌谣运动发生的初期，搜集、整理民歌的文艺目的大于学术目的的话，那么，经过百年的努力，造就新文学的任务已经完成，中国现当代文学无论是叙事方式、审美风格，还是文学语言的选择，都已完成了现代转型的任务。搜集民歌"文艺的"目的也自然应该让位于"学术的"目的了。时至今日，这一学术目的如何加强，卷帙浩瀚的民歌文本如何进一步发挥其更大的学术功能，笔者认为，"校补"和"图注"或许是努力的方向。

时至今日，如何处理从日常生活中提炼出来的，被固化为文字文本的歌谣，民国学人已经为我们留下了丰富的遗产，这在 1918 年《北京大学征集全国近世歌谣简章》中便已经体现出来。《简章》对歌谣的搜集提出了以下要求，如"歌词文俗，一仍其真，不可加以润饰；俗话俗语亦不可改为官话"；"一地通行之俗字，为字书所不载者，当附注字音"；"有其音无其字者，当在其原处地位画一空格如□，而以罗马字或 phonetics 附注其音，并详注字义，以便考证"；"歌谣通行于某社会、某时代，当注明之"；"歌谣中有关历史、地理或地方风物之辞句，当注明其所以"；"歌谣之有音节者，当附注其谱"。①

总而言之，为了保存歌谣的原真性，对搜集的规范性有较严格的要求，这不仅使歌谣征集成为一种学术行为，具有"现代科学的要求和倾向"，更为 20 世纪中国的歌谣搜集和研究制定了规范。

无论是 20 世纪 50 年代的民间歌谣搜集，还是 20 世纪 80 年代以来的歌谣集成工作，在学术规范上，都大体遵循了歌谣学运动初期所提出的这

---

① 《北京大学征集全国近世歌谣简章》，《北京大学日刊》，1918 年 2 月 1 日。

些方法和准则。至于我们今天依然要重提用传统方法来处理民歌文本，是因为从现实层面而言，"集成时期"的重点工作重在抢救性搜集，而相对忽略了对民歌文本的音义注解和民俗文化背景阐说；而从学术发展的理路来讲，20世纪80年代的方言学、民俗学、歌谣学（民间文学）已经从民国初年服务于歌谣文本的注解，发展成为三个相互独立的学科。正如周星所言：

> 歌谣运动兴起的时候，恰好是中国作为新兴的（多）民族国家亟需确立现代国民文化、形成现代国民意识，完成现代国语的时代。也因此，运动迅速地出现了不同的方向，分别朝向建构民族（民间）文学（例如，生产"民族的诗"和反映国民心声的文本再创造），确立国民生存状态和生活文化（民俗学），促进超越方言壁垒的国语（方言学）等方向分别发展。①

到20世纪80年代，当民间文学界以"国家工程"名义开展三套集成工作时，方言学作为独立的学科早已进入以描写语言学为特征的阶段。它注重通过语言调查搜集第一手语料，构拟出一种方言的语音、词汇和语法系统。而民间文学界和基层文化工作者，由于大多缺乏相应的方言学知识，对民歌歌词中的方言本字的考释和方言义项的注解，往往存在一定的偏差，这无疑影响到民歌文本的学术价值。所以对那些已经搜集、整理的原始材料中的方言和民俗进行详尽的注解，不仅可以更加准确地把握歌词，也有利于厘清歌谣中的文化内涵。这种工作我们称之为"校补"。

与"校补"相对的"图注"，在中国文化传统中有着悠久的历史，从早期的《山海经》《诗经》等古典文献中的图像，到后世以地域为单位的各种图经如《禹贡图》，以及以"他者"为描写对象的《职贡图》，无不说明中国史志的"图文互补"传统，"以图注文"或"以文解图"，都显示出了图的重要意义。地域性的图经，在明清时期编纂的卷帙浩瀚的地方志中得到传承，我们翻开各地方志，总能看到区域全图和城池、道路等各种类型的地图。而对他者进行图像表述的各种图画，在明清时期更为盛

---

① 周星：《对话民众："民俗语汇"与乡土知识》，《从启蒙民众到对话民众：纪念中国民间文学学科100周年学术研讨会论文集》，2018年，第104页。

行，如《百苗图》等。如果说当文字与图像共存在一个空间中，图像的意义可能更多地充当文字的补充的话，那么近代以来的考古发现的大量画像石、画像砖，则以纯粹的图像方式诠释了中国历史的丰富，从而使图像材料甚至成为复原前文字时代人类历史最重要的证据。

近年来，西方史学有"图像证史"之说，中国学者也将"图像"纳入解读"文化编码"的"四重证据法"之中。由此可见，图像的功能已不仅仅在于增强文本的画面感，它本身就是一种十分重要的信息。

19 世纪以来，随着照相机的发明和照相技术的进步，图像成为一种普遍的定格和呈现日常生活的手段，虽然有学者强调图像可能暗含了诸多拍摄者的主观意图，并非世界本身的客观呈现，但我们依然无法否认它对图像世界带来的革命性影响。而自媒体时代的到来，则彻底实现了图像从艺术走进生活，从精英走向大众，从而创造出一个更加多元和更为开放的图像表述时代。

在此背景下，记录民俗的方式，自然不再限于纸笔；记录民俗的主体，也不再限于以"文化人"为代表的地方精英。这不仅仅是民俗记录方式的变革，更是为民俗记录和研究工作从"启蒙"民众走向"对话"民众提供了一种可能。当然，"对话"并非放弃"启蒙"，影像技术的发展毕竟只是提供了可能的途径，而至于记录什么、怎样记录等则在一定程度上蕴含着记录者的观念，远远不止于技术问题，应是属于知识论的范畴。因此，诸如"前路在何方"之类的问题，需要我们加以认真的探讨。

由此可见，"校补"和"图注"是两种可能进一步提升民歌文本的路径，但它们均非无源之水，我们甚至可以这样认为，这是一项回到"原点再谱新章"的工作。笔者认为，就目前而言，面对急速消失的民俗和方言，利用图像补充和阐释集成所记录的材料，其意义不仅仅在于"解读"，它本身就是"后集成"时代对民歌或民俗进行的一项抢救性工作。

正是在"校补"和"图注"的思路下，我们以通江为个案，通过对该县三套集成材料的整理和释读，试图探寻出一条整理民间文学集成材料的路径。我们可以这样认为，在未来若干年里，基于西方口头诗学、表演理论的研究等仅仅代表了中国民间文艺研究的一翼，而对固有材料的整理和释读，以及由此探寻出的一些方法和理论，或许正好代表了中国民间文艺研究的另一翼，而后者更有可能催生具有中国特色的民间文艺研究方法和理论。

结　语

　　21世纪，延续数千年的农耕文化孕育出的民歌面临着前所未有的危机。虽搜集、整理与研究民歌在中国已有百年传统，后集成时期的民歌研究在转向精深化和专门化的同时，却不可避免地出现了碎片化倾向。对于后集成时期是否还需要进行大规模的民歌搜集这样的问题，答案毋庸置疑。此类工作的艰巨性和专业性，需要搜集者不仅具有扎实的学术根底和较强的田野调查能力，更需要持之以恒的精神。当然，作为学者，在"拯救民歌，传承文化"的同时，也需要对民歌之价值作出新的诠释。与民国歌谣运动的"眼光向下"不同，与20世纪80年代三套集成工作的"自上而下"迥异，通江县开启的是告别"启蒙"、平等"对话"的模式，凸显出从"文化自在"到"文化自觉"的转换。总之，我们可以这样认为，通江民间文学三套集成的整理与再版，既有对民国歌谣学运动和三套集成工程的继承，又对新时期中国民歌研究之范式的确定有开创之功，其意义在于继往而又开来。

多民族文学与文化

佤族文学的崛起与创作的突围

——新时期佤族文学发展综述

□ 袁智中[①]

2016 年 8 月，三年一届的全国少数民族文学创作"骏马奖"揭晓，佤族作家伊蒙红木的报告文学集《最后的秘境——佤族山寨的文化生存报告》从 309 部参选作品中脱颖而出，斩获第十一届全国少数民族文学创作"骏马奖"。这是继董秀英之后，第四位获此殊荣的佤族作家。从董秀英到伊蒙红木的三十六年，不仅是佤族文学从无到有、一路发展繁荣的三十六年，也是佤族文学在不断"走出民族"和"返回民族"中寻求创作突围和超越的三十六年，并在这样的创作突围中，不断结出丰硕的果实。

一、佤族书面文学的开拓者

佤族历史上没有形成自己的文字，佤族的民族记忆均依赖佤族丰富的口传文学的世代口耳相传。虽然 20 世纪 50 年代后，以军旅作家为代表的一批汉族作家开始将创作的目光投射到阿佤山这块土地，创作出了一批反映佤族社会生活的作品，但均是以"他者"的眼光、先进民族的审美立场和政治解放的立场去表现一个民族的新生和进步。佤族口传文学蕴涵的天孕地育的恒久信仰和对生存神秘性的咀嚼与感恩，尚未能真正构成民族文学书写的主题。

---

① 袁智中：滇西科技师范学院国际佤文化研究院教授，主要从事文学创作和佤族历史文化研究。短篇小说《最后一封情书》荣获第五届全国少数民族文学创作"骏马奖"新人新作奖，佤族文化散文集《佤文化探秘之旅：远古部落的访问》荣获第九届全国少数民族文学创作"骏马奖"和全国优秀社会科学普及作品；中篇小说《落地的谷种开花的荞》荣获"2002 年度边疆文学奖"。

直至 1981 年，毕业于云南大学中文系，时任云南人民广播电台拉祜语主播和编辑的佤族作家董秀英，在军旅作家彭荆风等文学前辈的热情鼓励和悉心指导下，在《滇池》文学期刊发表了处女作——短篇小说《木鼓声声》，才终结了佤族没有书面文学的历史，拉开了"以我手写我族""以我手写我心"的佤族书面文学的序幕。正如著名作家彭荆风指出的那样："虽然第一次写作，文词、结构都较稚嫩，却写得朴实、清新、有感情。我很高兴，佤族这人数不少的民族，终于出现了第一篇文学作品，这可是'创世纪'。"①

在之后短短的十年间，在各种文学思潮流派此起彼伏、"寻根文学"蓬勃兴起的语境中，在中国作协、云南省作协和文学前辈的扶持和提携下，董秀英携带着故乡佤山的文化因子和浓重的母族文化气息一路狂奔。她相继创作发表了《洁白的花》《海拉回到阿佤山》《佤山风雨夜》《石磨上的桂花》《九颗牛头》《最后的微笑》《河里漂来的筒裙》等十余部短篇小说和中篇小说《马桑部落的三代女人》，连续获得"云南省'民族团结'征文一等奖""云南省 1981—1982 年文学创作评奖优秀作品奖""首届云南文学艺术创作奖一等奖""第二届全国少数民族文学创作评奖优秀短篇小说奖""第四届全国少数民族文学创作评奖优秀作品奖"等多项文学殊荣，成为新时期第一批民族作家群中一颗闪亮的明星。1991 年，董秀英以"马桑部落的三代女人"为名结集出版了佤族第一本书面文学集；1992 年，董秀英的长篇小说《摄魂之地》横空问世。就这样，董秀英以自己的坚韧、勤奋、才情和文学担当，以佤族丰厚的民间文学为基石，从短篇、中篇到长篇，从散文到报告文学，以一己之力支撑和推动着佤族书面文学一路向着"走向全国""走向世界"的目标迈进。在这样强大的创作梦想的推动下，她不断展开民族性书写的探寻与突围，以其"并不算圆熟的文字"传递着佤民族从蒙昧走向文明、从黑暗走向光明、从大山走向世界的铿锵足音，以其独特的文学气质和文学审美在当代文学界引发持久的关注。

综观董秀英的作品，不难看出以她为代表的第一代云南少数民族作家从"乡土批判""伤痕文学"到"文化寻根"，再到部落族群文化的审美重建与回归的努力。在董秀英以《木鼓声声》《洁白的花》《佤山风雨

---

① 彭荆风：《忆董秀英》，《中华读书报》，2001 年 3 月 14 日。

夜》为代表的早期作品中，虽然因为与生俱来的佤族文化使者身份和佤族部落的成长背景，使得她得以"在场者"的身份、以部落族人的审美立场，去展示佤族真实生动的历史过程和鲜为人知的民俗生活画卷，但却像大多初涉文坛的少数民族作家一样，在以"政治解放""民族的新生和进步"为主题的"仿写"过程中，也无声地继承了新旧对比、对"落后"部族文化的批判和对解放赞颂的审美立场，使作品打上了光明与黑暗二元对立的时代烙印。以佤族猎头祭谷、剽牛祭祀习俗为代表的传统习俗，以及与之相应形成的礼俗文化，成为被其批判，需要抛弃、革新的陋习。

然而，正是经历了这样的学习、模仿，董秀英创作日益成熟，沉睡于体内的民族文化主体意识在这样的民族性书写中日渐觉醒。正如彝族作家、评论家黄玲指出的那样："很多作家都是在民族文化的熏染下形成自己对世界的态度。一旦进入写作这一精神活动的空间，对母族文化的依恋和回望，会不自觉地贯穿于作品中。那是作家精神家园的根之所在，灵魂的归宿地。"① 怀揣"让你那古老、深沉、悠远的声音响彻阿佤群山"（董秀英《木鼓声声》）的雄心，董秀英决然放弃"乡土批判"的审美立场和"伤痕文学"的干扰，开始调转写作视角，立足于母族文化的审美立场，带着自第一篇作品诞生之日起就暗含着的母族文化烙印，以其独特的民间文学叙事风格和对母族文化深刻的体验，创作出了《背阴地》《最后的微笑》《九颗牛头》《马桑部落的三代女人》等一批作品，自觉踏上了部落族群文化审美的探寻、重建与回归的历程。

在短篇小说《九颗牛头》中，董秀英完全放弃了之前作品中对母族文化批判的立场，以母语部落族人的内部眼光和文化视角，讲述了佤族老人岩嘎为了实现父辈和自己"剽牛给寨子人吃、做一回真正的佤族男人"的夙愿，几乎用尽了一生的努力。当他一次性拿出九头牛来剽杀，成为寨子中除头人岩松外剽牛最多的人家时，看着墙角九颗齐展展的牛头，终于幸福地、紧紧地闭上了双眼。文中没有对"落后"文化的批判，只有对母语部落族人价值取向和文化审美的深刻探寻和透视。中篇小说《马桑部落的三代女人》和长篇小说《摄魂之地》，虽然未能完全摆脱对母族文化的批

---

① 黄玲：《高原女性的精神咏叹——云南当代女性文学综论》，昆明：云南人民出版社，2007年，第25页。

判和对女性苦难命运控诉的立场，但无论是人物塑造还是文学叙事，均摆脱了初入文坛时的生涩和拘谨，以一种回归母族文化的开放姿态和文化自信，以带有母语特色鲜明语言韵律的叙事和部落族人内部的文化审美，展开了语言的"冒险"和民族性写作的突围，推动着表现主体与语言意象的和谐与完美融合，在丰富了民族文学创作的同时，也为中国当代文学提供了特殊的审美内涵。

二、佤族文学的崛起与繁荣

1996 年，正当文学界为这位赤着脚从马桑部落一路走来、正昂首走向世界的佤山女儿而欢呼时，47 岁的董秀英却因病英年早逝。当文学界发出"刚刚兴起的佤族作家文学，是否会因为她的离去而夭折"的质疑时，1997 年，由佤族诗人聂勒出任责任编辑、云南民族出版社编辑出版的第一个佤族作家文学合集《花牛梦》正式出版发行。该书收录了埃嘎（肖则贡）、袁智中、王学兵、萨姆·荣哉·茹翁、李明富、陈辉、李宏英、赵汝美、吴芳兰等近年来活跃在佤山沧源十名佤族作者的十一篇代表作。其中，李明富的《鸡头恨》不仅荣获本土期刊《佤山文化》1990 年短篇小说征文一等奖，1991 年还被《民族文学》全文转载；埃嘎（肖则贡）的《汉人》分别荣获《佤山文化》1991 年短篇小说征文二等奖和"庆祝中国共产党成立七十周年全省联合征文"优秀创作奖；短篇小说《那个没有人的地方》和《铁匠尼劳奥》则是袁智中、王学兵发表在《边疆文学》的处女作。这些佤族作家不仅与董秀英有着现实情感上的联系，在创作上也一直沿着董秀英开辟的民族性书写的道路跋涉。在该文学合集出版的同年，袁智中的书信体短篇小说《最后一封情书》荣获第五届全国少数民族文学创作骏马奖新人新作奖，成为继佤族作家董秀英之后再获此殊荣的佤族作家。

自 1991 年步入文坛的十余年间，在中国作协和省、市作协和文学前辈的培养和提携下，袁智中一路扬帆，先后创作发表了《女人心》《夫妻之间》《木鼓魂》《欲望的飞翔》《守护爱情》《丑女秀姑》《最后的魔巴》等十余篇短篇小说和中篇小说《落地的谷种开花的荞》，并于 2006 年结集出版了第一部小说集《最后的魔巴》。之后，袁智中放弃小说创作，转向了以民族记忆重建为目的文化散文创作，先后在《民族文学》《边疆文学》

《文艺报》等文学刊物上发表了《失落的木鼓》《挂在崖壁上的文化》《石佛洞和石佛洞人》《牛的葬礼》《佤文化探秘之旅：远古部落的访问》《小城的魅惑》《翁丁之旅》《走失的文明》等十余篇长篇文化散文，2007年结集出版了第一部佤族文化散文集《佤文化探秘之旅：远古部落的访问》，并于2008年荣获第九届全国少数民族文学创作骏马奖。

曾经出任第一部佤族短篇小说集《花牛梦》责任编辑的佤族编辑聂勒，也在新时期文学语境中，以诗歌创作的方式在民族文学界发出了自己响亮的声音。自1994年开始汉语诗歌创作以来，聂勒先后在《诗刊》《民族文学》《青年文学》《边疆文学》等文学期刊发表近百首诗作，先后荣获《青年文学》《民族文学》诗歌奖和《边疆文学》《云南日报》文学奖。聂勒于2004年出版了首部诗集《心灵牧歌》，2005年凭借该部诗集荣获第八届全国少数民族文学创作"骏马奖"，不仅成为佤族文学史上第一个出版个人诗集的诗人，也成为第一位获此殊荣的佤族诗人。2006年11月，聂勒作为唯一的佤族作家代表，参加了中国作协第七次全国作家代表大会；同年，他出版了自己的第二部诗集《我看见》。

在这样日益繁荣的民族文学语境中，在中国作协和省、市作协的关心和培养下，又一批佤族作家异军突起。其中最引人注目的是女作家伊蒙红木和诗人张伟锋。

自2004年创作发表第一篇文学作品以来，伊蒙红木就带着佤族魔巴之女特有的魔幻思维和语言质感一路高歌地闯进文坛。她先后在《民族文学》《芳草》《青年文学》《边疆文学》等文学期刊发表短篇小说《阿妈的姻缘线》《母鸡啼叫》以及《悠悠谷魂曲》《银象奔驰的地方》《沧源崖石上的精灵》《嘎多记忆》《我的老木鼓》《感恩母土》等多篇散文和诗作。2011年11月，伊蒙红木作为唯一的佤族作家代表，参加了中国作协第八次全国作家代表大会。2012年，伊蒙红木出版了自己的第一部文化散文集《最后的秘境——佤族山寨的文化生存报告》，并凭借该书先后荣获第十一届全国少数民族文学创作"骏马奖"和第八届湄公河文学奖。2016年伊蒙红木出版了第一部诗歌集《云月故乡》。诗集集开天辟地、神话传说、民族迁徙、动物故事、童话歌谣、祭祀歌舞于一体，并以佤族创世史诗和民间古歌的独特文化气息和语言叙事，为诗歌的民族性书写注入了一种清新的活力。

出生于1986年的佤族诗人张伟锋先后在《人民文学》《诗刊》《民族文学》《边疆文学》《大家》《飞天》《山东文学》等文学期刊发表近百首

诗作，并在短短几年的时间内，先后出版了《时光漂流》《风吹过原野》和《迁徙之辞》三部诗集，先后荣获"2014年滇西文学奖"和"第六届高黎贡文学节提名作家"，成为云南诗坛上一颗冉冉升起的明星。佤族书面文学不仅后继有人，且呈现出一种繁荣的景象。

三、民族性书写的探索与突围

正如董秀英自步入文坛之日起便责无旁贷地肩负起民族文化的代言和民族文化记忆书写的责任一样，成长于新时期文学语境的佤族作家们，在经历了短暂的"仿写"和"精神流浪"之后，便沿着董秀英所开辟的佤族文学之路，以小说、散文、诗歌等不同文学形式展开了民族性书写的探索与突围。

自1991年在《边疆文学》发表了处女作短篇小说《那个没有人的地方》后，袁智中便带着佤族族裔的鲜明标识踏上了文学创作之路。在经历了数年以女性生活为主题的短篇小说创作之后，2001年，袁智中发表了短篇小说《丑女秀姑》（《边疆文学》2001年第2期）。这篇带有鲜明地域文化色彩和审美特征的作品，成为袁智中民族性书写的一个重要拐点。2002年11月，在相距不到一年的时间，袁智中在《边疆文学》发表了自己的首部中篇小说《落地的谷种开花的荞》。在这篇带有鲜明家族记忆的小说里，袁智中用带有母语鲜明特色的语言韵律，以部落成员的身份和审美视角，以佤族部落头人达丁的女儿叶隆姆的爱情故事为线索，展现了佤族部落向现代社会的转型，以及佤族与汉族交往融合的发展过程。在小说的叙事中，作者抛弃了传统写作惯用的政治话语和叙述视角，采取人文表现视角和民间话语的叙事方式，讲述了佤族姑娘叶隆姆与部落猎王艾社·亚茹翁和汉人吴之间的爱情故事。特别是充满民间叙事的魔幻手法的穿插运用，为作品注入了独特的民族文化审美意味。评论家黄玲认为："如果说这个中篇小说是袁智中题材转变的尝试，那么应该是一次成功的尝试。体现了多年来她对佤族文化的思考与感悟，也是她对民族文化传统的心理回归在文学中的具体表现。是继董秀英之后又一篇表现佤族文化和民俗文化的力作。"① 袁智中也凭着这篇力作，斩获了"2002年度《边疆文学》

---

① 黄玲：《高原女性的精神咏叹——云南当代女性文学综论》，昆明：云南人民出版社，2007年，第65页。

奖"。自此之后，袁智中在民族性书写的道路上越走越远，并以 2007 年出版的佤族文化散文集《佤文化探秘之旅：远古部落的访问》为标志，以非虚构作品的方式，肩负起了在全球化语境中，向世界讲述自己的民族，为本民族文化的保持与保存寻求突围的民族性书写的重任。

正是在这样的文学语境中，以"在场者"的身份，以血浓于水的深情去观察、记录佤族的历史文化和生存现实，让已经消失和正在消失的民族文化记忆重新变得鲜活，成为佤族作家的共同选择和文化担当。

自 2004 年发表第一篇作品以来，伊蒙红木的作品便以她作为佤族魔巴之女特有的魔幻思维、语言质感和从佤族民间文学中汲取的丰厚营养，引发了文坛的关注。她的作品中时常充斥着这样的富有魔幻色彩的语言："召望（魔巴）的剪刀在半空犹豫了片刻，然后从中间迅猛剪断连接阿妈阿爸象征姻缘的棉线。两段棉线从阿妈阿爸手中没落，像失魂的飞鸟。""从今往后，青藤不再缠大树，妇人，你生不是刘家人，死不是刘家鬼，刘家格龙神与你毫无瓜葛。"（短篇小说《阿妈的姻缘线》）这样充斥着浓郁民间叙事的韵味，总是让人隔着时空寻觅到还未曾远去的董秀英文学叙事的踪迹。

2004 年，涉足文坛不久的伊蒙红木背起行装，以返回部落的写作姿态踏上了母语部落族群文化的重建之旅。她用长达六年的时间潜心创作了 30 万字的报告文学《最后的秘境——佤族山寨的文化生存报告》，图文并茂地再现了佤族渐行渐远的远古部落、远古习俗、现存文化现象、生存境遇、生活现状、精神状态和文化风貌。与生俱来的佤族文化身份和佤族部落的成长背景，使得伊蒙红木在展示佤族真实生动的历史过程和鲜为人知的民俗生活画卷时，不是站在他族文化的审美立场，或者是以一个观察者、窥视者的身份去展开一种调查和文化解读，而是以"在场者"的身份和"文化持有者内部的眼光"，站在部落族人的审美立场，去回望佤族半个多世纪的发展历程，讲述佤族远古的传说、村落的故事和佤山的传奇。在讲述佤族剽牛血祀、部落纷争等那些鲜为人知的历史，以及在漫长历史发展进程中形成的祭祀文化、文化礼仪、风土习俗时，不是站在道德审判、二元对立的审美立场，而是站在民族文化发展的特定历史长河，从第一手丰富翔实的田野调查资料切入，以一名部落族人的文化自觉进行生动的讲述和忠实记录，不仅让全书打下了本民族历史文化的深刻烙印，也为自己的民族留下了一份弥足珍贵的文化记忆。2010 年，另一位佤族作家布饶依露出版了第一部散文集《神树的约定》，用 30 余万字的篇幅记述了自己数十年间"走出民族"和"返回民族"的心路历程。

正当袁智中、伊蒙红木、布饶依露等佤族作家们沿着董秀英开辟的文学之路一路前行时，佤族诗人聂勒带着阿佤的阳光，以自己的诗歌创作在中国诗坛上激起一阵回响。"用不着太阳/介绍我可以告诉你/我是一条小河的主人/用不着绿叶/解释我可以告诉你/我是一座山寨的美梦/……真的不用告诉你/我是一个古老部落/落难降生后的幸福"。聂勒这位佤族的歌者，就这样带着阿佤山的炽热和天真，在一路高歌中开启了佤族诗歌创作的先河："一千头牛的婚礼/在一个小山村里举行/新郎是太阳新娘是月亮/主婚人是我们可敬的梅吉//一千头牛的婚礼/在一个小山村里举行/新郎是艾不拉新娘是叶门嘎/牵线是我们聪明的达太//一千头牛的婚礼/在一个小山村里举行/一千头牛彩礼靠勤劳获得/美丽的姑娘不嫁懒汉……"（《一千头牛的婚礼》）著名诗人吉狄马加为他的诗集《我看见》作序道："作为一个民族诗人，他们所进行的诗的创造，都为他们各自的民族树立起一座精神的高山。""我一直对一种诗人怀着深深的敬意，那就是他们能把自己民族的原生文化与独特的诗歌美学观很好地融合起来，同时其作品又具备了强烈的现代意识。""我为这个世界上有洛尔加而感到幸福，同样我为佤族有一个像聂勒这样的诗人而感到欣慰，因为他们用自己的诗歌，捍卫了人的权利，并为这个世界的光明和未来歌唱。"①

21 世纪初，云南诗坛迎来了另一位 80 后佤族诗人张伟锋。在短短不到十年的时间，这位 80 后佤族后裔接连出版三部诗集，诗作连续被《人民文学》《诗刊》《民族文学》《边疆文学》《大家》《飞天》《山东文学》等十余家文学期刊采用，成为继聂勒之后文坛上最为闪亮的佤族诗人，其中诗集《迁徙之辞》为 2015 年中国作家协会少数民族重点作品项目扶持推出的作品之一。

在新世纪文学场域中，当大多数 80 后、90 后诗人将诗歌书写指向城市生活的时候，拥有佤山成长背景和完整现代汉语教育双重背景的张伟锋却将书写的视角指向乡村和母语部落，让他的诗歌打上地域文化和母族文化烙印的同时，也让他在传统和现代之间获得一种全新的视域和表达："……今年的雨水特别少，今年的谷子不抽穗/今年的穗子不饱满，今年的

---

① 聂勒：《我看见》，昆明：云南民族出版社，2006 年，第 2 页。

寨子遇火烧/今年的饥荒来到了佤山，今年的苦难降临佤寨/……神啊，我们挥动了刀斧/砍下最茁壮的树木，拉运回来敬献给您——/神啊，请别让我们的灵魂摇曳不定/请别让我们的言辞和行为触犯您，请让我们的粮食堆满仓库/让我们的族人兴旺发达，站满山冈——"(《拉木鼓》) 虽然这样的表达有时候会带着淡淡的忧伤，但却让张伟锋在这样超越地域和身份局限中为诗歌的表达注入了张力："他们不知道异乡。他们的忧愁都是假的/刨根十年/我才看清流浪的面貌。我必须返回旧地/告诉父亲和母亲/我们有故乡。方向在何方，地点在何处/有朝一日总会知晓。外公已经去世/外婆跟随西游。他们必须在隔开的世界/同我拾起这个迁徙之辞/拾起那些丧失的苦痛和寒冷/返回故乡。"(《迁徙之辞》)

伊蒙红木的诗集《云月的故乡》则以其特有的佤族民间诗歌的语言韵律拓展了佤族诗歌表达的边界，为母语部落族群文化审美的探索、发现、重建与回归提供了新的可能。

王学兵则放弃了成果颇丰的小说、诗歌创作，毅然决然地返回民间，历经十数年的搜集整理，于2004年出版了散文体佤族创世纪神话《司岗里传说》。

四、民族性书写的困境与挑战

以1981年董秀英发表处女作短篇小说《木鼓声声》为标志，至2017年，佤族书面文学已走过了三十六年的发展历程。三十六年来，在党的民族政策的光辉照耀下，在各级作协组织的关心、扶持和培养下，佤族文学创作在小说、散文、诗歌等文学创作领域均结出了丰硕的成果，但纵观佤族文学发展历程，也不能不看到，在新时代文学语境中，佤族作家在民族性写作时面临的困境与挑战。

小说创作上，继董秀英之后，以袁智中、伊蒙红木、王学兵、肖则贡、李明富等为代表的一批佤族作家先后在《民族文学》《边疆文学》《青年文学》等文学期刊上发表了二十余部短篇和中篇小说，结集出版了《最后的魔巴》《花牛梦》《神林山寨》等中短篇小说集。但无论是作品的数量还是质量均还相当薄弱，无论是短篇小说还是中篇小说创作均未抵达董秀英创造的高度；在董秀英第一部、也是唯一的长篇小说《摄魂之地》发表长达25年的时间内，仍然没有一部佤族长篇小说诞生。

与小说创作相比，散文创作看似取得了重大突破和丰硕的成果。佤族作家们不仅先后在《民族文学》《边疆文学》《文艺报》等多家文学刊物上发表散文作品，袁智中、伊蒙红木、布饶依露还分别出版了个人的散文集。其中，袁智中的佤族文化散文集《佤文化探秘之旅：远古部落的访问》和伊蒙红木的佤族文化散文集《最后的秘境——佤族山寨的文化生存报告》分别获得了第九届和第十一届全国少数民族文学创作"骏马奖"。然而，文学的"民族性"书写，除了对这个民族千姿百态的社会风俗画和人文风景线的描绘外，更重要的是对这个民族情感最生动丰富的表达以及对其精神最深刻的诠释和记录。对新时期佤族文学创作进行回望和审视，便会发现，继董秀英之后，在新时代语境中，佤族作家在成功摆脱"乡土批判""伤痕文学"的影响和束缚，以返回部落的写作姿态开始了文化的"寻根"与"扎根"之旅时，却再度跌入了狭隘的"民族性"书写的泥潭。佤族作家在对本民族传统文化的大量书写和记录中，忽视了在一个城镇化迅速启动背景下，在民族文化出现历史断裂的深谷中，对本民族的生存状态和命运的深切关注和尖锐书写。在返回民族和走出民族的艰难探寻中，由于缺乏对本民族文化的深刻观察和思考，使"民族性"书写长期停留在对传统礼俗文化和风情民俗的刻意展示和表层记录。在经济全球化浪潮中，部族文明遭遇前所未有的危机，如果缺席了文学对自己民族过去与当下处境的记录和书写，在重塑民族历史记忆与际遇中就会显得苍白乏力。所幸的是，以布饶依露、袁智中、聂勒、伊蒙红木、张伟锋为代表的佤族作家们，仍然在董秀英所开辟的佤族文学的创作之路上坚持不懈地实践着、探索着。

民国纪行文学的新疆表述

——读卢前的《西域词纪》和《新疆见闻》

□ 郭明军①

引　言

近代以来，中国的现代民族国家化日益推进，新疆作为现代中国的边疆，以其历史的特殊性和民族构成的多元性不仅成为晚清至民国时期众多有识之士考察和研究的对象，而且引起众多文人学者的向往并在不同的历史条件下通过不同的文艺形式来表述新疆。民国时期关于新疆的文学记述大多是日记体的"游记"。1946 年 6 月至 8 月，《中央日报》主笔卢前跟随于右任赴新疆考察，随后在《中央日报》连载了游记报道式的《新疆见闻》，同时运用其擅长的词曲体裁创作出由 108 首词曲组成的《西域词纪》。两者相互印证，为我们提供了一幅 20 世纪 40 年代新疆地理环境、人文风貌的全景式长卷。从中，我们也可以窥见卢前在新疆之行的旅程中所领受的视野的开阔和心境的变化。在这个过程中，作者以一种他者的眼光，描述了其在新疆的见闻和感想。本文试图从"文学是一种表述"的角度，以卢前为例，看民国时期的文人是如何从他者的视角用文学的形式表述新疆的。

一、《西域词纪》和《新疆见闻》的时代背景

1946 年 3 月，国民政府派张治中到新疆主政，此时，伊犁、塔城、阿

---

① 郭明军：西安石油大学人文学院讲师，文学博士，从事文学人类学、中国多民族文学研究、多民族美学研究。本文系 2015 年度教育部人文社会科学研究西部和边疆地区青年基金项目"民国时期的'边疆文学'表述研究"（15XJC751001）研究成果。

勒泰三个地区爆发的史称"三区革命"已进入尾声。张治中为谋求和平，提出双方停战，并展开谈判。经过谈判，双方达成《和平条款》，并在乌鲁木齐签字。双方定于 1946 年 7 月 1 日举行联合政府成立大会。为慎重对待，国民政府派德高望重的国民党元老于右任参加新疆联合政府的宣誓就职仪式和成立大会。于右任又点请《中央日报》主笔卢前随同前往。卢前在《新疆见闻》中记述道："六月，我在上海听程沧波兄谈起于院长将到新疆去……于院长有邀我同往的意思，立即准备一切，在二十六日早晨，便赶到明故宫机场。"① 对于卢前的人品、文品，谢冰莹在《记卢冀野先生》中认为他脱俗而有赤子之心：

> 还有一个例子，是他从来不愿意做官。按他的社会关系来讲，做官的机会很多，但是他都说："能为狂士终豪侠，岂必才人尽达官？"这两句话在抗战时曾传诵一时，可见他的人生哲学是多么潇洒达观，超然脱俗；因为达观，所以他看破名利；因为脱俗，才能保存赤子之心，才能永远存真。②

事实上，卢前一生恪守了这样一种信条，直至 1951 年病逝于南京医院。作为一个文学家，卢前的文学观和文学史观也非常值得注意。卢前的现代文学观从总体上说和民国时期的众多文人一样是模糊的、未定的。近现代中国，随着西学东渐之风日炽，很多文人接受了西方文学的观念，但同时又自幼受到中国传统文学观念的熏陶。当时出版的众多《中国文学史》作品中，对于"文学是什么"这一问题，诸多文学史编者所给的答案五花八门。卢前在《何谓文学》文中，一方面接受了西方把文学分为散文、小说、诗歌、戏剧的体裁分类模式，另一方面对自己熟悉的词曲尤其是"曲"又不能放下。同时，由于卢前受到了民国早期学界"歌谣"运动和郑振铎"俗文学"观念的影响，对于民间的歌谣和各种艺术形式也给予关注，甚至视之为文学的一部分。比如其《酒边集》，就把鼓子词、坠子、弹词、蜀高腔、联语、演话等不同地域、不同类型的文艺形式都纳入。③这种文学观显然是具有现代意义的，笔者曾另文指出：

---

① 卢前：《新疆见闻》，南京：中央日报社，1947 年，第 1 页。

② 谢冰莹：《记卢冀野先生》∥卢前：《卢前文史论稿》，北京：中华书局，2006年，第 325 页。

③ 卢前：《卢前文史论稿》，北京：中华书局，2006 年，第 89—140 页。

"多文学"观应当超越这种语言中心，仪式、舞蹈、纹饰甚至人类生活中的某些特定的"物"本身也可加入"文学"。……基于中国多民族文学的特殊性，亟需确立并探索一种"多文学"观，这种文学观不仅要超越精英文学与民间文学的界线，超越作家文学和口头文学的界线，还要超越语言文学和非语言文学的界线。①

在《西域词纪》和《新疆见闻》中，卢前表现出较为开放的文学观。而对于"中国文学"这一概念，卢前率先指出，中国文学不仅包含中国汉族的文学，也包含其他各民族文学。其在《边疆文学鸟瞰》一文中，对藏族文学、蒙古族文学、苗族文学都做了介绍，视之为中国文学的一部分。②另据卢前《新疆见闻》记述，在新疆记者公会举办的欢迎会上，于右任演讲结束后，卢前就"维吾尔族在中国文学上的贡献"做了专题演讲。可见，卢前对维吾尔族文学也有涉猎，并把维吾尔族文学作为中国文学的一部分，肯定其在中国文学史上的贡献。③

在文学史观方面，卢前不仅把除汉族之外的其他民族的文学纳入中国文学的范围，而且把女性作家及其创作也作为中国文学史重要的组成部分，并认为，"人类、国家、亲属，我们对之爱敬，这便是至情至性的表现。一切文学家的作品，只要能启发我们的至性至情，便是好的文学。无论作家的性别、地位，这种标准是不变的，断不是男子偏刚、女子偏柔，如一般文人的说法。"④ 之后在列举中国文学史上的女性作家时，主要以是否有"人类之爱"，是否思考人类的处境和命运作为衡量其价值的第一标准。因此，卢前的文学观和文学史观具有特殊的研究价值。

二、《西域词纪》和《新疆见闻》的新疆表述

卢前的文学作品大多是词曲，当前的中国现代文学史基本上把词曲排除在现代文学之外，这也是中国现代文学研究的遗憾。曹顺庆指出，没有

---

① 郭明军：《确立"多文学"观：中国多民族文学史观讨论的一种推进》，《广西民族学院学报》，2015年第2期，第92—95页。

② 卢前：《卢前文史论稿》，北京：中华书局，2006年，第282—288页。

③ 卢前：《新疆见闻》，南京：中央日报社，1947年，第3页。

④ 卢前：《卢前文史论稿》，北京：中华书局，2006年，第289—294页。

古典诗词的现当代文学是"残缺的中国现当代文学"，文言文学如旧体诗词在中国现当代文学史上几乎"缺席"，这体现出传统话语与现代话语的断裂，由此产生了白话文学话语霸权，并导致传统文学表现形式如旧体诗词被遮蔽在"现代性"之外的消极后果。① 本文选择卢前记录新疆之行的《西域词纪》和《新疆见闻》，以探究 20 世纪 40 年代的文人在遭遇新疆风土时所产生的震撼，以及在这样的心情下是如何带着自己的前见表述新疆的。

《西域词纪》收入卢前在新疆之行期间所创作的词曲 108 首，主要描绘记录了新疆的地理风光、历史遗迹、风俗民情、民谣舞蹈等方面的内容，其中既有对新疆风土民情、地理环境的感性认识，又有对新疆历史文化在国家民族意义上的地位的理性思考。其姊妹篇《新疆见闻》则以散文记录体重现了一路上的诸多细节及作者更为细微的体验和感想。在《西域词纪》中，除未到新疆地界时的《皋兰一瞥》《凉州》《憩肃州（二首）》和离开新疆时的《归次皋兰寓澄清阁灯下书词纪卷尾》外，都是作者在新疆之行中的所见所闻，按照主题分为文艺、习俗、风物、城镇、怀古、人情、交游等七类②：

类别	内　　容
文艺	观康巴尔汗舞，阿不杜克儿唢呐，伊不拉引穆提义为诵畏吾名诗二章试译其意，郿鄠子，比勒锡克（乌孜别克舞，云镯舞），罗麻楞（乌孜别克曲，云帕舞），翠禽之唱（原名塞纳布鲁尔，亦乌孜曲），畏吾尔奏梳妆乐，观阿克苏剧团演塔依尔枣娘，桑桑靡地桑（畏吾尔歌名，我恨你）
习俗	巴拉提节观马良骏大阿訇领众祈祷
风物	红山嘴，红颜池，柳花，骆驼，胡豆，初食哈密瓜，再赋哈密瓜，闻人谈妖魔山神话，经罗尔渥贾札克草原，庙尔沟野餐（二首），归途原上见天鹅，游水磨沟浴温泉，过六道沟，小低窝铺望博克达雪峰，附原作，机中望塔里木大沙漠（三首），喀什妇女脸帘，喀什廛肆皆阿拉伯式，开渡河眺望，铁门关风景优美，相传即塔依尔枣娘殉情处（二首），由库尔勒还焉耆夜行戈壁上，入博克达山马上作，天池月，天池雨，山中野火会

---

① 黄丹青、黄文虎、曹顺庆：《残缺的中国现当代文学》，《四川师范大学学报》（社会科学版），2013 年第 6 期，第 161—165 页。

② 文、表中个别专有名词保留民国时期的称谓，比如"维吾尔"仍沿用原题目中的"畏吾尔"，"乌兹别克"仍沿用原称呼"乌孜别克"。

续上表

类别	内　　容
城镇	哈密（二首），抵迪化，老满城归途所见，昌吉县，迪化飞阿克苏机中望焉耆，阿克苏小景（三首），宿温宿，温宿阻雨，阿克苏南园，阿克苏飞喀什葛尔，抵喀什葛尔从疏勒北门入穿城赴疏勒郊迎者数万人，疏勒所闻，抵库车，库车飞焉耆，机中望轮台，和靖水阻，途次阜康县，别迪化
怀古	西公园访阅微草堂遗址，咏张骞四首，头屯河参观旧苏联农具工厂（二首），游马稍武花园，再过香娘墓寺，耿恭台，不忘亭，乌恰有唐城及点将台遗迹，去城十五里红梅克里村有明译古坟，土人谓之明他拉他，不及往视，有人在库车城南捡得元币上有"大元通宝"四字，问鸠摩罗什遗迹，渺不可得，下马拉巴克村观千佛洞，焉耆一名哈拉萨尔，西南有效尔楚克，即今四十城，新令得高昌钱属记
人情	二转子，鄱鄂歌者马秀贞，麦斯武德监招饮明园尽欢而散，为哈扎克文会题壁，过艾林郡王蒙古包，十四族歌诀，畏吾尔呼我汉人，库车姨哥，告库尔勒青年，马
交游	即席奉酬史学家迪牙阔夫，七月一日为和平大会献颂词穆默德伊敏译之，东花园小饮，读《补过斋文牍》，题志姜斋锐《塞上词册》，因萨维诺夫总领事寄苏联诗人西蒙诺夫，次韵嘲觉民思归，疏勒城外龙王庙阅骑兵第九旅操演马术，送艾可能还英吉沙，库车王建武提来谒，焉耆赠蒋师长云台，云章军长呈祥招饮帐中

从上表可以看出，卢前《西域词纪》从各个方面对民国时期的新疆地区做了全面的描述，笔者将结合其姊妹篇《新疆见闻》，以卢前对新疆多民族状况和新疆多民族文艺状况两个方面的表述为例做分析总结。

《十四族歌诀》展示了当时卢前对新疆民族状况的认识："初分汉满蒙回，又分塔（吉克）塔（兰其）乌（孜别克）归（化），锡（伯）索（伦）哈（萨克）柯（尔克孜）鞑（靼）畏（吾尔）。同吾族类，并无贵贱高卑。"把新疆各民族分为十四族，这十四族后来变为十三个，其中塔兰其族并入维吾尔族（元明清乃至民国写为畏吾尔），归化族1944年改称俄罗斯族，索伦族改称为斡尔族，鞑靼族改为塔塔尔族。① 在《新疆见闻》中，有一节标题为"十四族是一家"，和这首小令内容一致，但更详细地反映了卢前对新疆多民族状况的认识：

有一位桂芬老先生将他们（各族）编成两句七言"汉满蒙回

---

① 卢前原著、卢偓笺注：《饮虹乐府笺注：小令》，扬州：广陵书社，2009年，第456页、468页。

锡索维，塔塔塔柯哈乌归"，当真就有这许多不同的宗族么？这是盛世才时代所分的，分得这样琐碎，连白俄归化人也算是一族，可谓笑话。锡伯、索伦就是满洲旗人在两处驻防的，现在分成二族，其实这三族与汉人无异的。①

由此可以看出，卢前并不认同这种对新疆各族群的划分法，其理由是归化人、满族（锡伯、索伦）人已经和汉族差别不大，所以不用单独分成一族。从现在的民族观念来看，这种质疑是没有道理可言的，也反映出卢前虽然已经接受了现代民族国家的理念，但仍然残存着传统王朝时期的华夏中心观念，这是其时代局限。但他在两部作品中都强调"同吾族类，并无贵贱高卑"，又超越了"华夷之辨""非我族类，其心必异"的传统观念，具有现代民族国家观念，抑或说民国时期的国族认同观念。在《西域词纪》和《新疆见闻》中有大量描绘新疆各民族习俗风情和人物的内容，如《西域词纪》中有《喀什廛肆皆阿拉伯式》《鄘鄂歌者马秀贞》《喀什妇女脸帘》《库车姹哥》等描绘新疆各民族物、人、事的内容，《新疆见闻》中对上述词曲内容也有相应的描绘，另外对维吾尔族、乌孜别克族、柯尔克孜族的风土民情也有描绘。值得肯定的是，除了少量如《二转子》等有猎奇心理的词曲外，大多数作品对新疆各民族有着客观的态度。

卢前对新疆各民族的文学艺术关注甚多，其中与之直接相关的有《观康巴尔汗舞》《阿不杜克儿唢呐》《伊不拉引穆提义为诵畏吾名诗二章试译其意》《鄘鄂子》《比勒锡克（乌孜别克舞蹈，云镯舞）》《罗麻楞（乌孜别克曲，云帕舞）》《翠禽之唱（原名塞纳布鲁尔，亦乌孜曲）》《畏吾尔奏梳妆乐》《观阿克苏剧团演塔依尔枣娘》《桑桑靡地桑（畏吾尔歌名，我恨你）》等十二首。涉及新疆各民族诗歌、戏剧、音乐、舞蹈等内容。从题目来看，卢前十分注重用新疆本土语言的汉语记音方式称呼当地的艺术，比如"比勒锡克"可汉译为"云镯舞"，"罗麻楞"可汉译为"云帕舞"，"桑桑靡地桑"可汉译为"我恨你"，都是用汉语记音的方式注为词曲的题目，再配以注释；即便有例外的"翠禽之唱"，作者也把它的汉语记音"塞纳布鲁尔"标注上去。这种处理方式，充分尊重了新疆各民族的语言文化。从内容来看，这些词曲作品反映了新疆各民族的诗歌、舞蹈、

---

① 卢前：《新疆见闻》，南京：中央日报社，1947年，第2页。

音乐、戏剧等，也涉及像"郿鄠子"这样的从内地传来的地方戏曲艺术。对于《郿鄠子》中的"郿鄠"戏，作者不仅在另外一首《郿鄠歌者马秀贞》中介绍了表演者马秀贞，而且在《新疆见闻》中有较详细的记述：歌者马秀贞父亲是凉州人，母亲为维吾尔族人或白俄罗斯人（当时叫归化族），所唱的"郿鄠子"源自今陕西眉县、鄠邑区。生长在陕西关中的于右任说，马秀贞所唱的"郿鄠子"已经有了很大的变化。可见，内地与新疆之间的文化、艺术交流，在近代依然。

在《新疆见闻》中有一节题为"文艺座谈"，作者参加了新疆当地文艺界的座谈会，前文所提词曲中涉及的迪牙阔夫、康巴尔汗、伊不拉引穆提义等都曾与会。卢前特别提到其和维吾尔族青年诗人伊不拉引穆提义的交流，惊叹于伊不拉引穆提义兼通阿拉伯文、波斯文、土耳其文等，并问询他中亚各国的诗体。当听说他正在搜集维吾尔族的民歌，已经搜集了八百多首时，作者认为这是一件"极为有意义的事"。在座谈会上，卢前和他相互翻译诗文为各种语言，并"毫无顾忌地谈中国文化，中亚细亚的文化"。①

可见，在《西域词纪》和《新疆见闻》中，诗人卢前为我们呈现了一个有着丰富历史文化和多姿多彩民族风情的新疆。在近代以来众多关于新疆的记述文字中，在尊重当地历史、文化的前提下，相对客观地表述了新疆，为当时的内地读者了解新疆打开了一扇窗口。

三、卢前对新疆文学表述的超越性与局限性

笔者之所以选择卢前的《西域词纪》和《新疆见闻》作为民国文人用文学的方式表述新疆的代表性作品，是因为在民国时期的众多表述新疆的文字中，卢前的文化视野更宽广，现代视野更清晰，这在他的作品中具体表现为三个方面：作者对新疆作为陆上文化交流的重镇的重大意义的超前认识；作者在面对多民族的新疆时所体现出的先进开放的民族观念；作者创新性地使用旧式的词曲文学展开日记体的非虚构写作。

在《新疆见闻》中，作者在一次"文艺座谈会"上与维吾尔族青年诗人伊不拉引穆提义交流时发现，伊不拉引穆提义兼通阿拉伯文、波斯文、

---

① 卢前：《新疆见闻》，南京：中央日报社，1947年，第7页。

土耳其文等，对"中亚细亚"的文学艺术也十分通达。之后有这么一段话表明了其心迹：

> 我们中国在没有开关，没有接受海洋文化以前，西域是我们的门户，我们的文化还纯粹是大陆文化，中亚细亚地带是我们文化交流的重镇。自从我们模仿日本，进而模仿英美举办学校教育，于是我们开始与大陆文化隔绝。在内地找几个通波斯、土耳其语言文字的人少极了，也好似在新疆我们熟悉的英语完全失其效用一样。今后要发展空运，世界文化一定要将海洋、大陆打成一片；目前将中原文化输到边地固甚紧要，而将边疆文化输入内地也是一件有价值的事。像穆提义这种青年，内地大学应当延聘，而大学的中文系至少对于西域文字应列为科目的。①

这段话对理解卢前在经历新疆和表述新疆的过程中的内在变化有着重要的意义。首先，从历史的角度，作者确认了中国文化经历的一次大的转折——从大陆文化转向海洋文化。靠近中亚细亚的新疆是中国陆上文化交流的重镇。近代以来，海洋文化日益成为主流，陆上文化交流日益中断，再难"在内地找几个通波斯、土耳其语言文字"的人了。作者通过新疆之行感受到陆上文化交流之路的阻塞。除却当时国民政府开发边疆的大的历史背景，作者这样的认识放到今天依然是丝毫不过时的。认识到这个问题，那么，解决问题的方向是什么？如何解决？卢前也给出了令人惊讶的超越性回答：方向是"世界文化一定要将海洋、大陆打成一片"；方法是发展空运；原则是将边疆文化输入内地和将中原文化输入边地同样重要；具体措施有，内地大学要聘请像伊不拉引穆提义这样的新疆学者，在内地大学中文系开设有关西域语言文字的课程。这样的见识至今依然具有深远的意义和先进性。

新疆是一个多民族居住的区域，历史上众多族群的冲突、交流和迁徙造就了多民族的新疆。民国时期的新疆虽然处在一个相对动乱的时期，但随着联合政府的组建，新疆也逐渐融入了中国现代民族国家构建的过程之中。从其作品来看，卢前的现代民族国家观念已经比较明晰，其对新疆各民族的态度也是比较开放的。前文中所引《西域词纪》中的《十四族歌

---

① 卢前：《新疆见闻》，南京：中央日报社，1947年，第6—8页。

诀》和《新疆见闻》中的《十四族是一家》中都有这样的观念，《十四族歌诀》中提出：新疆十四族，"同吾族类，并无贵贱高卑"①。

在《十四族是一家》中，作者做了主题为"维吾尔族在中国文学上的贡献"的演讲，把维吾尔族文学视为中国文学的一部分。在上文提到的"文艺座谈会"上，作者最后说了一段发自肺腑的话：

> 诸位同文，什么汉人、维吾尔人、哈萨克人，只不过是一房房的兄弟，中华民国是我们大家的家庭。无论是史学、绘画、音乐、诗韵、小说、戏剧，我们要尽量发挥地方色彩，而我们共同努力的目标，是要完成这大时代中新中国的文化。②

从两部体裁不同的作品写作方式看，《西域词纪》是词曲，《新疆见闻》是纪行散文，但是二者有一个共同的特点，就是具有非虚构性，用现在"非虚构文学"的标准衡量，属于此种类型。卢前这种写作方式虽然源自中国文学自身的传统，上接《诗经》、乐府诗，中承杜甫诗史、元白新乐府，但因为作者所处的时代，又具有现代性的一面，不可仅以古典文学视之。因此作为一种文学表述，自有其不可替代的价值。

当然，作者具有的半官方身份，使得其文学表述立场上存在着一些问题，尤其是在一些交游场合、官方仪式场合会有一些官样文章的嫌疑，这些在作品中是有迹可循的。另外，作为在民国文人中偏传统的卢前，尚未完全摆脱传统的中原历史观和士大夫情结，这也是在其对新疆的文学表述中可见的局限。

结　语

在目前通行的中国现代文学史各个版本中，卢前及其作品几无所见，这一方面是因为卢前的作品大多是词曲，符合西方文学体裁标准的小说、诗歌、散文、戏剧的作品少之又少；另外一方面，也与卢前自身并没有介入现代文学史上任何一种大的文学潮流有关。但不可否认的是，卢前的文学作品及其文学思想是具有现代意义的，他和他的创作理应成为中国现代

---

① 卢前原著、卢偓笺注：《饮虹乐府笺注：小令》，扬州：广陵书社，2009 年，第 456 页。

② 卢前：《新疆见闻》，南京：中央日报社，1947 年，第 7—8 页。

文学的一部分，值得深入研究。关于卢前笔下的新疆，我们需要承认的是，其对新疆作为中国与中亚连接的大陆文化交流的枢纽地位的认识是符合历史事实的，也是极具先见之明的。他对中国文化既要拥抱海洋文化，又要重视传统的陆上文化，只有那样，才是完整的世界文化的判断也是值得重视和铭记的。在这样的认识基础上，我们应该认识到，不仅要把新疆作为经济开发的对象，更要把新疆作为大陆文化的枢纽，认识其文化上的价值，接续陆上文化交流之路。

荒芜的女性花园

□ 彭　超[①]

　　中国文化自古以来极为注重家族文化，尤其是孝道，因而文学中的母亲形象多是慈祥善良，但是也有例外，乐府民歌《孔雀东南飞》与陆游的《钗头凤·红酥手》中强行拆散儿子婚姻的母亲形象成为"恶母"的代言人。在近代中国历史文化转型中，国人反思传统文化糟粕，其中重要的主题便是对家族文化的讨伐，文学中出现一系列"恶母"形象。巴金小说《寒夜》中，汪母成为儿子婚姻悲剧的制造者之一，在社会悲剧之外凸显人性悲剧。曹禺戏剧《雷雨》中繁漪成为新旧文化冲突的悲剧承受者，一位"母亲不像母亲，情人不像情人"的阴鸷女人，这是一位让人战栗的"恶母"形象，突出历史转型期的文化悲剧和人性悲剧。张爱玲小说《金锁记》中，曹七巧由一位阶级差异的受害者变成被金钱异化的自虐者、施虐者，这与其说是政治社会悲剧，不如说是人性悲剧，小说以惊心动魄的方式塑造了一位"变异"的母亲形象。当代作家陈染、林白等女性小说中的母亲形象是性别文化视野下男权文化的受害者与帮凶，其作品中既有对男权文化的讨伐，更有对女性自身的反思。正如历史记忆中不能不面对的灰暗天空，现代中国文学中"恶母"形象的意义在于，既写出政治经济制度对女性的挤压，也表现女性自审意识，即女性对男权文化的"内化"接受，揭示女性荆棘的解放之路。"恶母"系列形象揭示了肥沃的母亲园地里那一角被遮蔽的"荒芜的女性花园"。"荒芜"显示为经济物质与精神双层的贫瘠。

　　作为中国文学组成部分的族群文学亦是如此。当代族群文学在全球化

　　① 彭超：西南民族大学副教授，主要从事区域文学、女性文学与民族文学研究。本论文系国家社科基金"当代藏羌彝文学中的国家认同意识研究"（15XZW028）中期成果。

浪潮中，凸显族群文化独特性成为写作共性：挖掘美丽景物、塑造美丽人物成为常见的写作手段。与此同时，族群文学不可避免地受到当代女权运动影响，显示出独立的女性主体意识，例如，对女性二元形象塑造的突围。女性形象塑造并不完全遵循传统的天使与魔女的陈规，而是揭示女性的内在创伤。

白玛娜珍在小说《拉萨红尘》中塑造了一位心理扭曲的母亲形象。小说以"儿媳视角"表现婆母从一位爱情婚姻的"悲剧承受者"演变为"悲剧制造者"。她以身说教，毁坏儿子（泽旦）的恋爱观、女性观，只因为"他成了她孤独岁月中唯一的寄托。她望着一天天变化的儿子，倍感欣慰之余。似乎也从他身上看到了令她心悸的一个男子的影子"。当得知儿子恋爱，"她变得忧伤而焦虑。她对他说女人都是不忠的……她不惜老泪纵横，以身说教"。① 这位母亲形象是当代藏族文学中的另一个曹七巧，不同在于张爱玲侧重揭示金钱对人性的异化，白玛娜珍倾向于展示"人性恶"本身。央珍《无性别的神》中母亲等女性形象，表现了女性悲剧不仅因为社会机制未能提供女性自由独立的平台，还源于"他者"和"自我"共筑的围墙。央珍从政治、经济、人性等多层面剖析女性悲剧，表现出女性主义在族群文学中的深度开掘。

财产权与主体地位不能等同，却有着密切关系。拥有财产权不能保证主体性的获得，但是没有财产权却几乎不可能有主体性的获得。另外，女性的教育权利和社会活动权利与女性主体意识之间同样关系密切。政治、经济、文化多层面对女性的限制，将女性"禁锢"在私人空间，"窄化"其视野，"萎靡"其主体意识，"强化"其附属性。这使得女性生命悲剧在几千年历史中"存在而不彰显"，成为"无意识的日常悲剧"。

婚姻悲剧，是无爱的两性成为彼此的束缚，将婚姻变成一座围城。几千年历史，被限制在私人空间领域的女性，将承载婚姻的家族空间作为自己最大的人生舞台，倾注生命如火的热情去经营，但是回报她们的通常是悲剧。婚姻悲剧有很多种，精神交流的障碍是悲剧之一。《无性别的神》中，德康庄园女主人与前后两任丈夫之间都存在"不能沟通的痛苦"。她极力讨好具有留学背景的丈夫，但限于文化差异性，迎来的是丈夫的鄙视、冷眼和不屑。这实质是她无法跨越的现代与传统之间的"隔膜"。第

---

① 白玛娜珍：《拉萨红尘》，拉萨：西藏人民出版社，2002 年，第 59 页。

二任丈夫，是一位入赘的土里土气的乡下人。女主人与第二任丈夫之间的差距，既有贵族文化与平民文化之间的鸿沟，还有城市文化与乡村文化之间的距离，这导致夫妻之间的隔膜、背叛。女主人是看不起来自乡下的丈夫的，但是尽管如此，由于被围困于家庭的女性无法经营家族产业，又不得不接受这样的丈夫。婚姻悲剧带来伦理道德悲剧。德康庄园女主人在第二任丈夫无力管理家族产业之际，依赖管家洛桑治家并与其苟且。伦理道德悲剧引发财务危机与名誉危机，德康庄园女主人与管家、男主人与女仆之间关系混乱，不仅导致家庭尊卑不分，而且失去名誉与财产，让德康庄园成为一个"伪贵族之家"。

生命悲剧，显示出女性主体意识的缺失和被践踏的美好生命。《无性别的神》中，母亲从最初的娇俏、美丽到之后的丑陋。容颜的蜕变，不仅是时光的风霜，更是地位、经济这些世俗尘埃所致，还有人性的扭曲变异。德康庄园女主人在丈夫去世后，在入赘丈夫无能的情况之下，经历"与管家苟且""卖女求荣""家道中落"等变故后，外强中干，其荣华犹如其"美丽"的外表，一旦褪去妆容，就显露出黝黑松弛的皮肤、发白的嘴唇。张爱玲对旧式贵族女性生命状态的描述为"绣在屏风上的鸟"。"绣在屏风上的鸟……年深日久，羽毛暗了，霉了，给虫蛀了，死也还死在屏风上。"① 德康庄园女主人便如绣在那屏风上的鸟，被禁锢且慢慢腐蚀，最终丑陋地死在屏风上。女性的这种悲剧生命状态可溯源到性别文化对女性的围剿："在当时的西藏，不存在'妇女权利'这一名词。……除了丈夫和丈夫家庭的身份给予她们极大的精神满足之外，还有通过丈夫赢得的物质上的满足也极大地填补了她们精神上的空虚。"② 女性"第二性"是男权文化驯服女性的结果。单纯可爱、懵懂无知被视为女性的优秀品质，与姣好容颜一起成为取悦男性的工具。女性对于美的追求本是无可厚非，因为对美的喜爱是人类的一种普遍情愫。美是一种理想状态，是超越，是表象与内在的统一，是在自身整体化中通过整体化来实现。③ 但是庄园文化对

① 张爱玲：《红玫瑰与白玫瑰·茉莉香片》，合肥：安徽文艺出版社，1995年第3版，第105页。
② 次仁央宗：《西藏贵族世家1900—1951》，北京：中国藏学出版社，2012年第2版，第324页。
③ 〔法〕让-保尔·萨特：《存在与虚无》，陈宣良，等译，北京：生活·读书·新知三联书店，1987年，第266页。

女性教育的不足，致使女性生命状态的空虚，对"美"的追求以"物化"形式呈现。当美以"物化"的形式呈现，甚至因此形成攀比之风，生命便如一袭爬满虱子的华丽的袍。当失去丈夫与夫家的庇佑后，这"华丽的袍"也岌岌可危。当笼罩在女性生命表面的"袍"被揭开，满目疮痍的女性生命呈现于世人眼前。德康庄园女主人的生命悲剧，是女性作为"附属物"被"窄化"的悲剧呈现。

人性悲剧，表现为母性的丧失。在贵族庄园文化熏陶下，母亲"高雅美丽"，嫌弃女儿的乡土气息。小说借此揭示庄园贵族文化对人性的异化，它泯灭了母爱的神圣光辉。母亲为节省嫁妆，将女儿送到尼姑庵出家修行。此时此际，于母亲而言，悲情只是浮现一瞬间，更多的却是因为有华丽服饰而神采飞扬。作者央珍在这"神采飞扬"背后蕴含着悲悯的同情与无奈的悲哀，进一步揭示了康德庄园女主人母性的丧失。央珍将女性"被异化"，"自戕而不自知"的悲剧表现得惊心动魄。德康庄园女主人置大女儿名誉于不顾，抛弃二女儿让其如野草般自生自灭，而她对母女的人生悲剧命运却处于不自知的状态。这种看似无事的日常悲剧才是人生的大悲剧。

德康庄园女主人，作为贵族，失去了贵族身份；作为母亲，被金钱异化而失去母性，亲手葬送了两个女儿的尊严与快乐；作为妻子，未曾拥有两情相悦的恩爱甜蜜；作为庄园主人，没有管理能力，完全依赖甚至听命于管家；作为女性，在日夜焦虑中失去了女性的美好。央珍在《无性别的神》中通过德康庄园女主人的个体生命状态，表现具有一定普遍性的女性婚姻悲剧、生命悲剧和人性悲剧。

女性被束缚在三尺阁楼，却自喜于男性的圈养，竭尽全力成为讨喜的百灵鸟。"上千年的积习，使贵族妇女沉溺于丈夫和家庭给予的物质上的满足，并把这种满足看做是丈夫和家庭对自己的重视，甚至认为这种物欲上的满足是女人一生中的唯一要求。"① "第二性"将女性工具化，生育工具、性工具；女性被物化，男性财产之一种；女性被窄化，生活空间与思想空间的双重窄化。央珍在小说《无性别的神》中，写出被排斥在公共领域之外的女性，在狭小的私人空间戕害他者或自戕的生命悲剧。

---

① 次仁央宗：《西藏贵族世家 1900—1951》，北京：中国藏学出版社，2012 年第 2 版，第 232 页。

贵族女性即便身份高贵，也只能受制于男性。帕鲁庄园新任女主人达瓦吉，面对丈夫要处置自己堂妹央吉卓玛感到惊恐，但她采取的行动只是乞求；当乞求未果，只能木然接受。作为女主人的达瓦吉被排斥在庄园管理公共行为之外，听任庄园人文环境日趋恶化。庄园最终瘟疫肆虐，无一人幸免。即便偶有性格强悍的贵族女性，例如贝西庄园女主人，也摆脱不掉悲剧命运。小说为其安排的结局是，丈夫出家修行，儿子喝酒中毒而死，留下二十多个痴呆私生子，女儿嫁走。女主人身体瘫痪，孤独一人守在庄园，其悲剧性人生不言而喻。

贵族女性尚且如此，底层女奴的生命境况更是惨不忍睹。奴隶被视为"会说话的牲口"，承受非人待遇。《无性别的神》中，女奴拉姆因疲惫未能及时上茶，招致主人的惩罚——贝西庄园少爷用火铲把火膛中的牛粪火倒入拉姆脖子里：

> 只见拉姆正嗥嗥大嚎地在地上打滚，仿佛一个受伤的牛犊在屠场上撕心裂肺地挣扎。这时，老厨子光着上身跑进来……拎起墙角下一只装有污水的大木桶朝拉姆泼去。拉姆大叫一声，一团浓烈的黑烟顿时从她身上嘶嘶腾起，随即，她双脚一蹬便僵死在污水中。身上的粗呢袍子到处是斑斑破洞，又黑又焦，散发出呛人的焦臭味。[①]

女奴在阶层压迫之外，还要承受"性别"压迫。《无性别的神》中女性悲剧不是独有的。当女性被局限在狭小天地，便会逐渐被男权文化孵化出的"第二性"所蚕食。这样的悲剧超越区域、族群和国度，是东西方女性普遍的生命状态。为成为美丽的百灵鸟，付出人生美好年华的女性，例如莫泊桑小说《项链》中的玛蒂尔德；视爱情为全部生命价值体现，勇敢追求却以一无所有的悲剧收场，例如福楼拜小说《包法利夫人》中的爱玛，托尔斯泰小说《安娜·卡列尼娜》中的安娜；被男性玩弄，自身却成为罪人的女性，例如托尔斯泰小说《复活》中的底层女性喀秋莎·玛丝洛娃；将实现自我价值理解为"跟着哥哥"的爱情追寻，最后在日常生活中消磨殆尽理想追求的女性，例如鲁迅小说《伤逝》中的子君。

女性悲剧命运，不单来自男性他者的围剿，还有女性自我的内创。德

---

① 央珍：《无性别的神》，北京：中国青年出版社，1994年，第141页。

吉卓玛，德康庄园大小姐，是庄园文化的受益者，也是被侮辱、被伤害的弱小者。她对妹妹的冷漠，对艰苦环境的不耐，都内化了母亲的影响。她以"物"的存在形式，被母亲送给拉萨郁驼庄园老爷做外室，成为为家族谋取利益的工具。当她不再讨郁驼庄园老爷欢心，无法为家族谋利时，被独自送到异国他乡（印度）产子，成为母亲的弃儿。她悲剧性的人生际遇，既有来自家族的迫害，也有来自自身对荣华的贪恋。这是一个既让人鄙视又让人同情的中间人物。就母女悲剧的延续性而言，德吉卓玛如同《金锁记》中的长安。

《无性别的神》中的女性人物形象，从区域族群角度而言，展现了西藏庄园贵族文化对女性的戕害，凸显了身处悲剧而不自知的女性悲剧；从文坛而言，丰富了中国现代文学中的女性画廊。央珍笔下悲剧女性人物形象塑造，既有个体特殊性，也有阶级性、族群性与一定程度的普遍性。

女性解放之路漫长艰辛，在他者与自我共筑的围墙之内羽翼日渐退化。也有勇敢的女性，试图走出这围墙，但却在围墙之外跌跌撞撞、伤痕累累。社会机制与女性地位、女性命运关系紧密。当没有相应的社会平台，如鲁迅所言，出走的娜拉不是回到家里便是堕落。例如，巴金《寒夜》中的曾树生，曹禺《日出》中的陈白露，她们勇敢走出家门追求自我价值，却沦为花瓶，被社会吞噬。当社会机制提供女性独立的平台，长期积淀的集体无意识却如"幽灵"，女性解放依然荆棘难行。当代女性以自审意识剖析女性悲剧，再次通过"母亲"形象写出男权文化是如何通过被女性"内化"而"延续"。"岁月把我放在磨子里，让我亲眼看见自己被碾碎/呵，母亲，当我终于变得沉默，你是否为之欣喜/……/凡在母亲手上站过的人，终会因诞生而死去"。（翟永明《母亲》）

探究悲剧形成的社会文化原因，可以在弥漫地球几千年的男权文化中找到渊源。神话传说成为女性社会地位定位的"原始"凭据。西方创世说中，女性为男性的一根肋骨，这奠定女性为男性"附属物"的生物性基础；夏娃与亚当的故事，赋予夏娃"淫荡本性"，奠定女性被歧视的社会性理由。这些神话传说，实则是男权文化强行赋予女性的"第二性"，制造女性低于男性的"事实"。"在西方文化传统中，男性优越、女性低劣的观点是由来已久的。亚里士多德认定，女性天生是缺乏某些品质的，圣·托马斯则明确地把女性界定为'不完满的人'（imperfect man），此后数千年来，女性无论在社会生活还是家庭生活中始终处于从属与次要的边缘地位。而男性则为中心，处于控制和主导的地位。"① 东方中国传统社会，"乾坤高下天定""女子无才便是德"等观念也是根深蒂固。藏区族群文化，亦没有逃脱男权文化统治的魔咒。在帕鲁庄园，咒师认为："女人就是罪恶，所以女人的东西就是丑恶的。"② 在这样的文化背景下，央珍揭示历史中"荒芜的女性花园"的《无性别的神》构成女性文学的一部分。

"在贵族制度的框架里，男孩子是贵族精神的延续者。"③ 父母可能会将温情给予女孩，但并不表示他们偏心女孩。贵族女性面对的永远是家庭，因为性别使得她们远离社会角色。"由于当时的贵族妇女不从事任何正规的职业，即使在家庭内，她们也除了承担母亲、妻子的角色外，从不为家庭事务而操心，因此，打点服饰成为无所事事的贵族妇女们消磨时光的主要内容。"④ 女子接受教育程度和她与社会接触的深广度决定了女性视野的宽广、胆识的大小，并决定了女性对自主人生命运的把握程度。当女性被束缚于狭小的天地，她的生命强度自然减弱。长期的男权文化浸染，让女性在"他者"与"自我"共筑的围墙中形成"第二性"，或自戕，或戕害他人。

---

① 〔美〕桑德拉·吉尔伯特、苏珊·古芭：《阁楼上的疯女人：女性作家与19世纪文学想象》（上），杨莉馨译，上海：上海人民出版社，2014年，"总序"（二）第15页。

② 央珍：《无性别的神》，北京：中国青年出版社，1994年，第92页。

③ 次仁央宗：《西藏贵族世家 1900—1951》，北京：中国藏学出版社，2012年第2版，第367页。

④ 次仁央宗：《西藏贵族世家 1900—1951》，北京：中国藏学出版社，2012年第2版，第399页。

乡土、方言与身份认同

——诗人依乌访谈录

□依　乌　付海鸿①

访谈题记：2018 年，西南民族大学彝学学院教师依乌的第二本诗集《一个土著的下午》出版。该诗集收录了作者近年来创作的一百多首现代诗。为更好地了解诗人的诗歌写作，本刊特安排了这次访谈。

一、诗歌写作的缘起

付海鸿（以下简称付）：依乌老师，您好！认识您已经有几年了。读您文字的时候，总是能在大笑过后转而陷入沉思。我喜欢您的文字，多次向朋友谈起您有趣的事，朋友会问我，"依乌"是笔名还是本名？恕我们无知，您能告诉我们您的名字有什么特别的含义吗？

依乌：嗯，是该解释一下。我是彝族人，自然没有汉族名字，依乌就是我的本名，加上姓应该叫"阿硕依乌"，但我一直没有加，生怕没出息丢了家族的脸。依乌这个名字是根据我的母亲生我时的命宫所在方位取的，是北方的意思。

付：哦，原来这么有深意。依乌老师，您的诗歌文字让人叹服。目前为止，您已出版两本诗集了。请问您是什么时候开始写诗的？诗歌对您来说意味着什么？

依乌：在我读大二的时候，当时我就读的西南民族学院诗歌氛围很好，所以我试着写过两首诗，但后来发现自己并不是那块料，就立马放下，继续写我的小说和散文了。我是个话多的人，没法字字珠玑。到 2016

---

① 依乌：西南民族大学彝学学院副教授、作家、编剧、导演，著有诗集《鱼》《一个土著的下午》等。付海鸿：文学人类学博士，重庆城市管理职业学院教授。

年的时候，我发现身边的诗人突然多了起来，并且异常喧嚣，特别是我们本民族的一些年轻人，其中还包括我的一些学生。他们开始在各种民刊、自媒体平台上以诗人自居，相互吹捧，相互评论，甚至发展到分派、划代、写史等地步，把刚起步不久的彝族现代诗歌弄得魔性十足，鬼哭狼嚎，乌烟瘴气。一些不明就里的外民族诗歌评论家也跟着瞎起哄，其态势不亚于广场舞，但看着热闹，却都不在点上。我是个口无遮拦的人，不免在很多场合，甚至在课堂也骂过几句，一些人就说，那你为什么不写？说句实话，这句话还挺刺激的，所以从2016年起，我又开始拿起笔，试着写了八九首。吉木狼格看了之后说，你继续写，写到九十九首的时候，我们来给你开个作品研讨会。果不其然，我坚持了下来；果不其然，他们也给我开了个研讨会。研讨会当天来了很多的名人，第一本集子《鱼》也就这么出来了。

我给你念一下同名诗歌《鱼》吧：

> 我不该下河捕鱼
> 也不该顺水而下
> 下游的鱼
> 有听不懂的方言
> 我在哪里停下
> 都会成为哑巴

《鱼》这首诗写于2016年。自从写诗以来，诗歌对于我来说，就成了生活的一部分，它和我的家人一样，每天都会与我在一起。我不写的那一天，我一定是在忙一些不值一提的事情，比如……你懂的。

付： 哈哈，依乌老师总是这么幽默。我认识的阿库乌雾也很幽默。听说你们的家乡都在冕宁。2012年的时候，我去过冕宁，很喜欢那里的山。在您的心中，冕宁是一个怎样的地方呢？

依乌： 是的，我家不仅是在冕宁，而且还在安宁河的源头。有一段时间，我们乡就叫宁源乡，多好的。后来更名为大桥镇。大桥镇上的大桥后来就被大桥水库淹没了，连同我留在桥上的那些小小的脚印。

对于我来说，冕宁就是我的襁褓，所有的温暖和爱抚都是从这里开始的，所以尽管我在成都待了三十年，但我还是保留了一口标准的冕宁腔，每天"干一口匪就废了"（喝一口水就睡了）。

另外，我觉得"红色冕宁，结盟天下"这几句话挺不错，源自彝族头人跟红军将领歃血为盟的史实。冕宁最引以为自豪的就是"彝海结盟"，另外就是冕宁境内的西昌卫星发射基地。

付：对，我在您的《一个土著的下午》中读到过不少方言土语，感觉挺新奇的。您说您在成都生活了三十多年，真是不短啊！那么，您喜欢成都吗？

依乌：我是1988年考上大学来到成都的，后来毕业留校任教至今，其间就在成都安家了。说句实话，成都并没有让我觉得自己灿烂过，所以现在随时都有准备撤退的想法。一旦成行，我将在老家过上一种蓝天白云的生活，我愿意，并且特别愿意。

二、方言土语入诗与诗歌写作计划

付：依乌老师，我认识的彝族朋友中，有百分之九十的人都是诗人。所以，我的印象就是，彝族是一个诗意的民族。您怎么看彝族诗人的写作？

依乌：诗人不该分族别和性别，写得好的才叫诗人，写得不好的自然就不是诗人。因为彝族的口头传统就是诗体的语言，所以彝族的确是个诗性的民族，但目前还没有出大诗人。

付：的确，文化生态与大诗人的成长有关联。虽然没有大诗人，但我知道您的朋友和同事中有不少人都是优秀的诗人，比如阿库乌雾、吉木狼格等。您觉得他们的诗歌和您的诗歌有什么不同？

依乌：阿库乌雾是我的老师，吉木狼格是我的朋友。我只是个写句子的人。

付：依乌老师真是谦虚。说到写句子，我认真拜读过您的诗集《一个土著的下午》后，写了一篇读后感，最初我拟的题目是"还生活一个白眼"，因为我觉得您将方言土语入诗，真是恰到好处，非常幽默。我想知道，您这样的写作是特意为之的吗？或者您对诗歌语言有什么要求吗？

依乌：土语才是我的语言，所以土语入诗很正常，至少很贴近生活，而普通话就做不到这一点，所以我自己是不喜欢说普通话的。

付：土语更亲切，也更能表明我们自己的身份。依乌老师，在您的诗歌中，我感觉您其实对城市生活并不满意，您前面也提到了随时准备从成都撤退。在撤退前，您的文字先回到了乡土。诗歌中，也能感受到您对母语方言失落的种种担忧。我想知道您怎么看彝族诗人的双语写作？

依乌：是的，我讨厌城市，因为没有一座城市会令人满意，从建筑到着装，原有的人文全都被摧毁，所以没什么可留恋的。生活在城里的人，没有一个不可怜。但乡村也越来越城镇化，我的母语也岌岌可危，我现在已经没有能力完全用母语完整地哭上一段，普通话更是没法哭出最里面的痛，所以很难受，写一点句子也只能缓解缓解，没法彻底治愈。

双语写作的好处是能让本民族和外民族的人都有机会看到自己的作品，但写作过程中也会存在转述和翻译的成分，没法回避同一主题双语表达的创作重复感，这也是我目前只用汉语写作的原因。

付：我知道您现在除了写诗，还在拍摄纪录片和电影。能讲讲您最近拍摄的纪录片的内容吗？

依乌：拍纪录片也是出于对本民族文化遗存的担忧，以前拍过《彝族口弦大师》，2018 年和吉木狼格联合拍摄了《诵魂》，内容是彝族的送灵归祖仪式，现在还在做后期。今年会与王久良导演合作拍摄一部彝族题材的艺术电影，正在紧锣密鼓地进行剧本创作和筹备工作，预计年底开机。

付：所以，您的诗歌写作也好，纪录片拍摄也好，或者是艺术电影也好，其实都是围绕着本民族文化展开的。我很想知道您的下一本诗集会是怎样，能谈一谈吗？

依乌：我花了一两年的时间走完了大小凉山，写了很多东西，都是关于彝区人文地理的，有点儿意思。今年会出一本有关大小凉山的诗集，另外，会整理出版我的小说和散文集，毕竟我是一个话多的人。

付：非常期待您的新诗集与小说散文集。

三、身份认同的隐忧

付：读您的诗集《一个土著的下午》，我印象特别深刻的是《赝品》这首诗，尤其是"我成功地发现/我已经成为自己的赝品"，很想知道您是怎样看自己和自己的赝品的？

依乌：应该说不单是我，其实每个人都是自己的赝品。活得本真的人越来越少。我们言不由衷，我们事与愿违，我们得不偿失，我们将计就计，我们以假乱真，我们巧舌如簧，我们巧夺天工，我们自食其果。尽管赝品本身的技术要求甚至会超过原创，但对原创的保护机制现在还很不完善，所以我们得活得很技术，甚至小心翼翼。《一个土著的下午》，实际上就是一个土著在下午说他的赝品。

付：我能在您的诗作中感到一种身份认同的隐忧，您觉得您有可能摆脱或者缓解这种隐忧吗？

依乌：是的，我一直都有这种隐忧，所以我在成都开过一个叫"母语"的酒吧，最初的母语，永恒的家园，主要的目的就是希望来成都的族人有一个可以聚会的地方。果然，酒吧名声大噪，开了十四年，很多人在这里认识，交往，然后成为朋友。酒吧虽然亏了不少钱，但还是让我踏实地过了十几年。不做酒吧之后，除了上课，我基本上是不会待在成都的，尽量回到凉山，到处走走。这其实就是我最好的一种摆脱，当然也是一种缓解。

付：在您的诗作中，您也谈到您对生长在城市里的儿子的担忧。那您会刻意做些事情引导您的孩子吗？

依乌：是的，我努力过，也刻意为之过，但"橘生淮南则为橘，生于淮北则为枳"，我把他们生在成都，也就不好再说他们的"牙尖"了，因为说了也没用。

付：另外，看您的微信朋友圈，感觉您大部分空闲时间都在凉山行走，这样的行走或者说返回，对您有什么特殊的意义吗？

依乌：首先我觉得我离开凉山在成都生活已经有三十年了，多多少少还是有些距离感和生疏感，留在记忆里的东西已经被我写得差不多了，所以我得让自己重新生活一遍，起码得走一走，然后再走。这样的一种返回，让我自己也很惊讶，我不知道该怎样去比对，总之，过去的不一定差，现在的也不一定好。目前我在写一个叫《一根羊毛》的电影剧本，讲的是一根羊毛没法再回到一只羊身上的故事。

付：最后，我想请您用一两句话总结一下您和您的诗歌写作。

依乌：关于诗，到目前为止，我还没有太多的话要说，我只是觉得诗的定义应该是说人话，并且是一口气的，一口气写出来，一口气读完；一旦长了，就不是诗了，是思想，是理论或者野心。

付：谢谢依乌老师。期待您更多的诗作。

文学个案研究

在承担与救赎之间

——论叶延滨新时期的新诗创作

□ 颜同林①

　　叶延滨是在四川长大的，在成都和西昌度过了自己的中小学阶段。
1982 年大学毕业后，叶延滨被分配到四川省作家协会任《星星》诗刊的编
辑，后又担任副主编、主编，直到 1994 年离开成都到北京，在北京广播学
院任教一年后便调到《诗刊》任负责人。可以说，几乎整个二十世纪八十
年代，叶延滨都在四川成都生活、工作，其诗歌创作也反映了这一阶段的
现实生活。

　　在 1989 年最后一个夜晚，叶延滨在灯下不无感慨地挥笔写完了《叶
延滨诗选》的后记——明天出版社出版的《叶延滨诗选》是代表他八十年
代诗歌创作水准的唯一选本，诗选与后记一起成了后来研究者研究诗人八
十年代创作情况所着意采掘的一个精神据点。"这本诗集，在叶延滨的诗
歌方式中具有独特的价值。不仅对于诗人本人，而且对于一切愿意了解中
国诗坛在八十年代所走过的道路的人，这都是一本有相当代表性意义的诗
集。"② 的确，对在风雨飘摇中走过的新时期诗坛而言，它无疑成了以现实
主义诗风为基调的诗歌创作整体风貌、水平、诗歌母题的首选界标，也是
整个八十年代诗坛的一个参照系。其中收录了叶延滨诗作一百多首（组），
共分为六辑来展示作者由稚嫩到成熟的创作轨迹及救赎与逍遥的心路历
程。除此集大成的选集之外，叶延滨在八十年代还出版了另外六个单行
本，分别是《不悔》《二重奏》《乳泉》《心的沉吟》《囚徒与白鸽》《在

---

　　① 颜同林：贵州师范大学文学院教授，博士生导师。贵州省省管专家，主要从
事中国现当代文学，中国诗歌理论研究。
　　② 叶橹：《"叶延滨方式"之一种——兼评〈叶延滨诗选〉》，《诗刊》，1992 年第
6 期。

天堂与地狱之间》。从获奖情况来看，除组诗《干妈》获得中国作家协会（1979—1980）中青年诗人优秀诗歌奖、《二重奏》获中国作家协会（1985—1986）第三届新诗集奖外，其他诗作还获得省级以上奖项十多项。在数量和质量方面，被誉为"新来者"代表诗人①的叶延滨都以自身的实力为研究者提供了重返八十年代诗坛的一个入口。

在上面所提及的诗集的序跋及后记一类的文字中，还比较集中地反映了诗人的生活与创作的关系，包括他的创作初衷、美学趣味、诗歌风格等。作为特殊年代那一代人中的一分子，叶延滨选择了道义的承担与救赎，在农村与都市的双重变奏中奏响了一曲不倦探索的交响乐，展示了调整整个生命之船航向的一代人的生命、价值、人格等命题。正如诗人在一篇后记中所说："'诗选'以《干妈》开篇，这是1980年我参加诗刊社首届'青春诗会'的作品。其实，参加'青春诗会'是我告别青春的仪式，我已经'三十而立'了，然而，我却继续以青年诗人的身份在诗坛活动了几乎整整十年！""我追求的企图实现的，是力图用自己的笔表现我们这一代人的史诗价值。'这一代'是指什么？是这个国家的同龄人，是学过雷锋，当过红卫兵，下过乡插过队……是与国家民族同命运的一代人。"② 由此可见，诗人的创作宣言，明显带有在遗忘中学会记忆与珍惜，在救赎中又学会新生与逍遥的文化学、社会学意味。而我们试图以历史还原的定力，模拟置身其间的喜怒哀乐时，才稍微理解了一位命运之书的书写者，是如何真正稳健地告别青春期写作，步入实质性的中年写作，这足音又是怎样叩响了一个年代隐蔽的痛楚与诗思。

一、责任与承担：不能承受的生命之轻

出生于哈尔滨、在四川长大的叶延滨，以知青的身份在延安军马场当仓库保管员时，就开始涂鸦写诗。资料显示，他第一次用诗的形式写作，是改写了普希金的诗体小说《欧根·奥涅金》。那时叶延滨23岁，是抱着一种读完诗体小说后的些许遗憾和不满足来提笔的。后来一个偶然的原因，李瑛的《红花满山》成了他写诗的范本。李瑛诗取材丰富、大体押

---

① 吕进：《论新时期诗歌与"新来者"》，《文艺研究》，2010年第3期。
② 叶延滨：《叶延滨诗选·后记》，济南：明天出版社，1990年，第479页。

韵、语言明朗、诗意浓郁等特点在他的早期诗作中似乎可以找到一些痕迹。在经过较长时期的写诗稿—寄诗稿—退诗稿的经历后，缪斯之门终于对叶延滨打开，1975 年 3 月，他在《解放军文艺》上发表处女作《女队长的画》，同时在《延安文艺》上发表《春，从北京出发》。① 这两首诗宛如春雷炸响，是诗人发出的第一声嘹亮的啼唱。《春，从北京出发》是歌颂一个普通劳动者——铁路巡道工的，诗中道出了"冬天来了，春天还会远吗？"般的呼唤，那季节之春和时代之春的奏鸣，竟这般鲜亮、明朗而隽永。联系历史背景，可嗅出几丝时代的气息。从中可见，叶延滨一开始创作，基本上是走现实主义与浪漫主义相结合的道路，也可以瞥见他敏锐的当代意识与时代感。他后来的作品，如《矿山英雄谱》《山村喜事》《一份马兰纸的油印文件》《冰下的激流》等诗，也是他一以贯之的创作理念的文本载体，给人们以选择责任与道义承载的印象。特别是后来，更是得到了有力的延续。这些诗也大都由于情感生活的浮泛和传达技艺的稚嫩而显出时代局限的一面，流露出进入写作成熟期的一种人为的印迹。后来他考入大学，参加首届青春诗会，终于告别了较长的诗艺探索期，以坦荡、炽热的才情引起诗坛普遍的关注。

叙述到这里，我们不能跳过《干妈》，虽然有众多的诗评家都曾涉及它，我本人也有专文予以评论。因为这首诗也是责任与承担、自救与自为的具体承载物，既为诗坛留下了一个不朽的大堰河般的普通母亲，也给时代留下了一个种子与土地如何对话的宏大命题。从"我驮着一个'狗崽子'的档案袋，/到圣地延安，/为父母赎罪——"到"力争这工分我毫不客气，/它意味着：养活自己！/它伟大意义决不亚于/1942 养活了革命的边区！/啊，这是百万青年青春的代价——/我们是中华民族/用木犁养活自己的知识阶级……"，再到唱出"感谢你，延安，穷家"的时代之音，一路奔涌着叶延滨源自苦难和感恩的诗情。其中："'共产党人好比种子，人民好比土地。'/啊，请百倍爱护我们的土地吧——/如果大地贫瘠得象沙漠，象戈壁，/任何种子都将失去发芽的生命力!!/——干妈，我愧对你满头的白发……"更是宣示了诗人怀着责任来承担，不是毁灭，而是呼吁，不是逃避，而是承担的精神姿态。诗人的理智没有让他沉湎于个人的

---

① 杨泥：《感谢生活——青年诗人叶延滨的青春履历》，郑州：海燕出版社，1994 年，第 126—140 页。

不幸、失意、痛苦、感伤，而是将这种特殊的情感经历作为一种体验去"咀嚼"，情感的升华与艺术的升华于是扭结在一起，给时代以希望的内蕴，也花瓣般地恰如其分地播散其间。之所以引起读者大面积的共鸣便是在这样一个巨大的时代语境下进行的，它显然得到了不断扩散与再生。

　　在立足现实生活的创作平面上，叶延滨的诗便以责任、道义的承载来作为自己写作的动力，不论是对生活中不合理的荒谬的事物的烛照入微，还是对民众生活的意义的探寻追问，不论是对一段历史的忆念反省，还是在心里对噩梦般的回忆的彻底埋葬，诗人都会以自己的坦荡、炽热、执着和热情来唤起人们对美好事物的关注，对被扭曲的人性予以警醒。这种在今天崇尚后现代的某些人看来显得比较乖巧的使命感与责任感，无论如何消解，都是有正面建设的功效的。它或许可以不断地引发读者对一个时代的回忆和反思，而它严峻的命题与苦涩的历史内涵，足以昭示世人。作为走过歧路的一代人，《高原之子》《南方与北方》《一辆运煤列车的守车》《血色情书》等诗中，就流露出了作为个体的"我"的自我剖析的勇气。因为诗人不惮于坦示自己心灵中也曾有过的黑暗岁月。正是历史的风风雨雨，给八十年代起步的诗人，锤炼了一颗在是非曲直面前学会爱憎、学会反思的心。其中对悔恨、良知、虔诚的演绎、阐发，都是具象化的，又都相当洗练，可谓是一个富于包孕性的时刻的无限放大和瞬间定格。此外，从以上诗作中可以发现，责任与承担的写作姿态仍建立在以批判的眼光审视现实社会，把自身的遭遇以深层的象征意象来昭示世人。难能可贵的是，诗人自我对于个体生命存在的复杂、荒谬所进行的理性思考也日趋深刻。把《背叛的心律》对照着自传体抒情长诗《血色情书》一看，便可看到它潜藏的意义。这一优秀的自传体抒情长诗，从个体到群体，从父辈到自己，从现实到神话，仿佛一个一生走在成长路上的传奇。另一方面，个体与社会的矛盾、分裂、悖谬，无形中又形成了人生焦虑与命运无常的心境，并借助具体的情境传达出自嘲与荒诞的哲思。——正是人生普遍存在的这种个人迷失、寂寥、黑暗时光，又常常被表面的喧嚣与繁华所掩盖、消解，才会出现历史的反复、歧路的错综。此外，这些诗行另一个出人意料的地方就是情感基调不导向颓废、虚无之途，而是深藏着诗人对社会的反思与憧憬，两者纠缠着上升，给人走过千山万水后依然年轻、清醒的审美感受。

二、农村与都市：重奏中的回望

从叶延滨在参加青春诗会曾幻想过要"当一名将军，一名学者，或是一名船长"的表白来看，出身于革命干部家庭的叶延滨，在童年与少年时期似乎是比较幸运的，作为生活在繁华城镇的城里人，大概想不到日后会经受农村的磨难。——但生活无情地击碎了这个五彩的梦，人生的道路突然变得异常崎岖，受父辈的牵累，叶延滨开始以独立与告别的姿态承受命运的狰狞与风雨，走了一条与父辈的"农村包围城市"相反的道路。这也是诗人所言的一代人的人生之路。

农村与都市是对望的，尽管有许多种方式加以掩饰与曲解，但这一普遍而广泛的真实对峙从未有过彻底的改变。从天府之国的校园到穷山恶水的革命老区延安"插队"——叶延滨曾对这"插队"二字进行过荒诞诗意的演示，但从诗歌创作的角度看，农村与城市二重奏的旋律始终既是他创作的源泉，也是他创作的基点。而且从积极意义来看，农耕民族的传统并不排斥乡村，乡村生活自古以来便与优秀诗人有着天然的契合度，不说远了，新诗史上的艾青、臧克家、穆旦、冯至……几乎都是城市与农村生活的双重拥有者。如果说诗是真善美的统一与化身，那么这双重的拥有恰好完美地提供了书写真善美的沃土。在这二端之间来回走动，带来了生活的真实、人性的善良和心灵的美好，也赠予了遏止唯美色彩、空洞无物的象牙塔里的无病呻吟之类的天然屏障。再者，从评论者方面来看，目前为止，比较知名的论者与诗家都有类似的双重生活经历，而这种经历无疑有助于双方的欣赏与看重。

对叶延滨而言，在农村这片广阔天地里所受到的"三课"①，对他诗内诗外的影响可以说是终生都难以忘怀的。正如诗人所说，"就诗而言，我是汲延安之乳发蒙。"② 时代的大潮把叶延滨抛向社会，这些农村的生活经历给了他大量生动感人的素材，给了他乳泉般的情感力量。更重要的是，农村的贫瘠、广袤与农村生活的坎坷、痛苦，以及母爱、善良、纯朴与无私奉献的"特产"，给了他双重的教育与反思。这一层意义，也许就是几

---

① 刘士杰：《叶延滨论》，《文学评论》，1990 年第 3 期。
② 叶延滨：《二重奏·自序》，广州：花城出版社，1985 年，第 2 页。

位论者所涉及的心的复活：狂野冷漠、饱受歧视与敌意、过早地灌满风沙的心灵，经过爱的乳泉的滋润，已褪去了当初的荒芜与龟裂，呈现出一片芳草萋萋的勃勃生机。譬如《干妈》中的老大娘，她所做的并非惊天动地的壮举，只是以心换心的坦荡与胜似血缘般的亲情，通过日常琐事来呈现，但她却以一种近似圣洁的情感力量，适时地唤醒了"我"枯死的灵魂，使"我"经历了从"卷进黄土高原的一粒砂"到"找到了大地母亲的安泰"般的情感流变。可以说，正是这样一种一生中很难发生多次的情感波澜，沟通了作者与广大读者的情感之源，也无声地掀起了一种类似于电影《妈妈再爱我一次》在大江南北放映后异常火爆所引发的爱的波澜与激流。吃住在农户家的带有自传色彩的"我"，与其说学会了用农民的眼光看这个世界，不如说学会了以平民化的艺术心态对待诗歌艺术和整个世界，而这种心态与写作姿态几乎是叶延滨八十年代创作的一个情感航标。如诗集《乳泉》，便是其八十年代中期又一次集中的诗情演示。无论是榆木门扇的窑洞素描，还是贴满窗花的家园，以及透过窗花背后的爱情的诗意发现，无论是石碾、毛驴、羊群、草垛、酸枣等陕北风物的描绘，还是走村串户的石匠、出门做生意的汉子等自然之子的生活披露，抑或桥儿沟旧教堂、宝塔山，甚至是革命遗物如铜号、纺车……诸如此类，都在诗人的笔下得到了应有的尊重和永恒的诗意回眸。如"站在我记忆的路口""一辈子，一辈子站在心上"的老榆树（《老榆树，不说话的老榆树》），"知青走了，妈妈没走"的扎根在埝畔上的知青树（《知青窑前的树》），"埋在心底的记忆之冰／曾凝着艰辛、痛苦、贫困／在春天解冻时候／竟融出温暖、欢乐、甜蜜"的小毛驴脖铃（《欢乐的铃铛》）……此外，还有《还想听你唤我一声》《我接过你的酒碗》《大娘撩起她的围裙儿》等诗中，异常鲜明地体现了对延安这片热土，对这片乳泉般的土地上的人们的大爱的无限忆念。诗行中自觉地与农民共命运的主旋律，或高吟低唱，或沉郁沧桑，让人感到透骨的缠绵，让人感到高原魂兮归来的家园归属感。从艺术上看，这些诗像陕北高原的三原色——黄色、白色、黑色一样朴素、明快、简单，透过这自然的三原色，再投射出生活的三原色，然后铺衍开来，便是生活的五彩缤纷了。

透过农村题材的诗稿来打量描写都市生活的诗篇，似乎能给人一种贴切、亲切的富于逻辑的审美情趣。集中描写北京生活的诗集《二重奏》，访问意大利后所著诗集《在天堂与地狱之间》，以及诗集《心的沉吟》

《囚徒与白鸽》中的一些诗，便集中地反映了叶延滨写作都市诗的审美取向与艺术水准。我们主要来看诗人吟咏北京的诗篇，因为从大的方面来看，延安与北京便是农村与都市的具体体现，"二重奏"与其说是诗人所说的"古老与年青，历史与现实，传统与理想……醒目的强烈对比的色彩，奏鸣得稍有点不和谐的声音，在我的感情世界叠印交响"，还不如从宏观上看，是乡村生活与都市生活的相互叠印交响，这两个题材取向应是把握诗人诗作的标志。《早晨与黄昏》《藕色的楼与蓝色小亭》《晨的剪影》《花店》《小镜头》《推小车的老奶奶》等作品，均流露出一种明丽、轻快、活泼的抒情基调。

除此之外，诗人对古老历史的沉思，也得到了凝定。其凝定的对象主要集中在北京一些享誉中外的历史遗产上，如故宫、御花园、颐和园长廊，如长城、天安门广场、英雄纪念碑，等等。另一方面，面对那些运动着、生长着的事物，诗人也是诗兴大发，如修路中的告示牌，一堵被推翻的古老灰墙，简直是应和着都市节奏感而流溢出对新生的憧憬。对事物如此，对新生的人，同样也寄托了诗人的忧思与感慨。如："我的心被这双手擦热了，/擦掉一张张暗淡的图画——/'打倒'的标语、血红的大叉/破碎的玻璃、污浊的窗架，/汽车上装满了可怕的脏话！//一双冻红的小手在擦……"（《擦……》）；"刚从噩梦中苏醒"的工读学生，"涂脏的心灵"等待阳光与美的拭净与陶冶（《老师在说……》）；"一颗颗带菌的心/自私，狭隘，贪婪/妒嫉/比手术刀更有力的/是爱和真理//以母亲的名义，抢救孩子/你们面对一个带菌的世纪"（《以母亲的名义》）。诗中对城市明天的主人发出了血的呼告，渴盼凤凰在火中再生的城市梦想真切而感人。

整体打量叶延滨八十年代的城市诗歌，以可触可感的霓虹灯、高楼、历史陈迹等为主，基调也是明朗的、积极向上的，这一点与后来叶延滨的都市诗创作是有很大区别的——诗人后来的创作渐渐地显示了都市的败落、荒诞、陌生的另一面。其中城里人生活的异化感渐渐水落石出了，原初美好的印象渐渐得到了改写。仅举反映人的渺小与异化的几首诗为例："'我是'——我是谁？/是公用电话簿上一串号码？/是工资袋里几张有价纸片？/是对号入座过期作废戏票？/是随地吐痰被罚款的收据？"（《现实主义都市》）；"地铁入口吞了人群又吐出人群/饭店举行婚宴法庭判决离婚/诗人发表作品很快被人忘记"（《史诗派都市》）。很明显，前者以"我是谁"的发问实质上是有很大的生存背景的，后者芸芸众生的生存图景似乎也恰好是上一诗节的佐证。它们都表明城市人在强大的城市机制运行中被物化、被符号化的处境。于是，个体生命无足轻重的焦躁、失落便油然而生。到九十年代后期所写的《给都市写的病历》《都市印象》等诗中，几乎难以掩饰置身都市之中的困惑、不满乃至倦怠。

三、平面与斜面：不倦的艺术求索

叶延滨自我概括的"三点决定一个平面"理论，应是了解诗人创作的人所共知的："在我们今天的时代和社会中找到自己的坐标点，在纷繁复杂的感情世界里找到与人民的相通点，在源远流长的艺术长河中找到自己的探索点。三点决定一个平面，我的诗就放在这个平面上。"[①] 后来有些论者或誉其为"金三角"，认为"这是一个相当辽阔的疆界，一个具有无限可能性的绿洲"，或者以此为论文框架展开论述。[②] 无独有偶，十多年过去了，在一个类似访谈式的诗人档案里，叶延滨独出心裁地说过一段辗转多师的话。[③] 我们认为这两段话可以对照着读，从中可以发现叶延滨写作上的变化。与其说是一个平面，不如形象地说是一个斜面。因为表征艺术探索的支点总安放在前面，总是比其他两点略高，于是就永远地构成了一个斜面。在这个斜面上，歪歪斜斜地留下了诗人躬身向前的身影。整个八十年代，诗人的这个身影应该是比较典型的。正如有论者所指出的："风格上远不象有的诗人那么'定型'，而是变化着的，不同年份写的作品，有着比较明显的差异。"[④]

跳出八十年代的创作视域，而从叶延滨的整个创作来看，2002 年出版的重要作品集《沧桑》似也可作为拉长的创作时期对比着看："这本《沧桑》是我自己很看重的一本作品集。收集了我在 20 世纪最后十年间的重要短诗作品。这十年间，我的创作与 80 年代有许多变化，这种变化在这本

---

① 叶延滨：《叶延滨诗选·后记》，济南：明天出版社，1990 年，第 479 页。

② 张学梦：《皈依与超越》，《当代文坛》，1992 年第 2 期；姜耕玉：《叶延滨诗歌创作的足迹》，《文艺报》，1992 年 4 月 4 日；刘士杰：《叶延滨论》，《文学评论》，1990 年第 3 期。

③ 参见《星星》诗刊，1993 年第 9 期，扉页中的"叶延滨档案"。

④ 莫文征：《贵在进取——序〈囚徒与白鸽〉》，《囚徒与白鸽》，北京：人民文学出版社，1988 年，第 1 页。

诗集中得到体现。"① 这种变化据我们看来就是出现了哲理的倾向，理性写作的倾向也很明显，而且其中感情逐渐淡出，诗思冷涩，题材逐渐琐细化，自传色彩也变得模糊不清。从宏大的主题到留意日常生活，诗人无疑经过了一次外科手术般的艺术转型，下面我们从以下几点来略做探讨。

其一，激情与自我的淡出，哲理与非我的加入。首先，从七十年代末到八十年代初，叶延滨的抒情方式大多是直抒胸臆，句式较短，"啊"及惊叹号、破折号、省略号用得比较多。其次，自我的形象始终在诗行中出没。诗人往往借一事件，以情节或场景来抒情，情感较为集中，也可以说是大流量的。对于这些类似于小叙事诗的抒情之作，评论者较为一致的认识是，诗人继承了贺敬之、李瑛、闻捷、艾青等前辈诗人诗歌中民族的、现实主义的艺术传统，同时又不断地致力于创新，逐渐形成了亲切、朴实、情感炽热的个性化抒情风格。

后来，激情的疏淡与哲理的加入便改变了叶延滨的创作风貌。尤其是八十年代中期以后，诗中哲理化倾向更甚。如《二重奏》里的《桥》《金缕玉衣》等咏景诗，以及《早晨与黄昏》《节奏感》等诗作，就包蕴哲理意味；而作品集《心的沉吟》《囚徒与白鸽》中这类诗作数量更多，想象更奇特。从注重情感的流畅到避免一览无余的喧哗，从注重自我的表现到冷凝、客观化的表达，焕然一新的诗美世界，又向前推进了一大步。

其二，含蕴与暗示的借用、倚重。含蕴与暗示作为象征主义与现代派的一种较为常用的美学表现手法，有着妙不可言的表达力，对它们的借用、倚重，对诗美的传达自然有所突破，这不仅是充满美的想象力及观物方式的突破，更是诗人情志和思维运动本身的转型。叶延滨八十年代的诗，能拥有一条不断后退的地平线，拥有"叶延滨式"的富有个性的艺术魅力，根源之一便在于此。《母亲的神话》这首抒情长诗，诗人从歌颂远古神话中创造人类的伟大母亲女娲开始，到把母爱升华为"神话中的英雄是/我的，你的，所有的/——觉醒了的妈妈……"这里的母亲已不再拘泥于现实生活中的某一位母亲，也不是"干妈"式的比较拘束而升华较为勉强的母亲形象。这样，诗人就得以充分驰骋想象力，从神话到现实，从庄严的神像到充满母爱的血肉之躯，既有宏观的艺术概括，又有微观的细节描写，诗中的母亲已成为中华民族乃至全人类的伟大母亲的代表，令人感

① 叶延滨：《沧桑·后记》，哈尔滨：黑龙江教育出版社，2002 年，第 450 页。

到既崇高，又亲切。同样，《父亲的神话》，也是从历史到现实，摈弃了对客观世界的简单模拟，超越了对写实的拘泥，吸收了现代诗的某些表现手法，开始注重艺术概括和抽象，并以历史的、宏观的眼光观照世界，从中开拓出高远的意境，开掘出深远的诗意。此外，如《缆桩和礁石》一诗中缆桩和礁石的人性化特征和命运变迁的戏剧化处理，《囚徒与白鸽》一诗中囚徒与白鸽对自由与飞翔的理解以及对苦难命运的抗争，《石雕的诱惑》中流露出的自然奇观与人的造型的分裂与困惑，《泥石流》中自然而然地把泥石流与政治运动进行比附，暗示、影射人心的变异，诸如此类，都表现出诗人对暗示、象征的娴熟运用，对含混、繁复诗味的心仪和追求。

由此可见，叶延滨是在一个斜坡上跋涉向前的诗人，对各种风格、审美母题既有所借鉴，又有所扬弃。也许正是这种不倦求索，才使他始终保持着独特的时代之音。

结　语

从道义的承担到一代人命运的自觉代言，叶延滨在自身独特经历的基础上，通过农村与城市的双重变奏，通过对自身的不断否定，而求得了不断创新的艺术生命力。在这种上下求索中，承担与救赎的母题渐行渐远。叶延滨整个八十年代的创作，几乎找不到大面积的断裂与颠覆的印痕；追求和谐、稳健，不断蜕变，他留给世界一个躬身向前的背影，在拐弯处挥了挥手，又走上了一条不断蜕变的沧桑之旅。

唯文字永存

——汪曾祺笔下的昆明记忆

□ 卢　军①

1939 年夏，19 岁的汪曾祺赴云南昆明报考西南联大中文系，直至 1946 年 7 月离开，"昆明一住七年，始终未离开一步"。他的文学生涯是从这里起步的，昆明的学习生活经历为其文学创作提供了丰富的素材。除却影响其终生的恩师沈从文外，汪曾祺的挚友朱德熙、巫宁坤、李荣等都是他在昆明时期结识的。因此汪曾祺对昆明有着特殊的感情，"我在昆明待了七年。除了高邮、北京，在这里的时间最长，按居留次序说，昆明是我的第二故乡"②。

汪曾祺创作了多篇昆明题材作品。早期作品有新诗《昆明小街景》《小茶馆》《昆明的春天》《文明街》，小说《匹夫》《老鲁》《除岁》，散文《昆明草木》《街上的孩子》《昆明的叫卖缘起》《花·果子·旅行》等。晚年他又写下了多篇回忆昆明的文章，最有代表性的是 1984 年至 1987 年创作的"昆明忆旧系列"八篇：《翠湖心影》《泡茶馆》《昆明的雨》《跑警报》《昆明的果品》《昆明的花》《昆明菜》《观音寺》。二十世纪四十年代昆明的景物人事、风俗民情、饮食文化在他的笔下得以鲜活呈现。

一、昆明之于汪曾祺写作生涯的特殊意义

2019 年人民文学出版社推出了新版《汪曾祺全集》，收录了 1998 年版

---

① 卢军：聊城大学文学院教授。主要从事现当代自由主义知识分子的生存境遇和文学实践的研究。

② 汪曾祺：《觅我游踪五十年》，《汪曾祺全集》第 5 卷，北京：人民文学出版社，2019 年，第 301 页。

本的《汪曾祺全集》中所没有的大量四十年代佚文，涉及《钓》《悒郁》《翠子》《寒夜》《春天》《匹夫》《灯下》《最响的炮仗》《唤车》等二十余万字的小说、散文、诗歌。早期佚文的发现为研究者们提供了非常重要的资料，对重新认识和评价汪曾祺在中国现代文学史上的价值将具有开拓性意义。

"我要不是读了西南联大，也许不会成为一个作家"。汪曾祺最早的作品是发表在1940年6月22日的《中央日报·平明》上的小说《钓》，该文是沈从文先生所开"各体文习作"课的作业，也是经沈从文推荐发表的。在西南联大，汪曾祺读了大量中西方文学经典，尤其是纪德、伍尔夫、阿索林、卡夫卡以及契诃夫作品，为汪曾祺短篇小说现代化试验提供了丰富的资源。他开始思考"纯小说"的观念如何体现在实践中，尝试创作了《绿猫》《复仇》《谁是错的》《结婚》《悒郁》《小学校的钟声》《礼拜天的早晨》等一系列意识流小说。汪曾祺四十年代的写作可以说是不受任何条条框框规约的，他大胆尝试不同风格的写作。

汪曾祺对自己早期作品评价不高，"我二十岁开始发表作品，我算什么样的作家呢？我年轻时受过西方现代派的影响，有些作品很'空灵'，甚至很不好懂。……我近年的作品渐趋平实"[1]。这多半是自谦之词。因为在西南联大时期，汪曾祺的才华得到众多师友的认可。他的读书报告《黑罂粟花——李贺歌诗编读后》曾得到闻一多先生的高度评价。沈从文1941年致信施蛰存，提到时年21岁的弟子汪曾祺，"新作家联大方面出了不少，很有几个好的。有个汪曾祺，将来必大有成就"[2]。细读汪曾祺早期作品，可以看出：汪曾祺绝非评论界通称的"大器晚成"的作家，而是一个早慧的天才作家，一个致力于文体革新的急先锋。他不拘一格的文体打通实践就始于西南联大时期，因此，昆明之于汪曾祺的写作生涯有着特殊意义。

二、抗战时期昆明民众生活场景的展示

汪曾祺写于二十世纪四十年代的小说、散文有多篇以昆明人事为背

---

① 汪曾祺：《自报家门》，《汪曾祺全集》第5卷，北京：人民文学出版社，2019年，第109页。

② 徐强：《人间送小温——汪曾祺年谱》，扬州：广陵书社，2016年，第36页。

景，阅读这些穿越时空的文字，可以增进对抗战时期昆明民众真实生活的了解和认识。

（一）淳朴的民风

汪曾祺在西南联大读书时，曾两度在校外若园巷和民强巷租房住。房东对联大学生颇为关照。因家里的经济来源中断，汪曾祺一度生活困顿、一贫如洗。"我们交给房东的房租只是象征性的一点，而且常常拖欠。昆明有些人家也真是怪，愿意把闲房租给穷大学生住，不计较房租"，体现出昆明市民对这些年轻知识分子的怜惜和宽容。若园巷房东院里有一棵很大的缅桂花树，花开之时，"香出巷外"。房东老太太靠卖花贴补家用，但她却毫不吝啬，清晨摘花时常常先送一盘缅桂花给租房的穷学生们，缅桂花的色泽芳香令汪曾祺终生难忘。

（二）泡茶馆

《寻常茶话》描绘了抗战时期西南联大师生特有的"泡茶馆"生活方式。联大学生课外时间多消磨在大小茶馆里，"干什么的都有，聊天、看书、写文章"。有一位教授在茶馆这个喧闹场所读高深莫测的梵文；还有一位姓陆的研究生连漱洗用具都放在一家茶馆里，每天起床后就来到茶馆洗脸刷牙。这在今天读来简直不可思议。汪曾祺也养成了泡茶馆的嗜好，每天课后，就带着两三本书和钢笔、稿纸，与朱德熙等一起上附近的文林街泡茶馆，一边喝茶，一边吃"花生西施"的五香花生米。汪曾祺"最初的几篇小说是坐在钱局街的一家老式茶馆里写出来的"。他一拿到稿费就直奔文林食堂"打牙祭"，改善一下生活。他曾在回忆散文里多次提到昆明茶馆里的各色青茶和茶香扑人的烤茶。常有联大学生光顾的翠湖茶馆的伙计们也少有市侩气，不与少付茶钱的穷学生们斤斤计较。

（三）校园生活

小说《匹夫》书写了汪曾祺在西南联大的校园生活感受，对前途的迷茫困惑，以及他周遭众多联大学生的生活状况。自1939年日军封锁滇越铁路、1940年封锁滇缅公路，切断了西南城市的重要物资来源后，日用品和粮食的价格急剧上涨，通货膨胀犹如脱缰的野马，昆明的通货膨胀率更是高得吓人。中断了家里经济资助的汪曾祺也过上了三餐不继的日子。很多联大学生依靠难民费生活，学生兼职成为一种普遍现象。最普遍的是当中学教员和家庭教师，"其他报馆跑外勤的，金店当师爷的，电台播音的，在电影院里作广告员或是翻译说明的，作电灯匠的，作小本经营的，机关里当科长秘书的，作邮务员的，甚至于从前昆明鸣午炮夜炮的，莫不有联大同学"①。众多临近毕业的联大学子选择职业时，要在理想和现实生存之间做出抉择。

（四）惨淡经营的小商业者

汪曾祺发表于1943年的小说《除岁》通过一对父子的对话展开，从侧面反映了战时后方情形，尤其是生意人所面临的窘迫状况。日寇步步紧逼，除岁夜里，远处炮火连连。各种生意大多萧条，过年时很少有店家把招牌用油漆重新刷过，大家都在麻木地等着不可知的命运。关门歇业已成家常便饭，生存的压力越来越大。满条街上只有做杂粮生意的多少挣了点钱，因为米价飞涨，吃不起米的市井小民只好改吃杂粮充饥。除此以外，只有棺材铺子赚钱。《除岁》也描写了抗战时期昆明普通民众朴素的爱国情怀。时局的险恶没有让人们一蹶不振，而是艰难地苦撑着，祈盼着黎明的到来。对于生意人来说，"谁也不忍心看先人遗下来的或是自己一手创置的生财器物生虫上锈"，小商人们互帮互助，携手共渡难关。过年了，商人们也没有忘记前线与日寇浴血奋战的战士。商会组织慰劳团带着煮熟的腌肉到前线劳军，筹募棉花给士兵们缝制御寒的棉衣。小说通过这些细节的描写彰显了普通市民身上的宝贵品质。

（五）底层百姓的艰辛

散文《凤翥街》表达了作者对背炭卖炭的苗族人民艰辛苦楚生活的同情，还详细介绍了泡茶馆时目睹的经常出入凤翥街的贩运日用百货的马锅头的生活，"马锅头是很苦的，他们是在风霜里生活的人。沿途食宿，皆无保证。……这是一些豪爽剽悍男人。他们喝酒、吸烟，都是大口。他们吸起烟来很猛，不经喉咙，由口里直接灌进肺叶，吸时带飕飕的风声，好像是喝，几口，一支烟就吸完了"。形象生动，如在眼前。散文《背东西的兽物》中描写了汪曾祺在昆明常见的背运货物的人，他们负重行走于交通条件恶劣的山地间，背东西就是他们全部的生活，超负荷的体力劳动使他们疲惫不堪，在休息吃饭时也表情冷漠，连与身边同伴交流几句的兴致

---

① 西南联大《除夕副刊》主编：《联大八年》，北京：新星出版社，2010年，第117页。

都没有。这些作品的题材多为四十年代昆明普通民众的凡俗生活，汪曾祺始终关注底层百姓的命运，字里行间表现了对于平实人生的关注与温情。

三、"昆明忆旧"系列散文

汪曾祺的昆明忆旧系列散文涉及民俗、景物、美食等方方面面，汪曾祺偏爱这一类题材作品，"写散文，写地域性的散文既可使读者受到诗的感染，美的浸润，有益于人，对自己也是一种精神的享受。我觉得写这样的散文是最大的快乐"①。

（一）昆明年俗

在 1993 年的《昆明年俗》中，汪曾祺回顾了昆明人家过旧历年的一些独有年俗：铺松毛，贴唐诗，劈甘蔗，掷升官图，嚼葛根。尤为特别的是前两种。铺地的松毛即马尾松的针叶，"满地碧绿，一室松香"。一些小店铺过年不贴春联，而代之以唐诗，"过年不卸板，板外贴万年红纸，上写唐诗各一首。此风别处未见"。大年初一，途经的路人可沿街诵读千古流传的唐诗，也是一件颇为风雅的趣事。

（二）舌尖上的昆明

汪曾祺是作家圈中公认的美食家，他对昆明菜情有独钟。散文《昆明的吃食》为读者介绍了几家当年地道的老饭馆：护国路的东月楼，其名菜"锅贴乌鱼""极香美。宜酒宜饭，也可作点心。我在别处未吃过，在昆明别家饭馆也未吃过，信是人间至味"。武成路的映时春，最受顾客追捧的菜品是油淋鸡，"一盘上桌，顷刻无余"。此外，还有正义路近文庙街拐角处的过桥米线，金碧路汽锅鸡，小西门马家牛肉，护国路白汤羊肉，奎光阁面点，玉溪街道蒸菜，以及破酥包子、玉麦粑粑等点心、小吃。汪曾祺逐一描述各样美食的烹制方法及独特口味。《昆明菜——昆明忆旧之七》开篇就说明这篇文章是写给自己看的，因为"我离开昆明整四十年了，对昆明菜一直不能忘"。他认为云南菜虽不属于中国的八大菜系，但有自己鲜明的特色。文中详细介绍了云南宣威火腿、蒸菜、各种菌子、乳扇、乳

---

① 汪曾祺：《"国风文丛"总序》，《汪曾祺全集》第 10 卷，北京：人民文学出版社，2019 年，第 389 页。

饼、黑芥、茄子酢等。他念念不忘昆明吉庆祥的火腿月饼，"今年中秋，北京运到一批，买来一尝，滋味犹似当年"；"我一辈子没有吃过昆明那样好的牛肉"；雪花蛋"入口即已到喉，齿舌都来不及辨别是何滋味，真是一绝"。兴致高时，汪曾祺还烹制"炒苞谷"等昆明风味菜飨客，并颇自得地介绍"这是昆明做法"。

昆明的种类繁多的菌子也数次出现在汪曾祺笔端。最具代表性的《昆明食菌》中写道，"我在昆明住过七年，离开已四十多年，忘不了昆明的菌子。雨季一到，诸菌皆出，空气里到处是菌子气味。无论贫富，都能吃到菌子"。他介绍了常见的牛肝菌、青头菌，最名贵的菌中之王鸡枞菌，样子最好看的鸡油菌则"中看不中吃"，"菌子里味道最深刻，样子最难看"却异常美味的干巴菌。将干巴菌择洗干净后，"与肥瘦相间的猪肉、青辣椒同炒，入口细嚼，半天说不出话来。只觉得：世界上还有这么好吃的东西？干巴菌，菌也，但有陈年宣威火腿香味、宁波糟白鱼鲞香味、苏州风味鸡香味、南京鸭胗肝香味，且杂有松毛的清香气味"。读来让人垂涎三尺。去昆明时，他还不忘给好友朱德熙带回干巴菌作为礼物。

(三) 昆明景物

在回忆散文《翠湖心影》中，汪曾祺谈及昆明和翠湖之间密不可分的关系，"没有翠湖，昆明就不成其为昆明了……只能说，翠湖是昆明的眼睛"。翠湖之中，因有一条贯通南北的大道而往来行人众多。因此，"行人到了翠湖，也就成了游人了"，"从喧嚣扰攘的闹市和刻板枯燥的机关里，匆匆忙忙地走过来，一进了翠湖，即刻就会觉得浑身轻松下来；生活的重压、柴米油盐、委屈烦恼，就会冲淡一些。人们不知不觉地放慢了脚步，甚至可以停下来，在路边的石凳上坐一坐……"即使仍在匆忙地赶路，人在湖光树影中，精神也很不一样了。"翠湖每天每日，给了昆明人多少浮世的安慰和精神的疗养啊。"长年盈满的极清的湖水、浓绿的垂柳、娇艳的粉紫色的水浮莲、一尺多长的红鱼共同构成了汪曾祺笔下的翠湖印象。在汪曾祺眼中，翠湖是完美的：首先是名字起得好；其次是大小适中，"小了，不够一游；太大了，游起来怪累"；第三个好处是"建筑物少。我最怕风景区挤满了亭台楼阁"。他尤为喜欢雨季的翠湖，"柳树真是绿得好像要滴下来"。翠湖图书馆是汪曾祺一生去过次数最多的图书馆，印象极佳。图书馆整洁有序，院内有许多盆白茶花。馆中犹如陈老莲画中人物般充满古风的图书管理员，古老而有趣的借书手续，处处充满人文情致。

汪曾祺对昆明是极为偏爱的，他喜爱昆明的气候，无一点萧瑟感觉的秋天"白天太阳照着，温暖平和，全像一个稍微删改过一番的春天"。连昆明相当长的雨季都没有使他感到厌烦，反而觉得很舒服，因为"昆明的雨季是明亮的、丰满的，使人动情的。城春草木深，孟夏草木长。昆明的雨季，是浓绿的"。1946 年的散文《街上的孩子》描写了昆明日常街景及小儿祈雨的场景。1947 年的《室外写生》描绘了西山景致，能望得见城中的万家灯火的白马庙。《昆明的果品》中回忆呈贡火车站附近的大栗树林子，"方圆数里。树皆合抱，枝叶浓密，树上无虫蚁，树下无杂草，干净至极，我曾几次骑马穿过栗树林，如入画境"，读来令人浮想联翩。

汪曾祺还有数篇散文描写昆明的花草树木，他始终认为一个对草木虫鱼感兴趣的人一定是热爱生活的。1946 年的散文《昆明草木》记录了昆明平常人家门口随处可见的仙人掌、田野间盛开的报春花。《花·果子·旅行》则描写了大丛野生牛月菊、矢车菊，"过王家桥，桥头花如雪，在一片墨绿色上"。时隔四十年后，汪曾祺在写于 1985 年的《昆明的花》中逐一介绍了茶花、樱花、兰花、缅桂花、粉团花、康乃馨、波斯菊、美人蕉、叶子花等常见花草。文中强调他特意翻阅《辞海》，查了报春花的资料。读其早年作品可以得知，在西南联大读书时，汪曾祺就常在书桌的小绿瓷缸子里满满地插上一缸报春花，对报春花的喜爱可见一斑。晚年逛街时看到花店里高价出售的报春花，他不禁想起当年在昆明田间散步时随处可见的大片报春花。1987 年的《滇南草木状》中谈及自己对昆明尤加利树的特殊情感，"尤加利树北方没有。四十六年前到昆明始识此树。树叶厚重，风吹作金石声。在屋里静坐读书，听着哗啦哗啦的声音，会忽然想起：这是昆明。说不上是乡愁，只是有点觉得此身如寄"。木香花也是汪曾祺喜爱的花木。昆明木香花极多，一次汪曾祺与朱德熙到观音寺南面的莲花池漫步，因避雨在一处小酒馆滞留了一段时间，两人在檐下欣赏枝叶繁茂、盖满整个天井的木香花。被雨水浸湿的肥大的花朵留在汪曾祺的记忆深处。1981 年的《昆明莲花池小店坐雨》中书写了他对昆明雨中木香的怀念："莲花池外少行人，野店苔痕一寸深。浊酒一杯天过午，木香花湿雨沉沉。"

1948 年的散文《昆明的叫卖缘起》中，他称许昆明街头的叫卖声有声有色，"从字的排列自然产生起落抑扬，游转摇曳，拖长与顿逗，因而想见种种风尘辛苦和透露出来的聪明黠巧，爱美及一个尚能维持的生命在游戏中表现的欢愉"，感叹离开昆明后再也听不到如此熨帖悦耳的叫卖声了。他还评价了上海、香港等地的叫卖声，要么油滑不自然，要么急躁冒失、不加修饰地报出货品名称。反之昆明街道上各种叫卖声"那么丰富，那么亲切，那么自然，那么现现成成的，在我们的腹下，在我们的喉头……这些声音真是入于肺腑，深在意识之宗，随时与我们同在了。那么我们很有理由毫无顾忌的坚持着对于昆明的叫卖的偏爱了"。

汪曾祺已把昆明视为自己的第二故乡，"昆明的一条一条街，一条一条弯弯曲曲的巷子，高高下下的坡"都印在他的脑海中。1986 年汪曾祺回昆明，特意去看了龙翔街、凤翥街，但"旧有店铺，无一尚存。只有街的中段有很多卖菜的摊子，碧绿生鲜，还似当年"。1987 年，汪曾祺随中国作协作家代表团去云南采访。在昆明逗留数日，他兴致勃勃地寻访联大旧址，并游览了当年熟悉的街道、茶馆、黄土坡、白马庙、金殿、西山等地。1991 年再次随中国作协赴昆明的汪曾祺又专程去青莲街，故地重游。

四、汪曾祺诗作中的昆明风俗画

评论家对汪曾祺的关注多集中在小说和散文两类文体，其实汪曾祺的文学创作是从写诗起步的，一上大学就开始写诗了。西南联大中文系有浓厚的现代文学气氛，他又阅读了大量西方现代派作品，这使他写起诗来总是追求新奇的、抽象的、晦涩的意境。汪曾祺在当时颇有"诗名"。二十世纪四十年代汪曾祺发表在《大公报》等刊物的新诗《昆明小街景》《昆明的春天》《文明街》都是以昆明生活为背景。

《昆明小街景》先是白描出一条略显寂寞的长街，紧接着突出了长街上一座叫做太史府的院落，推开古老而深重的大门，门内是挑着木柴卖钱的老挑夫和算盘打得噼里啪啦响的少掌柜，门外则是不时走过的小街居民：有拖着一大串儿泥草鞋的路人，有敲更卖馄饨的小商贩，有拖着空车的老黄牛，有帽顶顶红的小三儿。连同被扔下的烂橘子，夹起尾巴箭一般跑走的瘦狗儿，勾勒出一幅早春昆明街景图。

《昆明的春天》相较于"昆明街景图"则简单明亮了许多，两个好友轻倚在明瓦窗前，看赤脚穿木屐的人急匆匆走过街心，看脱下皮袄翻转着烤粑粑的生意人，楼下刚煮熟的蒸饭冒着升腾的热气，飘到窗前的阳光下，似烟似雾，更似青天白日下的一种幻梦。这种幻梦之于"我"，是飞到湛蓝天空的小粉蝶儿，是期待没有警报响起便可继续安然寻觅、静静品赏的春光。

《小茶馆》简笔描写了茶馆中的顾客、掌柜、卖唱艺人，刚用上新字号的小茶馆"对联上的金字，游离在茶烟里"。《文明街》上各色古老的铺子"一盏灯比一盏灯更亮，一块招牌比一块招牌更胡闹，一个窗子比一个窗子更能汲出眼睛的惊呼，压倒了别人，又压倒了自己"。年轻的诗人汪曾祺此时更像是一个老道的画家，一面以一个旁观者的姿态用画笔不经意地描摹着小城的人情风俗，一面将对家乡的思念和对时代大环境的感慨巧妙地隐诸笔端。

热爱生活的汪曾祺喜欢观察昆明街道大小店铺、来往行人，那一大串像哈巴狗的泥草鞋，打得一手好算盘的少掌柜，挑着担湿木柴的老挑夫，这些被旁人所忽略的平常人事，在汪曾祺诗作中成为表现的中心，形象生动，富有意趣。寥寥几笔，简洁干净中透着烟火气，各种生活场景纷至沓来，这就是生活本来的样子，汪曾祺的诗也因收藏了如许纷繁的小细节而纤毫毕现，而温厚蕴藉。

1939 年离开家乡入读西南联大，汪曾祺经历了之前从未接触过的人生风浪颠簸，他看到了战乱中普通小人物的艰难生存，以及人对命运无法把握的生活悲剧，他甚至意识到了传统文化的消逝和有价值生命被毁灭的社会悲剧——"不必朗诵的诗，给来自故乡的人"，"该不会有警报吧，今儿"，"是一段荒唐的历史啊"——但他删繁就简，刻意略去对复杂社会背景的描写，回避并淡化了生活中丑恶的东西，只选择在作品的开头或结尾含蓄地表达。上述新诗正是汪曾祺战乱时期的创作，他用朴质清淡的诗句消解了苦辣酸辛，用潜伏经年的艺术敏锐画出了昆明市井生活中的爱与美。

五、汪曾祺画作中的昆明

汪曾祺也是一个出色的画家。他给昔日联大师友作的画多以昆明风情景物为题。1984 年，他为挚友巫宁坤作仙人掌图并题词："昆明人家常于门头挂仙人掌一片以辟邪，仙人掌悬空倒挂，尚能存活开花。于此可见仙人掌生命之顽强，亦可见昆明雨季空气之湿润。雨季则有青头菌、牛肝菌，味极鲜美。宁坤属画，须有昆明特点，为作此图"。题词下面画了四朵昆明特有的香菌。因有人质疑倒挂的仙人掌，汪曾祺声明自己这幅画是写实的，当年他在昆明亲眼看见过倒挂着还能开花的仙人掌。

1986 年，汪曾祺为远在美国的老同学李政道作画，画的是云南菌子、茶花，并题词曰"西山华亭寺滇茶花开如碗大，青头菌、牛肝菌皆蔬中尤物。写慰政道兄海外乡思"。西山华亭寺的茶花也数次出现在他的画作中，1996 年，他为茶花图题词曰"云南茶花天下第一，西山华亭寺有宝珠茶一本，开花万朵"。

1987 年的画作《少年不识愁滋味》画的是昆明的缅桂花，"带着雨珠的缅桂花使我的心软软的"。昆明水果中，他最怀念雨季的杨梅。他在回忆散文中详写了昆明如乒乓球般大的颜色黑红的"火炭梅"的形状、味道，还描写了卖杨梅的苗族女孩富有民族风情的花帽子和绣花鞋，以及她们"使得昆明雨季的空气更加柔和了"的娇柔的叫卖声。汪曾祺欣赏"火炭梅"名字的贴切，赞美其滋味，"我吃过苏州洞庭山的杨梅、井冈山的杨梅，好像都比不上昆明的火炭梅"。意犹未尽的汪曾祺还挥笔画下了昆明杨梅图，并题词曰"昆明杨梅色如炽炭，名火炭梅，味极甜浓。雨季常有苗族小女孩叫卖，声音娇柔"。

昆明七年，汪曾祺读书、泡茶馆、跑警报，几乎走遍昆明的大街小巷。联大毕业后，汪曾祺在设在昆明北郊观音寺的中国建设中学任教过一段时间。学校条件简陋异常，但他自得其乐，下午常在一家可以赊账的小茶棚中喝茶，"看远山近草，看行人车马"。闲暇时带着自制的渔具去学校旁边的池塘钓鱼，"坐在这样的人迹罕到的池边，仰看蓝天白云，俯视钓丝，不知身在何世"。总之，汪曾祺在昆明度过了物质生活清贫但精神富足的难忘时光。

晚年的汪曾祺毫不掩饰对昆明岁月的怀念。1987 年他重游故地时写了一首诗："羁旅天南久未还，故乡无此好湖山。长堤柳色浓如许，觅我旅踪五十年。" 1991 年，汪曾祺再次撰文表示："昆明我还是要来的！昆明是可依恋的。" 对昆明的深厚感情溢于笔端。他笔下的昆明记忆也影响了众多读者，许多读者对昆明的最初想象就来自于汪曾祺的美文。汪曾祺，可以说是二十世纪昆明最有力的城市代言人之一。

郭沫若的汉字情缘

——从"幼稚而陈腐"的《敝帚集》谈开

□ 钱晓宇①

要谈一名华文世界百科全书式的人物郭沫若与汉字的情缘，表面上显得多余，其实却极富张力。不论是郭沫若少年时期在家乡的旧体诗文习作、贯穿其学术生涯的古文字研究，还是其后来对汉字简化的大力倡导，关照其用汉语进行的各种体裁的文学创作，包括欣赏他在笔墨书法上的艺术实践，无疑都离不开"汉字"。不同时期，不同领域，郭沫若与汉字不断地产生交集，他那令人眼花缭乱的诸多追求既不完全隔离，也不纯粹合一。细细展开，他离家前所受的地域文化熏陶，离家后的海内外经历，终其一生自我生长的曲折，都值得玩味。而这种种再次凝结到汉语文字上，无不凸显出一代天才人物的人格魅力和情志意趣。

一、未必就是"幼稚而陈腐"：《敝帚集·联语五十二副》

郭沫若自评"幼稚而陈腐"的《敝帚集》由三部分组成：旧诗七首、文四篇、对联五十二副。面对仅收录了以上所列篇幅不大、数量不多作品的小册子——《敝帚集》，编注者曾对其做出"文学珍本《敝帚集》见证辛亥革命历史"②的评价，足以彰显其分量。

1939年初夏，任国民政府军事委员会政治部第三厅厅长的郭沫若回乐

① 钱晓宇：华北科技学院副教授，长期从事郭沫若研究、科幻文学研究。本文系四川省教育厅"郭沫若研究中心"科研项目"郭沫若与现代汉字变革"（GY2013A06）阶段性研究成果。

② 郭沫若著，郭平英、秦川编注：《敝帚集与游学家书》，北京：中国社会科学出版社，2012年，第58页。

山为父治丧。《敝帚集》就是郭沫若利用那一段时间，对自己少年时代所作旧体诗文和楹联的结集。不过，郭沫若回到家乡，纯属私人性地整理了这些早期创作后，很长一段时间没有再专门提及，而且在其生前也从未将之正式出版。尽管郭沫若对此集谈及不多，却并不销毁，有部分作品还在他后来的文章或集子中重现，这个现象本身就很具话题性。

比如对联第"三十"：

> 桃花春水遍天涯，寄语武陵人，于今可改秦衣服；
> 铁马干戈回地轴，吟诗锦城客，此后休嗟蜀道难。

可完整见于作者的《反正前后》（《郭沫若全集·文学编》第 11 卷）。此联仅据字面的"武陵人""秦衣服"就涉典陶渊明《桃花源记》；"铁马干戈"即涉《文选》与辛弃疾《永遇乐·京口北固亭怀古》文句；"地轴"可在《博物志》中找到来源依据；而"蜀道难"自然出自李白的《蜀道难》，但是旧典有新意，以此传达的是对辛亥革命"改天换地"的拥抱，从古代传说中的"三千六百轴"大地之幅员辽阔，到桃花源的虚幻隔世，再到"……金戈铁马，气吞万里如虎"的威武气势，喷涌而出的是少年对正在进行的革命与未来之国运的期待和信心。

再如对联第"十九"，也曾记录在《反正前后》，只不过，《敝帚集》里是：

> 武功不亦伟哉，直欲砚池东海笔昆仑，裁天样大旗，横书汉字；
> 国势未可量也，何难郡县西欧城美澳，统地球员幅，尽入版图。

据作者本人回忆，前后两联有出入属于记忆偏差，后来变成了《反正前后》中的：

> 故国同春色归来，直欲砚池溟渤笔昆仑，裁天样大旗横书汉字；
> 民权如海潮暴发，何难郡县欧非城美澳，把地球员幅尽入版图。

实际上，《敝帚集》联第"二十七"是：

> 故国同春色归来，歌唱凯旋，都邑声宫占乐岁；
> 民权如海潮暴发，肃清夷虏，壶觞飞羽醉共和。

显然，联第"二十七"上下联第一句与联第"十九"上下联第一句发生了替代，而且联第"十九"的中间部分也有改动，如"东海"变成了

"滨渤"（渤海），"西欧"变成了"欧非"，相当于两联合并的同时，部分与地域相关的表述进行了变动。当然，合并、改动后的对联所表达的革命精神并没有发生本质性的变化。

出现这种情况，既有记忆偏差的原因，也表示尽管时空已发生转移，对某些地理认识的措辞也有所变动，但在《敝帚集》中，作者于稚嫩时期所表达的民族振兴理念并未随之削弱。那么，讨论一个集子本身价值或其对于作者的重要性则不再是第一义了。厘清集中收录作品所承载的时代精神与个人思想才是今天再读《敝帚集》的意义。

其实，完全不必局限于作者本人对集子"幼稚而陈腐"的自谦性评价。他对集子的自我评价与实际对它的整理和再利用，还是可以试着按照新旧对立的程度加以理解。一方面，我们必须承认，旧体创作与新文学追求，在形式上确实无法完全调和，而且彼此传递的价值观必然会有分歧，况且作者年少时的习作，确实透露着不成熟。然而，新旧其实根本就无法截然分离，正如传统是生长的、层累的，新旧恰恰在生长过程中不断互证，甚至互为替换。就好比对联，它是民间喜闻乐见的传统形式，每逢重大节日，尤其是春节，以及民间红白喜事，都会撰写并张贴对联。郭沫若所成长的乐山一带，也承袭着这些习俗。因此，越是这种原生态的"幼稚"文字，越能生动显示出郭沫若个人思想成长由生到熟的过程。

况且他所说的"陈腐"也不是人们所想象的那种陈腐。在传统士大夫、读书人所受的教育中，忍耐、顺从、中允被内化为一种标准，少年老成或者老气横秋处处可见，那才是真正的陈腐。郭沫若在年少时就积极参加社会革命斗争，关注并参与国会请愿活动，甚至等不到独立宣布，就在前一天晚上把辫子剪了。他鲜明的个性和人生观、世界观都在早年的学习、思考过程中逐渐成长着。于他个人而言，根本谈不上陈腐。用旧形式传达新理念，在现在看来早已不是新鲜的现象，但是郭沫若在集子中收录的这五十二副对联，对于了解这一现象却是非常直观而生动的。

当然，《敝帚集》中被谈得最多的、不够成熟的认识当属郭沫若对清王朝的态度。他对清王朝统治的评价的确显得简单粗暴了一些，"真实反映了一般民众，包括作者在内的思想认识及其历史的局限性，如狭隘的'大汉族主义'情绪，'灭满兴汉'思想主张的历史缺陷，以及当年因胜利而亢奋所带来的不切实际的幻想"。具体到他对满族的称呼，就可以看出明显的倾向性。他鄙称其为"建夷""胡清""犬族胡儿""犬胡族"①，并把清朝的统治比喻成"豚尾马蹄"②（"豚尾"即男子剃发结辫，"马蹄"即指文武官员外翻的袖口似马蹄）。

不过，郭沫若对辛亥革命非常赤诚，对孙中山提出的"五族共和"主张，即号召各民族平等共建民主共和国，也做出了积极回应。在联第"三"中，就有"犬胡族姑且恕他，纵斫尽六十万老头皮，徒滋刀钝……"的上联。仔细读来，就会发现，少年郭沫若的民族情感是纠结而矛盾的。既然是响应"五族共和"，尊重各民族的平等关系，理应不计前嫌，虽然一时难以达到口服心服，不管内心在多大程度上认同这种民族政策，至少言语中应该有所缓和。一句"犬胡族姑且恕他"让读者眼前生动地站立了一个初具大局观，但却依然感性、稚嫩的意气少年。

郭沫若形容自己《敝帚集》"陈腐"，还有一个主要原因，即其中来源驳杂的思想资源，而且占比最大的资源或者灵感多来源于古典文献、唐宋诗文、民间传说。《敝帚集》的编注者们经过梳理，发现整部集子前前后后涉及了《南齐书》《左传》《诗经》《国语》《晋书》《山海经》《神仙传》《史记》《世说新语》《西京杂记》《淮南子》《说苑》《荆楚岁时记》《韩非子》《庄子》《孟子》《离骚》《中庸》《尚书》《汉书》《乐府诗集》《太上洞玄灵宝天地运度自然妙经》《初学记·孝子传》《艺文类聚·列女传》等文献中的众多内容。

显然，不能笼统地认为这些资源都是陈腐的。正统史料、民间经验和经典诗文经作者会通，纷纷被用来歌颂辛亥革命，使得整个《敝帚集》读下来，并无陈腐之气，反而令人感受到少年时期的郭沫若，已能天南地北、海阔天空，大跨度地表现自我理念，而这种文学表达方式已初具之后成为文学大家的郭沫若之风了。

联第"七"中，"上医医国"就来源于《国语·晋》中的"上医医国、其次疾人"，用于歌颂辛亥革命对于救助国家的巨大功劳。

联第"十八"中用东亚"盖世雄"来形容中国历经辛亥革命傲立于世

① 郭沫若著，郭平英、秦川编注：《敝帚集与游学家书》，北京：中国社会科学出版社，2012年，第24、30页。

② 郭沫若著，郭平英、秦川编注：《敝帚集与游学家书》，北京：中国社会科学出版社，2012年，第30、46页。

的形态，虽然被评价为"中国立地就可以称雄世界的幼稚心理"①，但在《韩非子·解老》"议必盖也"，以及《史记·项羽本纪》"力拔山兮气盖世"中可以找到其文化源头。

联第"二十一"更是把《诗经》《庄子》《左传》等文献与苏轼《念奴娇·赤壁怀古》诗词中的资源信手拈来，非常乐观地给读者展示了一个阳光少年眼中，经历了辛亥革命胜利后，大地重获光明，"热烈欢乐的景象"②：

> 挥落日西回，国光赫赫；
> 唱大江东去，春乐融融。

除此以外，民间经验也可以在《敝帚集》中获得一席之地。联第"十七"中：

> 竹报桃符更岁月；
> 鹦簧蝶板庆共和。

"竹报"（"古时在喜庆、节日用火烧竹，发出爆裂之声，驱鬼避邪，称为爆竹"）与"桃符"（"相传东海度朔山有大桃树，其下有神荼、郁垒二神，能食百鬼。故俗农历元旦，用桃木版画二神于其上，悬于门户，以驱鬼辟邪。五代后蜀，改写对联于桃符上，后又改书于纸，如今之春联"③）就来源于《荆楚岁时记》等民间文化资源。《荆楚岁时记》是记录中国古代楚地（以江汉为中心的地区）岁时节令风物故事的笔记体文集，由南北朝梁宗懔（约501—565）撰。全书共三十七篇，记载了自元旦至除夕的二十四节令和时俗。民俗、民间工艺美术，如门神、彩蛋画、土牛、木版年画等流传至今。《敝帚集》中收录的作品可以明显传递出一个信息，郭沫若灵活运用了从小在西南地区民间所接触到的和在童蒙期所学到的庆贺或者辟邪手段，合力为"共和"理念喝彩。

除了本土思想资源，世界史的知识也不时地在对联中出现。联第

---

① 郭沫若著，郭平英、秦川编注：《敝帚集与游学家书》，北京：中国社会科学出版社，2012年，第30、35页。

② 郭沫若著，郭平英、秦川编注：《敝帚集与游学家书》，北京：中国社会科学出版社，2012年，第30、37页。

③ 郭沫若著，郭平英、秦川编注：《敝帚集与游学家书》，北京：中国社会科学出版社，2012年，第30、35页。

"四"中：

> 鸣自由钟，庆共和福；
>
> 兴大汉国，贺太平春。

"自由钟"意象显然来自西方世界的革命运动。美国独立运动的胜利也使得年轻的郭沫若备受鼓舞，联系到中国推翻帝制的辛亥革命，两者非常契合。这样的国际视野，在联第"一"中就有完整的呈现：

> 光复事殊难，花旗蠹树，华盛顿铜像如生，祖国丘墟，哥修孤英魂罔吊。于瞻于仰，或败或成，人力固攸关，良亦天心有眷顾。
>
> 边维氛未靖，东胡逐去，旧山河完璧以还，宝藏丰繁，碧眼儿垂津久注。而后而今，载兴载励，匹夫岂无责，要将铁血购和平。

此联涉及了美国独立战争、波兰独立战争，前者胜利喜建国，后者失败被瓜分，以示"光复"事业的艰巨。家、国、天下是中国知识分子无法割舍的情结。尽管时移世易，大清王朝也覆灭了，但是这种家国意识并没有消散，在郭沫若那里，还主动借鉴世界史，借用他国革命运动案例以争独立、反侵略。这种表达愿望的强烈，表现为不惜毁掉一副对联也要畅言。因为这副对联是用于春节的，郭沫若在"联眉批'不用'"二字，因为联中有"英魂罔吊"等字眼①，显得不吉利。既然是春联，当然要讨个吉利，然而，郭沫若以"不用"来避。

联第"十五"中还提到了法国七月革命后瓦解的欧洲十九世纪之神圣同盟。在郭沫若看来，列强同盟没有取得什么成绩，并借此与孙中山的辛亥革命相比较，认为辛亥革命推翻帝制、建立共和，取得了殊胜的成绩，炎黄子孙是创造了汉家文明的优秀种族。

值得一提的是，"共和"这个字眼，在众多对联中一共出现了十二次，"国体"出现了两次，"自由"出现了五次。乍一看，全是新名词、新理念。实际上，以"共和"为例，它源于拉丁文 res publica，即人民的公共事务，后来演化成相对于王朝帝国而言，国家领袖不是世袭的皇权，如果

---

① 郭沫若著，郭平英、秦川编注：《敝帚集与游学家书》，北京：中国社会科学出版社，2012年，第25、30页。

元首的产生方式以民主选举方式选出，就是民主政体。因此，"共和"在西方从不是一个新概念。至于中国，"共和"概念也不是现代人的发明，在原始社会就已成熟，表现为分权与制衡，中国原始部落首领尧舜禹之间的禅让，就具有"共和"的某些关键特质。当然，后来，"共和"的定义集中体现在两个方面：其一，国家元首非终身制、非世袭；其二，主张分权，反对混权，以平等的权利相互制衡，防止专治和压迫。从郭沫若的五十二副对联中，可以看出，他对"共和"这个概念有一种全新的接受态度，更多的是无甚技术性的直接呼唤，还没有从其本质上进行深刻的思考，这也许也是其"幼稚"的一个侧面。

然而，从《敝帚集》第一部分"旧诗七首"中的前三首，郭沫若对于《王制讲义》的推崇，到对联五十二副中对"共和"的一次次召唤和肯定，表面上看是年轻的郭沫若从旧入新、弃旧迎新，实则还有更进一步探讨的空间。

所谓旧制——《礼记·王制》，也不是彻底的旧。作者当年的授业老师帅平均的师承为清末著名今文经学家廖平。廖平，四川乐山人，受张之洞赏识。廖平则深受王闿运影响，不斤斤计较文字训诂、名物考证的古文经学，而是接受今文经学主张的透过文字表象探索微言大义的理念，推崇孔子，主张《王制》中表述的礼制，与主张恢复《周礼》的古文学派在礼制上产生了巨大的分歧。然而，不论是《王制》还是《周礼》，都是旧时代知识分子在思想上或者行动上参与国家治理的表现。这些文献中记录的烦琐礼制规定，小到普通百姓，大到皇权分布，都与国家体制密切相关。

郭沫若出蜀之前受今文经学影响，其实不是封建复古，恰恰透露出他在旧体系中的图新行为，直接影响了他后来对社会变革、民族复兴、革命运动的理解与态度。当然，我们不能苛刻要求一位年轻人对国家体制的形成和改造有特别深刻的见识。我们能看见，这些"幼稚而陈腐"的对联，彼时彼刻，用鲜活的词汇，向世人展示着他远非"幼稚而陈腐"的激情。至少，我们应该惊艳于年轻的郭沫若虽身处山水环绕的蜀地，却能自由穿梭在不同的思想文化资源之中，表达着不够包容、略有狭隘，却充满活力的民族振兴理念。

二、痴迷执着的学术追求：古文字研究

郭沫若的古文字研究成果颇丰。《中国古代社会研究》（1930）中关于卜辞和金文的论文，《甲骨文字研究》（1931）、《殷周青铜器铭文研究》（1931）、《两周金文辞大系》（1931）、《金文丛考》（1932）、《卜辞通纂》（1933）、《古代铭刻汇考》（1933）、《古代铭刻汇考续编》（1934）、《两周金文辞大系图录考释》（1934—1935）、《殷契粹编》（1937）等论著都是郭沫若关于古文字研究的成果。顾颉刚在介绍王国维和郭沫若古文字研究贡献时就直言："王氏死后，在甲骨文字研究上，能继承他的，是郭沫若先生。……其中《卜辞通纂》尤集郭先生研究成绩的大成。"① 这一评价已经基本成为共识。一直以来，就有甲骨学四大家"堂堂堂堂，郭董罗王"之说，他们就是罗雪堂（振玉）、王观堂（国维）、郭鼎堂（沫若）、董彦堂（作宾）。②

郭沫若对文字的宏观理解从他的《甲骨文字研究·序》中可以一窥，他曾说："余之研究卜辞，志在探讨中国社会之起源，本非拘泥于文字史地之学；然识字乃一切探讨之第一步，故于此亦不能不有所注意。且文字乃社会文化之一要征，于社会之生产状况与组织关系略有所得，欲进而追求其文化之大凡，尤舍此而莫由。"③ 不仅如此，郭沫若借由文字，尤其是古文字，在对中国古代史分期断代的研究过程中，"卜法复原"，提出了新见，并大胆地质疑史学界当时的定论。

其实郭沫若在文字研究中敢于质疑的不仅限于甲骨文，这是他一贯的学术勇气。有学者发现，1970 年 10 月，在中国陕西省西安市南部的出土文物中，曾找到五枚日本圆形方孔的银币，按照上、右、下、左的顺序，刻写了"和同开珎（拟读 zhēn）"四个字。据查，"和同"指的是日本奈良时代"和铜"的年号。"同"是"铜"的简体这倒是毫无异议，不过关于"珎"字，郭沫若就自信地表示："是寶字的简化，日本人曾误认为珍，

---

① 顾颉刚：《当代中国史学》，上海：上海古籍出版社，2006 年，第 103—104 页。

② 秦川：《郭沫若评传》，重庆：重庆出版社，1993 年，第 211—223 页。

③ 钱曾怡、刘聿鑫：《中国语言学要籍解题》，济南：齐鲁书社，1991 年，第 557 页。

我国也有同样的误认，应当改正。"① 这样一来 "和同开珎" 就应该理解为 "和同开宝"。这一观点在日本明治初年的古钱收藏家成岛柳北那里得到了呼应："和同开珍应读为和同开宝。珍是寶字之略，与同为銅之略相对。'开珍' 不成意义。"② 后来，郭沫若甚至对这批出土银币的铸造年代也一并做了考证，鉴定其应当铸于和铜元年，也就是唐中宗景龙二年，公元708 年。在郭沫若的研究基础上，还进一步衍生出另一个结论——日本在古代就已经开始使用简体字了。

郭沫若对于古文字研究的发愿是宏大的，但研究和成果出版过程却颇为曲折。一则说明治学不易，另一则也可以发现，郭沫若对于古文字研究的痴迷着实令人感佩。1928 年，郭沫若与甲骨文结下了不解之缘。"他当时在日本买到了《殷墟书契考释》一书，决心弄懂并揭开汉字中最古老的文字体系的秘密。有一段时间，他每天晚上吃饭，总喜欢把骨片一块块地摆在食案上，让全家人一起来辨认。他经常为查一个字，而奔走东京。有时还不得不冒昧投书国内学者，与燕京大学容庚结下了文字之交。"③ 不论是郭沫若本人还是后来的研究者，通常将郭沫若对甲骨文研究的社会目的，也就是结合他对中国古代社会研究的方向，理清历史脉络这样一个出发点多次进行强调。郭沫若从甲骨文字研究中考察古代社会的真实情形，还历史一个本来面貌的决心也的确没有动摇过。

诚然，这是支撑其坚持古文字研究的重要动力，但依然要看到，想要了解古代社会演进，并不是只有古文字，还应该结合其兴趣点，如果郭沫若对古文字本身并无兴趣，也不可能在生活窘迫的情势下，往返各地求证，竟然连吃饭的时候，还要捧出甲骨来辨认。书稿出来后，经历出版波折，也没有因为经济原因降低出版要求，等等。当研究活动和个体取向高度和谐的时候，其产生的巨大合力是不言而喻的。

这里有一个关于郭沫若《甲骨文字研究》的出版波折就很能说明郭老在研究兴趣与个人价值取舍之间的平衡。《甲骨文字研究》完稿后，郭沫若曾将书稿寄给好友，著名古文字学家，当时任教于燕京大学的容庚，请

---

① 郭沫若：《出土文物二三事》，北京：人民出版社，1972 年，第 34 页。

② 〔新加坡〕谢世涯：《新中日简体字研究》，北京：语文出版社，1989 年，第 275 页。

③ 杨寒梅：《图说汉字五千年》，武汉：武汉出版社，2009 年，第 48 页。

他评阅。容庚看过之后很欣赏，于是向中央研究院历史语言研究所的傅斯年推荐。傅斯年也觉得甚好，遂建议先在《中央研究院历史语言研究所集刊》上用化名分期发表，等到全部发完，即由研究院出一个单行本，并承诺了每千字五元的稿费；除此之外，单行本出版后，还可再付郭沫若15%的版税。

当时，郭沫若一家经济窘迫，生活艰难，这样算来，书稿一旦出版，他们在经济上可以获得一笔可观的收入。然而，郭沫若不同意，他认为中央研究院是国民党官办的学术机构，作为一名共产党人，彼时还是国民党政府的政治通缉犯，跟其谈出版不妥。古文字研究的心血终归还是要出版的，郭沫若随即托友人向商务印书馆推荐。商务印书馆负责人得知是政治通缉犯郭沫若的书稿，而且写的还是甲骨、金文之类艰涩的东西，图书销路不容乐观，且极有可能牵扯到政治问题，看也没看就拒绝了。郭沫若之后又完成了金文著作《殷周青铜器铭文研究》。实在没有办法，他将这两部书稿送到东洋文库，请石田干之助帮助在东洋文库出版，也终因"这书太难懂，在日本没有多少人愿读的。……"① 而未能出版。最后，还是在好友李一氓的帮助下由上海大东书局承接了这两部书稿的出版。之后，大东书局将两本著作各寄了二十本给郭沫若。郭沫若每种留了两本，其余的，在家人陪同下，打包送到文求堂。田中老板按定价的七折付了款，留下那些书售卖。至此，郭沫若一家窘迫的生活状态终于得到一定缓解。

这种执着和热爱还体现在郭沫若与古文字学家、考古学家、书法篆刻家、收藏家容庚先生的交往上。吉林大学古文字研究室编《古文字研究》（第一辑）收录了曾宪通、陈炜湛的一篇长文《试论郭沫若同志的早期古文字研究——从郭老致容庚先生的信谈起》。文中摘引了一部分郭沫若于1929—1935年在日本研究古文字期间，与容庚先生的书信内容，目前能找到的就有五十六件，其中十一件为明信片。其内容大部分是关于"殷墟甲骨文字和殷周青铜器铭文的反复研讨"。"二十年代末郭沫若在日本研究古文字，苦于资料匮乏，困难重重，以'未知友'的名义请先生援手。先生频频以珍贵资料远道见假，当时价值二百金的《殷墟书契前编》，一借就

① 朱彦民：《巫史重光：殷墟甲骨发现记》，天津：百花文艺出版社，2001年，第233—235页。

是一整年，其它金文墨本更不计其数。"① 这一段话的真实度可以从郭沫若和容庚先生之间的通信中得以证实："《殷墟书契前编》因弟手中无书，每查一字，必须奔走东京，殊多不便。拙稿（指《甲骨文字研究》）之不易写定，此其一因。兄能设法假我一部否？期以一月，务必奉赵，此乃不情之请，诸希鉴宥。（1929 年 12 月 4 日信）"② 显然，不论是实际上借了一年，还是信中原欲借一月，都可以发现，郭老对于古文字研究的动力之大，不在乎奔波于住地与东京，更不惜跨海求助、越洋借书。

三、不遗余力的倡导：汉字简化

在梳理郭沫若少年时期的旧体创作、古文字研究之际，他对新文字运动的态度，以及在汉字简化、普通话推广过程中的活动一样值得关注。因为对于这一古一今、一繁一简的反差拉扯，不能简单粗暴地归结成郭沫若在前后矛盾、自我否定。尤其是在汉字简化问题上，不论是理念的形成和提出的动机，依然不违背郭沫若对汉字的深厚情结。

以中华人民共和国成立前郭沫若支持新文字运动来说，他一接触到新文字运动，了解了汉字拉丁化情况，就觉得拉丁字母是好写好认的符号。这一套文字系统能快捷有效地影响普罗大众，迅速普及他们的识字量，因为将笔画复杂的汉字转化成字母符号，形成新的词汇量并用于书面，绝对是普及文艺的一个捷径。郭沫若曾多次在不同场合表示对新文字运动的全力支持，在他看来，新文字运动的起始就是面向普罗大众，带有扫盲功能，且具有典型的阶级性特质。他甚至把学习和诵读新文字当成一种愉快的体验，"请大家念一念吧，这是多么有趣的一件事情呢！我们一学习起来，大家就好象回复了童年时代的天真。古人说'大人者不失其赤子之心'，我现在在新文字上发现了一个意想外的功用。新文字竟是养成我们最高道德的最良手段。"③

虽然一直以来，对于汉字简化、文字改革等问题，学者们的观点并未

---

① 曾宪通：《曾宪通学术文集》，汕头：汕头大学出版社，2002 年，第 356 页。
② 吉林大学古文字研究室：《古文字研究》（第一辑），北京：中华书局，1979 年，第 23—39 页。
③ 郭沫若：《郭沫若全集》（第十六卷），北京：知识产权出版社，2004 年，第 153—154 页。

统一。力主文字与文化传承的一派就算支持汉字改革，也依然认为具有超级稳定性的文字虽会随着时移世易而发生变化，但对其进行改革却要非常谨慎，必须遵循原则，即："汉字的改革必须立足于汉字文化的传承，不可割断文化；汉字的改革遵循汉字信息传递的表意联想规律，这个规律是中华民族的思维方式和习惯，不可轻易改变与丢弃——它是中华民族的智慧资源所在；汉字吸纳新文化应当自觉地遵循表意文字的构字规律，不可为'接字母的和拼音的轨'所忽悠，置汉字文化传承与汉字构字规律于不顾……"① 然而，出发点不同，在特定历史时期的选择就会略有差异。作为古文字学家的郭沫若，也许是"身份转化与岗位意识"②，使得他还同时是汉字简化、普通话推广的主要倡导者与推行者，并在 1955 年 10 月举行的全国文字改革会议与现代汉语规范问题学术会议上致了态度鲜明的开幕词。

那么，是不是说明郭沫若从痴迷古文字到倡导汉字简化，他对汉字的态度发生了逆转呢？其实不然。1964 年 8 月由人民出版社出版的《日本的汉字改革和文字机械化》③ 中就能充分体现他对于本民族文字前后承续关系的认识和理解。其实我们不应被书名误导，进而认为郭老竟然关心日本的汉字改革了。此作恰恰可以说明郭沫若对汉字一以贯之的热爱，不仅如此，他还从日本汉字改革中受到了启发，坚定了他对汉字改革的决心。

文中郭沫若坦言："我自己是同汉字共同呼吸了六十多年的人，我对汉字是有深厚的感情的。不仅现行的汉字我爱它，就是前代的汉字，无论是甲骨文、金文、篆书、隶书、行书、草书，我无一不爱。我不仅把汉字作为工具在使用，而且能对它们作艺术欣赏。中国的汉字是有独创性的文字，而中国的书法，更是具有独创性的艺术。但是，无可讳言，这优美而具有独创性的文字，在作为文字使用上确实是难于掌握的工具。它的字数太多，读音不准确。我虽然使用了它已经六十多年，而直到现在还会遇到不认识的字，非得查字典不可。"他还认真比对了历朝汉字数量，如殷代甲骨文和殷周金文有 2000 字左右，东汉末《说文解字》中有 9353 字，清

---

① 戴汝潜：《现代文字改革理念》，《中国文字研究》，2009 年第一辑。

② 颜同林：《苏联经验与普通话写作——以郭沫若为中心的考察》，《福建论坛（人文社会科学版）》，2013 年第 12 期。

③ 萧斌如、邵华：《郭沫若著译书目》（增订本），上海：上海文艺出版社，1980 年，第 218 页。

《康熙字典》增至 42174 字，1915 年的《中华大字典》收 44908 字。面对
庞大的汉字数量，再根据他所了解的日本在"当用汉字"（当前使用的汉
字）1850 个的基础上，将"教育汉字"（从当前使用的汉字中选择出的汉
字）缩减至 881 个，以减轻中小学生的语言学习负担。随后，日本政府还
继续进行了汉字字体的整理与汉字笔画的简化。……这些事实，令郭沫若
形成了"文字工作的机械化"观点。在他看来："文字工作的机械化，要
求文字的符号单元不宜过多，拼音文字是很适合这个标准的。汉字的单元
太多，虽然也可以制成各种汉字机器，但使用很不灵便，效率过低而成本
也过高。"① 而"打字机"的出现是机械化的重要表征之一。可见，早在五
六十年代，郭沫若就对现代印刷技术的便捷产生了共鸣。

显然，不论是文言诗词、古奥的甲骨文、灵动的书法，还是简化到极
致的拉丁符号，在郭沫若看来并不相悖。关键在于，他对汉字的功能进行
了主观的切割，划定了若干区间。也就是说，汉字具有溯源及承载中华文
明的文化功能，有供修习、创作、欣赏的审美功能，还有助人识文断字、
日常交际的工具作用。在不同的功能区间，大家各取所需。只不过，作为
一个天才型的学者加文人，郭沫若的确比一般人更享受，也更善于出入不
同区间，转换速度也是惊人的。人们一旦能够体会到他对汉字的热爱和驾
驭汉字的能力，就不会轻易纠结于看似自相矛盾的纷纭事实与言论。

由是观之，一份若隐若现的文字情缘终身伴随着郭沫若。当他在家乡
时，虽然接受的是相对传统的教育，然而大山挡不住新思想、新观念，更
挡不住少年郭沫若的意气风发，他用文言抒写着自己的所见所感，并在局
部实践了"老瓶装新酒"的初试。随着活动场域的扩延，尤其是走出蜀
地，往返于各地，甚至跨越海峡国境，思想、学识、行动力获得全方位扩
容，让他能够进入更加艰深的古文字世界。当他后来投入新文学建构的工
作时，又能瞬间从云端向下，为普及大众识字率而积极奔走。这些看似分
割的活动共同展示了郭沫若圆融、丰满的多样化追求，凸显了他因时因地
的强大的文字切换能力。

---

① 　郭沫若：《日本的汉字改革和文字机械化》，《文字改革》，1964 年第 6 期。

躁郁疏解与《女神》的"死亡书写"

□王棋君①

　　郭沫若的《女神》是中国新诗发展史上非常重要的一部诗集，出版的时间是 1921 年，诗集中的诗歌大多创作于 1919—1920 年。特别是《凤凰涅槃》《天狗》等发表在 1920 年 1、2 月份的《时事新报·学灯》上，与 1919 年的五四运动形成了呼应，其中打破旧社会、创建新社会的思想在当时造成了很大的影响。目前，已经有很多学者从读者论的角度来研究《女神》，认为其和革命思潮的一致性导致广大的青年读者更容易接受。然而从这一角度出发看待《女神》的创作，便会形成一种思维惯性，即《女神》的创作是郭沫若为了契合五四运动精神有意而作，这一思路自然存在一些局限性，需要进行更为深入的探讨，例如《女神》中出现很多次的"死亡书写"如何能与"五四"精神相关联；郭沫若对"死亡书写"为何情有独钟；在《凤凰涅槃》《天狗》《太阳礼赞》《匪徒颂》等 12 首诗歌中出现的大量死亡、自我毁灭、自杀等书写究竟意味着什么；甚至直接以"死亡""死的诱惑""火葬场"作为标题究竟意味何在？要解决这些问题，就要回到历史环境，走进作家的内心，寻找一条通往作家精神世界的道路，从作家的精神层面去解析作品的深层意义。从作家的创作内因与动机来看，则同郭沫若的生活体验与人格精神有着密切的关系。郭沫若自己曾说："本来艺术的根底，是建立在感情上的"②。因此，对其生活和历史背景的分析，有利于还原情境与人生体验，对诗歌进行全面把握。本文拟从躁郁疏解的角度对郭沫若《女神》的创作过程进行梳理，从而将作家创作的心理动因与作品产生、作品内涵联系起来。

---

　　① 　王棋君：铜仁学院田秋写作学院副教授，贵州师范大学文学院 2018 级中国现当代文学博士研究生，贵州省铜仁市写作学会会员。
　　② 　郭沫若：《文艺论集》，《郭沫若全集·文学编》第 15 卷，北京：人民文学出版社，1990 年，第 203 页。

"躁郁"是一个医学名词,"美国精神病协会在 1994 年出版的《美国精神障碍诊断与统计手册》第四版(DSM-IV)中给出了躁郁症目前的官方定义……明显出现不正常的、持续的情绪高涨,滔滔不绝,易激怒,持续时间至少为一周。"① 事实上,这是抑郁症的一种类型,是一种双相的抑郁症。单相抑郁症主要表现形式为悲伤、抑郁、情绪低落,而双相的抑郁症则"以具有躁狂和抑郁发作期为特征(包括某些单独躁狂发作)。躁狂症的躁狂发作是极端振奋的情绪发作期。……单相抑郁是指没有任何躁狂和躁狂发作史的抑郁症"②。当然,运用这一名词并不是说郭沫若就是一个躁郁症患者,恰恰相反,正是在《女神》的创作过程中,郭沫若通过文学书写使自己的这一躁郁倾向性情绪得以疏解,因此"死亡书写"是通往理解《女神》大门的一把重要的钥匙。

一、《女神》主题的繁复

诗集《女神》一共有 56 首诗歌,涉及主题并不是唯一性的。相反,《女神》的主题具有繁复性,因此谈及《女神》不可采取笼统而论的方法,必须做具体的分析。通过对诗集的阅读与归纳,可以分辨出其至少包含几方面的主题:有表现对光明的向往的,如《心灯》《日出》《胜利的死》《夜》《新生》;有表现对祖国深深的眷念的,如《炉中煤》《晨安》《黄浦江口》;有表现劳动高尚,赞扬劳工神圣的,如《三个泛神论者》《地球我的母亲》《辍了课的第一点钟里》;有讽刺军阀混战,怜悯民生艰辛,哀叹社会败落的,如《女神之再生》《上海印象》;有表达自身的理想,身在异国、心系祖国的,如《电火光中》《光海》;有对自我力量的肯定和赞扬悲壮革命行为的,如《湘累》《海舟中望日出》《棠棣之花》《金字塔》;有表达自我毁灭、自我爆发精神和死亡意识的,如《凤凰涅槃》《天狗》《立在地球边上放号》《我是个偶像崇拜者》《太阳礼赞》《匪徒颂》《死》《Venus》《司健康的女神》《新月与白云》《死

① 〔美〕福乐·托利、麦可·克拉伯:《躁郁症治疗手册》,陈晓莉主译,重庆:重庆大学出版社,2013 年,第 38—39 页。
② 蔡焯基:《抑郁症——基础与临床》,北京:科学出版社,1997 年,第 9—10 页。

的诱惑》《火葬场》；此外，还有一些表达自己内心愁绪、怀念友人、游览记行、赞美自然的诗篇。企图对《女神》一概而论，用一个主题来进行阐释是非常困难的，一个诗人的思想不会只是表现在某一个方面，他必须是对生活进行全方位的观察与体验以后，用手中的笔进行描绘、进行创造；也可能是从多个角度对同一件事物进行观察，最后得出不同的体验。

本文在此基础之上，将对诗集表达自我毁灭、自我爆发、死亡意识的篇章进行分析，主要涉及《凤凰涅槃》《天狗》《立在地球边上放号》《我是个偶像崇拜者》《太阳礼赞》《匪徒颂》《死》《Venus》《司健康的女神》《新月与白云》《死的诱惑》《火葬场》等，因为这类诗歌在诗集中数量最多、影响最大。目前对于这些诗歌的分析也比较多，一部分学者将《女神》的主要思想解读为五四运动的传声筒，是和政治、革命的相互反馈，是在阶级斗争中孕育而生的，是"第一部革命浪漫主义诗作，更是无产阶级政治斗争文学的启动器，是连接政治倾向文学和政治斗争文学的桥梁。总观郭沫若的文学史行为，其文学史意义都体现在文学与政治的关系上"①。这样的认识虽然有一定的合理性，但未免绝对化。郭沫若的早期思想是复杂的，对于无产阶级革命的认识相对比较模糊，所受各种思想的影响也比较多，其在1958年为《文艺论集》作的序中就写道："三十多、四十年前的我，是在半觉醒状态。马克思、列宁的存在是知道了，对于共产主义是有憧憬的，但只感觉着一些气息。思想相当混乱，各种各样的见解都沾染了一些，但缺乏有机的统一。"《女神》出版于1921年，是符合郭沫若这段话所指涉的时间的，因此女神的内容也就呈多样化状态。

郭沫若的早期思想除了受古典文化的浸染外，受歌德、泰戈尔、惠特曼等人的影响也非常大。他自幼就喜欢庄子汪洋恣肆、想象奇特的创造力，爱读李白变幻莫测、摇曳多姿的神奇境界，在翻译《少年维特的烦恼》时又时刻感受到歌德青年时代的苦闷，这使得他的文学观更倾向于抒情式的浪漫主义。他在给宗白华的信件中谈到自己对诗歌的看法时说："诗人是感情底宠儿，哲学家是理智底干家子。诗人是'美'底化身，哲

---

① 刘江：《〈女神〉文学史意义新识——从中国现当代文学的一种发展走向考察郭沫若的文学史行为》，《甘肃高师学报》，2017年第8期。

学家是'真'的具体"①。早期的郭沫若更看重的是诗歌的抒情功能和文学的纯粹性，这也是"创造社"能够建立的共同基础。在《创造十年》中，郭沫若回忆和张资平在海边谈及国内文学刊物状况以及建立"创造社"的初衷时，说道："我看中国现在所缺乏的是一种浅近的科学杂志和纯粹的文学杂志啦。……其实我早就在这样想，我们找几个人来出一种纯粹的文学杂志，采取同仁杂志的形式，专门收集文学上的作品，不用文言，用白话。"② 郭沫若此时的文学观还是主张文学的独立性，在文学与政治革命的距离上是有所疏远的，这可能也是后来他两次拒绝文学研究会邀请的一个原因。郭沫若早期"为艺术而艺术"的观念与文学反映内心的浪漫主义观点是一致的，《凤凰涅槃》《死的诱惑》《火葬场》等诗歌当中出现的"死亡书写"也与这一观念具有相关性的。这些诗歌中的"死亡书写"正是作者内心的写照，因此，《女神》中的很多诗歌中都有"死亡"的体现，"死亡书写"也成为郭沫若《女神》中最重要的书写方式。研究此时的郭沫若，如果不能够站在历史发展观的角度来看待《女神》，则未免有失偏颇。必须要和郭沫若所处的历史环境联系起来，回到当时的历史语境，体味作者的留日体验与生活状态，才能客观地认识《女神》的写作，才能对诗集中"死亡书写"的意义进行解读。

二、留日体验与死亡书写

郭沫若在日期间的生活状态是什么样的呢？要回到具体的历史语境，获知郭沫若的留日体验。一方面可以参照相关的历史文献，另一方面也能从郭沫若的小说中寻到其生活的印记。

郭沫若与一些专门从事小说创作的作家稍显不同，其小说明显带有"私人化"特征。"郭沫若的早期小说，最为明显的是带有个人传记的特点。"③ 比如对于《落叶》中的书信，郭沫若自己也承认："确实是以安娜

---

① 郭沫若：《三叶集》，《郭沫若全集·文学编》第 15 卷，北京：人民文学出版社，1990 年，第 23 页。

② 郭沫若：《创造十年》，《郭沫若全集·文学编》第 12 卷，北京：人民文学出版社，1990 年，第 46—47 页。

③ 颜同林：《家庭叙事与郭沫若早期小说研究》，《贵州师范大学学报（社会科学版）》，2018 年第 2 期。

给我的信为底本的。安娜为我作出了最大的牺牲。"① 有学者曾分析，在其近 20 篇小说中，"取材于郭沫若的在日留学生活的至少有 15 篇"②。以上足以证明，郭沫若的小说创作多是以自身生活为蓝本的。沈从文曾经在《论郭沫若》中说："郭沫若对于观察这两个字，是从不注意到的。"③ 这也从侧面反映出郭沫若写小说时缺乏对他人世界的观察，他更侧重的是自己切身的生活感受。在理解了郭沫若"私小说"或者"身边小说"的意义后，就能更进一步了解其生活状态了。其小说中充满了烦躁、苦闷、抑郁以及愤怒等负面情绪：《鼠灾》中的方平甫一肚子怨气无处发泄；《未央》中的爱牟在妻儿的呼吸声中沉入"漆黑的深渊里"；"漂流三部曲"中，爱牟的人生在自怨自艾、漂泊流浪、痛哭流涕中度过；《行路难》中爱牟因贫穷和国籍受辱而陷入极端的狂暴；如此等等，无不说明郭沫若在日本留学期间的艰辛。

造成困苦生活的原因是多方面的，经济是一个非常重要的因素。郭沫若在日留学期间，因为与日本看护妇佐藤富子的结合不被家庭所认可，他的父母只承认他在国内的妻子张琼华，几乎和他断绝了来往，更不会有经济上的支持，而佐藤富子也因为这段跨国恋情而与家人断绝了关系，两人每月仅靠 33 元的官费生活，窘迫状况可想而知，常常断粮欠租。当时留日学生越来越多，其中关于留学介绍的书籍也相应较多，留日学生领袖章宗祥所写《日本游学指南》一书中就有比较详细的关于留日生活费用的介绍："（学费每月）一元至五元不等……租屋，每月房饭一切约十元至十二元左右……专指教科书而言。每月匀计约得二元左右已足。……至于笔墨纸费，每月约一元左右。……杂费者，每月节省用之，约三元左右可足。……总额 13 元或 18 元左右"④。可见，每月 33 元的官费单是郭沫若一人使用是足够的，但是加上安娜以及随后出生的孩子，每月 33 元的官费显然捉襟见肘。

---

① 黄淳浩：《郭沫若书信集》（下），北京：中国社会科学出版社，1992 年，第 111 页。
② 武继平：《郭沫若留日十年（1914—1924）》，重庆：重庆出版社，2000 年，第 267 页。
③ 郭沫若：《创造十年》，《郭沫若全集·文学编》第 12 卷，北京：人民文学出版社，1990 年，第 35 页。
④ 〔日〕实藤惠秀：《中国人留学日本史》，谭汝谦、林启彦译，北京：生活·读书·新知三联书店，1983 年，第 150—153 页。

经济重压下的郭沫若越来越喘不过气来。如果不是贫穷，《鼠灾》中的方平甫便不会因为一件冬衣大发雷霆；如果不是因为贫穷，爱牟便不会被人赶出房子四处漂泊而形成"漂流三部曲"；如果不是因为贫穷，便不会有到书店偷书的《万引》；如果不是因为贫穷，便不会有《行路难》中爱牟对孩子歇斯底里般的狂吼。作者将这种困顿引向家庭，以至于出现要将家庭毁灭的潜意识。《残春》中出现的"美狄亚式噩梦"；《行路难》中"你们都是吃人的小魔王……你们割我的肉去卖钱，吸我的血去卖钱，都是为着你们要吃饽馅，饽馅，饽馅！"的呼喊；《漂流三部曲》中"我们把可怜的儿子先杀死！紧紧地拥抱着一跳，把弥天的悲痛同消。海外去！海外去！死向海外去！"的疯狂举动，无疑是作者已经把家庭看作一种负担，想要得到解脱的心理活动。这种厌世的心理并不是小说独有，诗集《女神》中也出现相关的书写，例如《死的诱惑》中以"死""除却许多烦恼"，《Venus》中预设了一个"睡在墓中"的安静，《鸣蝉》中对"一声声长此逝了"的蝉鸣的哀叹等，并不是对死亡的恐怖一面进行描绘，而是对其进行一个宁静般意境的经营。

　　回到当时的社会历史环境，自从中日甲午战争以后，中国的盛世情形已不再，虽然有很少一部分日本人对中国人仍然不带偏见，比如中岛裁之或者藤野先生之类，他们或认为中国不足构成威胁，或感激于中国文化对日本的贡献，"在这番诚意的背后，隐藏着日本人对千多年来承受中国恩惠的感谢之念"①，但是大部分日本民众对中国人更多的是蔑视，中国留学生的留日体验更多的是人格的侮辱。日本的高层统治者对中国不屑一顾，甚至连日本的人力车夫都要嘲笑中国人。在梦芸生 1906 年的警示小说《伤心人语》中，就有《车夫与留学生问答》这一话剧，话剧中作为社会底层的日本人力车夫对中国留学生嗤之以鼻，竭尽挖苦嘲讽之态。而"日本当政者的国家优越感及其对中国的轻蔑态度，影响着一般的日本国民，使人人都怀着对中国和中国人轻蔑的态度。直到投降前，日本小孩子嘲弄别人时，常常爱说：'笨蛋笨蛋，你的老子是个支那人！'"② 可见在当时的

---

　　① 〔日〕实藤惠秀：《中国人留学日本史》，谭汝谦、林启彦译，北京：生活·读书·新知三联书店，1983 年，第 176 页。
　　② 〔日〕实藤惠秀：《中国人留学日本史》，谭汝谦、林启彦译，北京：生活·读书·新知三联书店，1983 年，第 182 页。

日本社会，无论社会地位的高低、年纪的大小，从达官贵人到底层民众，从懵懂世事的小孩到经验丰富的老人，都视中国人为"低等公民"。由于当时日本人对中国的歧视，作家所感受到的便是一种漂泊感和无自尊感。例如，郭沫若在日期间，每次去租退房子都要穿一件哔叽西服，就是对自我身份的掩饰，而当一位日本女人识穿了他的身份之后大惊小怪地叫道"哦，支那人吗？"的时候，他的愤恨与羞恼立刻暴露出来了。他"单听着'支那人'三字的声音，便觉得头皮有点吃紧"，于是他痛呼："日本人哟！日本人哟！你忘恩负义的日本人哟！我们中国究竟何负于你们，你们要这样把我们轻视？你们单在说这'支那人'三字的时候便已经表现尽了你们极端的恶意。"他将这段人生体验进行内化，转向对自己内在本能世界的书写，"郭沫若等青年一代的自我意识则更倾向于天使/魔鬼、善良/罪恶之间的非理性纠缠与彷徨，在这些非理性的纠缠与彷徨的背后，是一个欲望与本能世界的被发现"①。对于这个本能，很多学者将其表述为"性本能"，这是其中的一个方面；另一方面，人本身就具有"死亡本能"，"这种本能的目的就是有机生命带回没有生命的状态"②。于是，郭沫若的《女神》中出现大量"死亡"书写也就不足为怪了。按照"死亡本能"的理念，死亡的本能要设法使个人走向死亡，因为那里才有真正的平静。只有在死亡这个最后的休息里，个人才有希望完全解除紧张和挣扎。而在留日期间的困苦以及屈辱经历，使得这种死亡本能表现出来。郭沫若通过文字书写将这种本能转变为一种宣泄，同时也使其小说和诗歌中出现死亡、毁灭、攻击等关键词。

三、躁郁疏解与郭沫若文学创作的起伏

国家意识与个人生活体验是五四时期郭沫若心理抑郁的主要原因，虽然郭沫若并没有患上抑郁症，但他实际上已经处于一种边缘性状态。美国精神病学家 Adolph Meyer 认为，心理抑郁不能依靠一个绝对值来判定，

① 李怡：《日本体验与中国现代文学的发生》，北京：北京大学出版社，2009 年，第 168 页。

② 〔奥地利〕西格蒙德·弗洛伊德：《自我与本我》，涂家瑜等译，北京：台海出版社，2016 年，第 205 页。

"为理解这种概念，可设想划一条水平直线，直线的左边末端为正常，在此区域是所有常人所体验到的暂时性沮丧和情绪低落。沿着这条线往右移动，当到达某一部位时，人的感情会干扰机体的功能，此时称为神经症抑郁。当进一步向右移动时，抑郁可能长时间持续，机体功能进一步受限，并且可能有妄想、幻觉和自杀企图，这称之为精神病性抑郁。"① 但是这个临界点却是没有的，而根据个体承受能力、社会环境、自我疏导能力存在较大的差别。换句话说，精神病性抑郁可以由临床症状进行诊断，神经症抑郁这种心理状态是没有一个绝对值可以衡量的。郭沫若的心理状态和边缘性的神经症抑郁非常类似。世界卫生组织制定的《疾病和有关健康问题的国际统计分类》第十版对抑郁症的诊断要求是情绪低落、精力下降、愉快感丧失等，主要的症状还包括："（1）集中注意和注意的能力降低；（2）自我评价和自信降低；（3）自罪观念和无价感（即使在轻度发作中也有）；（4）认为前途暗淡悲观；（5）自伤或自杀的观念或行为；（6）睡眠障碍；（7）食欲下降。"② 不幸的是，郭沫若在生活中有很多状态都是与这些症状相符的。他对自我的评价从他写给宗白华以及田汉的信件中可见一斑，他对自己人格的评价可以说是极低了，他写道："可是我自己底人格，确是太坏透了"，"我的灵魂竟一败涂地"③。郭沫若一面对自己进行单方面的忏悔，另一面也对自己的人格进行极低的评价。在人生前途方面也显出一片灰暗的色彩。"辛亥革命"的失败、帝国主义的侵略、军阀之间的混战导致那一时期的中国人缺乏民族自尊感，他把这种家国体验和自身的穷困联系到一起，产生报国无门、养家困难的困惑。在学医方面，十七岁时得过的重症伤寒导致其鼓膜凹陷，听课更加吃力，进入临床以后又不能进行听诊，更使得他感觉到"学医是走错了路"。个人前途看不到希望，国家未来也看不到光明，对前途感到暗淡与悲观，产生自伤或自杀情绪。这不但使其小说、新诗中充满了对死亡的书写，其旧诗中"死"也是一个主要意象。例如：《寻死》中"出门寻死去，孤月流中天"；《夜哭》中"有生不足乐，常望早死好"；《春寒》中"欲飞无羽翼，欲死身如瘫"。郭沫

---

① 蔡焯基：《抑郁症——基础与临床》，北京：科学出版社，2001年，第7页。

② 王国荣：《与抑郁症握手言和》，武昌：武汉大学出版社，2015年，第7页。

③ 郭沫若：《三叶集》，《郭沫若全集·文学编》第15卷，北京：人民文学出版社，1990年，第16、41页。

若将这些旧诗寄给了宗白华，表明他当时的心境是何等的绝望。世界卫生组织定义的七个症状，郭沫若便明显地占了四个，这是不是可以说他已经处于亚抑郁的状态呢？值得注意的是，在抑郁的临床表现中，"将只有抑郁发作者称为单相情感性精神病，有躁狂抑郁交替发作者称为双相情感性精神病"①。郭沫若的躁狂表现也是有的，因为一次"鼠灾"而迁怒于安娜的他"包藏着一座火山，冒着火，烟雾层层地在动乱"。又因为朋友在自己家里住的事情扬言要和安娜"一刀两断"，冲去"湖心亭"暴走，"一头都是磅礴着的怒气，我就好像上满了火力的火车随着自己的车轮在路上滚动着的一样"。虽然通过暴走能够缓解怒火和压力，但是这种爆发又反过来形成了他的自责，在《行路难》中他写道："这是他的一种怪癖。他每逢在外面受着不愉快的感情回来的时候，他狂乱着的怒火总要把自己的妻子当成仇人。自己磨牙吮血地在他们身上凌虐。但待到骨肉狼藉了，他的报仇的欲望稍稍得了满足时，他的脑筋会渐渐清醒起来；而他在这时候每每要现出一个极端的飞跃：便是他要从极端的憎恨一跃而为极端的爱怜。"② 这种情感的宣泄，郭沫若自己是找不到原因的，其实这是一种被命名为"伴愤怒情绪发作的抑郁症"，"此类抑郁症最典型的症状特征是易怒，而且是爆发性的。……其特征表现为在瞬间为一些小小的刺激产生愤怒情绪或攻击行为，而攻击的对象常常指向亲密的家人（一般是父母或配偶）或与患者有较密切关系的其他人。"③ 这就能够解释郭沫若对安娜和孩子歇斯底里般的态度了，在极端的时候他甚至称安娜为"女工兼娼妓"。

　　抑郁与躁狂的双相性使郭沫若具有躁郁症的边缘化特征，但这并不等于说郭沫若就是一个躁郁症患者，事实上正是文学创作使郭沫若得到了一个宣泄的阀门。文学创作是其情感爆发的一种方式，也是其情感得以平复的重要支撑方法。学者叶舒宪专门分析了文学对于情感治疗的积极作用，他在《文学与治疗》一书中用枚乘的《七发》以及印第安人用朗读咒文治病等事例来说明，文学对于人类的身心健康有着不可忽视的作用。"仪式行为也好，文学创作也好，作为人类符号活动的两大领域，在制造虚拟情

---

① 翁永振：《简明精神病学》，北京：人民卫生出版社，1991年，第218页。
② 郭沫若：《行路难》，《郭沫若全集·文学编》第9卷，北京：人民文学出版社，1990年，第295页。
③ 王国荣：《与抑郁症握手言和》，武昌：武汉大学出版社，2015年，第14—15页。

境宣泄释放内在心理能量，以便保持精神健康方面，确实具有类似的功效。"① 郭沫若在小说中对窘迫生活进行赤裸裸的描写的同时，也使自身的情绪得到一种缓解，从而使身心达到平衡的状态。诗歌也是一样，雪莱认为，诗人是一只栖息在黑暗的夜莺，用美妙的歌喉来慰藉自己寂寞的心灵，强调的是诗歌能够抚平创伤、升华精神。郭沫若自己也有这样的体会，他说："这是文人们的一种常有的经验，每到痛苦得不能忍耐的时候，突然经一次发泄，表现成为文章，他的心境是会渐渐转成恬静的。"② 这是一种生活的经验，也是郭沫若文学创作的源泉，所以他的很多诗歌呈现喷发式的情感、爆裂式情绪以及摧毁一切的强烈破坏力，如《天狗》中要把日月宇宙都吞下的天狗，它的飞奔、它的狂叫都和小说中的暴走以及歇斯底里般的狂喊具有相同的情感发泄作用，最后一句"我的我要爆了"便是情绪压抑到极端时要如火山般爆裂出来的心境。这种积蓄已久的压抑所爆发出来的能量是巨大的，因此郭沫若的诗歌中对力量的赞叹、对破坏力的欣赏、对一切能毁灭他物的崇拜就反复出现，如《我是个偶像崇拜者》中对"火""火山""生""死""力""血""心脏""炸弹""破坏"的崇拜，无疑是自我爆发过程中所需要的一切外力；《太阳礼赞》中请求太阳把自己"全部的生命照成道鲜红的血流"，也是想象自我爆发、自我毁灭后的情形；《死》中作者曾经想象的面对真正死亡的矛盾心理；《新月与白云》中用"死亡"去"解解我火一样的焦心"，生活的绝望、前途的幻灭，只有用死亡去面对，心情才能平复；《死的诱惑》也表明了"死"之所以会有诱惑力，是因为"死"可以"除却许多烦恼"。

这些诗歌无不表明，郭沫若把"死亡"的书写都看成是困苦的解脱，对于"毁灭"的爆发也是对压抑已久的内心的呐喊。尤其需要注意的是，《凤凰涅槃》《电火光中》《Venus》中都有成对的意象。《电火光中》有苏武和"胡妇"，郭沫若以苏武自比，表明自己对祖国的热爱与忠诚，那么"胡妇"无疑可以比作安娜，因为还有另外一个女人"弃妻"，无疑是对应四川老家的张琼华。夹在这两个女人中间，郭沫若的内心感受是深深的自责，在与田汉的通信中，他写道："只是我还有件说不出来的痛苦。我的

---

① 叶舒宪：《文学与治疗》，北京：社会科学文献出版社，1999 年，第 275 页。

② 郭沫若：《行路难》，《郭沫若全集·文学编》第 9 卷，北京：人民文学出版社，1990 年，第 273 页。

父母早已替我结了婚……不料我才遇着了我安娜……我终竟害了她！以下的事情，我无容再说了。我写了这长篇，简直好象个等待宣布死刑的死囚一样。"① 根据这段话可以很明显地将《电火光中》的"苏武""胡妇""弃妻"与郭沫若、安娜、张琼华对应起来，也可以看出郭沫若的内心低沉到了什么样的程度。《Venus》中的"我们俩睡在墓中，血液儿化成甘露"不正是与《漂流三部曲》中"紧紧地拥抱着一跳，把弥天的悲痛同消"相对应吗？这正是郭沫若在生活极其艰难时期的绝望与爆发，萌发了要与安娜共赴大海的躁狂心理。《凤凰涅槃》中的凤凰一雌一雄，"雄为凤，雌为凰"，他们一同扑进熊熊烈火中浴火重生。为什么作者不单单写一只神鸟而要写两只呢？为什么在诗歌的开头要强调凤凰的雌雄性别呢？因为这正是作者对自己生命的向往，是作者对自己和安娜能够获得新的生活的憧憬，是作者在绝望中仍呼唤希望的坚持。"西方"的"屠场"、"东方"的"囚牢"、"南方"的"坟墓"、"北方"的"地狱"象征着这一对跨国恋人走投无路的境遇和遭双方家庭遗弃的悲哀。但是，郭沫若并没有消沉，诗歌是他治愈心灵创伤的良药，所以涅槃的凤凰才能重生，重生的凤凰才能欢唱。重生的凤凰是置之死地而后生，是绝望的爆发，是爆发的新生，这也是《凤凰涅槃》独特的艺术价值。

《春蚕》中的诗句："蚕儿呀，我想你的诗终怕是出于无心，终怕是出于自然流泻。你在创造你的'艺术之宫'，终怕是为的你自己"可以看作是郭沫若写诗的真实心理动因，那就是"为自己"。郭沫若的早期写作并不是出于"为人生"的现实主义，所以他是比较反对文学的直接功利性的，他认为文学应该首先具有感染力，首先是真，然后才能去感动他人。在《艺术的评价》中，他评价托尔斯泰的《艺术论》时说："托氏的这种立论，我以为在他的根本上有两个绝大的错误：第一，他把艺术活动完全认为是教化的工具，甚至是传教的工具……"② 可见如果只是认为《女神》的创作是政治运动的启动器，则未免冤枉了郭沫若，因为他本人是反对这样做的。在《文学的本质》中他说得更加清楚："（1）诗是文学的本质，

---

① 郭沫若：《三叶集》，《郭沫若全集·文学编》第 15 卷，北京：人民文学出版社，1990 年，第 43 页。

② 郭沫若：《文艺论集》，《郭沫若全集·文学编》第 15 卷，北京：人民文学出版社，1990 年，第 195—196 页。

小说和戏剧是诗的分化。（2）文学的本质是有节奏的情绪的世界。（3）诗是情绪的直写，小说和戏剧是构成情绪的素材的再现。"① "诗"等于"文学的本质"，"诗"等于"情绪的直写"，结论就是："文学"等于"情绪的直写"。这才是郭沫若诗歌和小说中为什么总是出现喷发式的情感、毁灭一切的冲动、破坏一切的力量、冲破一切的愿望、血与火交织的意境、死与生频现的书写的根本原因。也正是这种对于情绪的直接书写，使郭沫若的"死亡本能"得以间接的实现，"一篇作品就像一场白日梦一样，是我们幼年时代曾做过的游戏的继续，也是它的替代物"②。按照弗洛伊德的精神分析学说，梦是愿望的满足，甚至"不愉快的梦也都是愿望的满足……由被压抑的愿望的实现所带来的满意感，其强度足以抵消白天残余的痛苦情感"③。正是这种文学写作的宣泄，使郭沫若的心情得到平静；也正是这种自我感情的抒发，造就了《女神》中死亡、毁灭、涅槃、重生等一系列书写。

　　《女神》诞生于五四时期，是五四精神在这一代留日青年知识分子身上留下的深深烙印，是他们真实生活的再现与真诚的内心写照，它对于我们还原历史语境，从历史发展的角度来看待一位作家的成长过程具有重要意义。《女神》中出现的"死亡书写"，一方面固然是和五四精神有着一定的联系，但更重要的是，它是郭沫若自身情感的热烈抒发，是对家国命运、个人前途的强烈感叹，无论作品表现出来的是何种死亡的意象，都是作者通过文学创作进行的情感宣泄，从而使内心得以保持平和，实现一种躁郁的疏解，也借此机遇寻觅到一大批志同道合之人，从而在初期"为艺术而艺术"的文学道路上，在救国救民的政治道路上，可以互相呼应，互相慰藉，实现人生价值。研究《女神》的价值，也必须结合郭沫若的小说，才能发现其在创作内因上的共同特征，从而对他的"死亡书写"有一个全面的认知，在个人书写与社会作用、情感流露与他人共情、个人生活体验与呼唤社会革新之间找到一座桥梁，从内而外地理解作家与社会的关系，从而全面地把握《女神》的艺术价值。

---

① 郭沫若：《文艺论集》，《郭沫若全集·文学编》第 15 卷，北京：人民文学出版社，1990 年，第 352 页。

② 田俊武、唐博：《白日梦、男权思想、女性意识——三个家庭教师形象背后的作家世界观》，《广西大学学报（哲学社会科学版）》，2007 年第 6 期。

③〔奥〕西格蒙德·弗洛伊德：《梦的解析》，高申春译，北京：中华书局，2013 年，第 465 页。

禅宗诗歌美学的发掘与建构

——皮朝纲美学思想研究之三

□何世进①

皮朝纲教授致力于禅宗美学研究三十余年，他由中国美学文献学的研究与发掘入手，搜集了大量的文献资料，积累了丰富的学术经验之后，渐次发现我国禅宗美学的发掘与研究尚是一个空白，有广袤的处女地需要开垦。他不惜以古稀之年，凭借《大藏经》《嘉兴藏》《大藏经补编》《禅宗全书》《禅门逸书》等所收录的一百多种、几千万字的禅宗典籍，先后对禅宗绘画美学、禅宗书法美学、禅宗音乐美学与禅宗诗歌美学等诸多领域进行文献资料整理与学理研究，已是著作等身。近年来，他以八旬高龄先后出版了《中国古典美学思辨录》《丹青妙香叩禅心：禅宗画学著述研究》《墨海禅迹听新声：禅宗书学著述解读》和《中国禅宗书画美学思想史纲》等专著，且在全国多家学术刊物发表学术论文数十篇。现就皮朝纲禅宗诗歌美学研究做如下评析。

一、深刻阐释了"借诗说禅""以禅喻诗"
禅宗诗歌美学的理论主张

皮朝纲通过对宋僧长翁如净禅师关于借诗说教（禅），要与衲僧点眼的解读与评说，认定"借诗说禅"与"以禅喻诗"是两个相互补充、相互发明的诗学理论。他认为"借诗说教"不仅是解诗之法，更是教授学人的重要手段。他持此论的依据是，他发现数以千万卷的禅宗灯录和语录中禅师们的上堂说法，"歌偈联翩，花团锦簇，许多禅诗的本传，其师徒之间

---

① 何世进：毕业于四川师范大学中文系，多年从事专业文学创作，出版文学作品近二十部。中国作家协会会员。近年致力于美学和文艺理论研究。

的问答，则是诗句连珠、异彩纷呈，构成了禅宗弘法的诗化景观，它是禅的世界，也是诗的世界。"① 紧接着他又引用《如净和尚语录》中的《临安府净慈禅寺语录》进行了深入细致的评说。

皮朝纲还从历代许多杰出诗人的不朽之作往往比不少偈颂更接近于对禅"不说破"的言说原则，证明"禅"与诗互通。比如王维的"行到水穷处，坐看云起时"（《终南别业》），便是众多禅师"借诗说禅"的典型例证。皮朝纲对王维此诗的禅意禅境作了精湛的阐释，彰显了一位独树一帜的禅宗美学学者的真知灼见："其表面是要优游山水，但其中却暗含着任远随缘的禅机，可谓有禅髓。但王维之诗的禅机禅髓，是不可言宣的，也只有靠赏评者去咀嚼体会，然而却可以启示学人去领悟'居士默然，文殊深赞之禅意'与'如何是向上一路'的禅机。"② 由此可见皮朝纲研究禅宗诗学绝不拘泥于对禅宗诗歌本身的探析与解读，他十分重视纵向与横向的比较研究。他敏锐而又清醒地认识到中国古代文学史，包括中国诗歌史，过去侧重于儒道诗学的研究、概括与总结，相对忽视了佛教诗歌这一重要组成部分。他认为一部完整的文学史与美学史（包括诗歌史）应该是儒道释共同组成的。即以较具权威性的由李泽厚、刘纲纪编著的《中国美学史》而论，仅在第十章论述了东晋佛学与美学。两位美学学者也清楚地看到魏晋玄学曾对美学产生的深远影响。"到了东晋，玄学与佛学日益合流，因而又使佛学对美学也产生了影响。东晋美学的新变化是与佛学的影响不能分离的，这种影响一直延续到南北朝时期。"③ 进而深刻地指出："佛学对中国文学的理论产生了直接的、重大的影响，这是在禅宗出现以后的事。然而禅宗已经是一种中国化了的佛学，它已经抛弃了印度佛学对外在于个体的超自然净土的追求，并且在中唐以后成了许多文人士大夫的人生哲学的一部分，因而和文学以及其他艺术部门发生了直接而密切的联系。"④

---

① 皮朝纲：《从"借诗说禅"看禅宗诗学理论的独特风貌》，《中华文化论坛》，2014 年第 12 期。

② 皮朝纲：《从"借诗说禅"看禅宗诗学理论的独特风貌》，《中华文化论坛》，2014 年第 12 期。

③ 李泽厚、刘纲纪：《中国美学史》（第二卷），北京：中国社会科学出版社，1987 年，第 329 页。

④ 李泽厚、刘纲纪：《中国美学史》（第二卷），北京：中国社会科学出版社，1987 年，第 649 页。

李、刘两位美学学者在高度评价禅宗佛学对我国美学发展的巨大影响的同时，未能将禅宗美学视为中国美学的一个不可或缺的重要组成部分来阐释、著述。皮朝纲教授虽年事已高，却殚精竭虑地进行研究、发掘、整理且用宏文巨著建构起系统而又完整的体系，此种对中华美学的补缺之功，着实令人敬佩。

二、提出了诗家禅家皆重"顿悟"这一重要命题

皮朝纲禅宗诗学之睿智，在于他牢牢抓住了诗与禅的共通点与联结点便在于"顿悟"。他引用明僧吹万广真禅师所提出的"盖诗家法即禅家法也"这一见解，紧接又援引"顿然悟后，再不换门傍户，所谓招来无不是用处，莫生疑也"，从而论定：诗家、禅家均重顿悟，而有创新，脱离程式束缚，信手拈来，实乃是道。

这一为诗家与禅宗共同揭示的秘诀，早在东晋时期僧肇在阐说佛教的人生态度时即称："玄道在于妙悟，妙悟在于即真。即真则有无齐观，齐观则彼已莫二。"① 僧肇认为"妙悟"的根本在于"有无齐观"。皮朝纲之于诗家与禅家皆重"顿悟"的学理依据，我们还可以从对华夏诗歌美学有重要影响的宋末严羽的《沧浪诗话》中得到佐证："禅家者流，乘有大小，宗有南北，道有邪正；学者须从最上乘，具正法眼，悟第一义。若小乘禅，声闻辟支果，皆非正也。论诗如论禅：汉、魏、晋与盛唐之诗，则第一义也。……且孟襄阳学力下韩退之远甚，而其诗独出退之之上者，一味妙悟而已。惟悟乃为当行，乃为本色。然悟有浅深，有分限，有透彻之悟，有但得一知半解之悟。谢灵运至盛唐诸公，透彻之悟也；他虽有悟者，皆非第一义也。"② 严羽不仅对佛教禅宗与儒教诗家共同具有的悟性作了透辟的阐释，而且将"透彻之悟"视为诗歌创作的第一要义。这也足以证明皮朝纲教授关于诗家与禅家的论述一脉相通，其重要的联结点便在于"妙悟"。这是对儒道诗学与禅宗诗学合规律性、合目的性的科学而又深刻的阐释。

---

① 李泽厚、刘纲纪：《中国美学史》（第二卷），北京：中国社会科学出版社，1987年，第368页。

② 严羽：《诗辩》，《中国美学史资料选编（下）》，第77页。

皮朝纲经过深入的探析，归纳出禅宗诗学涵盖了三个层面：借诗喻禅、借诗解禅、借诗悟禅。应该说"借诗悟禅"是最高的境界。他进而阐发"在借诗悟禅中，有一种独特的表现形式，就是因诗悟禅，又赋诗言悟"。

皮朝纲关于诗家与禅家共同的"妙悟""顿悟"所具有的美学价值与思维启示意义是十分深刻的。我以为这不仅是对于中华禅宗美学的宝贵精神财富的重大发掘，而且可以用来启发和帮助诗人作家在文学艺术创作中抵达出奇制胜的高远境界。通过对禅宗诗歌美学的发掘与研究，可以激活广大民众的"悟性"，实乃不二法门。

三、从心性修养、崇尚禅悟、开示法门等诸多层面 阐释禅宗诗学的哲理内蕴

皮朝纲与潘国好又从诗学精神的视角，阐述了禅宗以独贵心源，提倡心性修养，构建其人生论哲学；以崇尚禅悟，获得境界般若，构建其境界哲学；以接引众生，注重开示法门，构建其实践论哲学。他进而从以心为源、胸襟修养、生命体验、意境追求、像教悦情、禅艺互释等六个方面，畅论禅宗诗学所蕴含的丰富内容。

他认为禅宗思想从以心传心到以文字传心，是一个巨大的飞跃，促进了禅宗"以心为宗"诗学观的形成与发展。

他紧接着从道灿的这一禅宗诗学观的提出，论"定以心为宗""师心独造"乃禅宗诗歌创作的根本所在。

皮朝纲通过对儒家诗学与禅宗诗学发展演变的比较研究，发现禅宗"以心为源"的诗学观，体现了儒释两家诗学观的融合。他从觉浪道盛禅师的诗歌中寻找到了其"以写吾志"与儒家"诗言志"之间的契合点。他进一步发现"儒、禅诗学融合的直接表现，就是诗文创作'情性说'的提倡"。

《毛诗序》中便提出了"吟咏情性，以风其上"的儒家诗歌的这一命题，尔后发展成"性灵说"。皮朝纲从皎然的诗道论"若遇高手如康乐公，览而察之，但见情性，不睹文字，盖诗道之极也。向使此道，尊之于儒，则冠六经之首；……崇之于释，则彻空王之奥"中发现皎然已认定诗之道贵在"见情性"，此乃"尊之于儒，崇之于释"，足以证明儒释相通。皮朝

纲又援引通门的主张和道霈禅师的诗论,证明他们都借鉴与吸取了儒家的诗学观,十分看重"诗得性情之正",进而梳理出禅宗诗学的言说逻辑为"性—情—文":"文所以达其情者也,情所以极乎性者也。"由此得出结论:情之极至为至正之性。

皮朝纲沿着禅宗关于构建人生论这一既定的思路,推导出重视"胸襟修养"这一学理认知。他的解说是顿悟之宗离不开渐修之道,即是说禅宗诗人的悟并非生而有之,亦不可能从天而降,实乃长年累月的勤苦修炼所得。他进而论说,禅僧胸襟如果得到很好的修养,可以"实现'文学化'的转化";也就是说,禅学修养是诗文创作的前提条件。由此推导出诗文创作与提高禅僧修为相辅相成、互促共进的密切关系:禅僧修为是诗文创作的前提条件,诗文创作是提高禅僧修为的重要途径。

皮朝纲在阐说诗家与佛家相互沟通的一个重要枢纽"悟"时,从形而上的哲学高度论述道:"禅宗之'悟',是哲学之'悟'的诗意表达。"其学理根据是道(禅心)与诗(诗思)都只能在生命体悟的"闲机""静境"中产生。

禅宗诗学这种诗境源于自然的学说与禅诗是心性天真的人生追求的诗学观,与儒家词人姜夔所论"沉着痛快,天也。自然与学到,其为天一也"① 是一脉相通的。南宋方回也称:"诗文意味自然者为清新。"他说:"或谓老杜之寄太白也,以清新对俊逸,而予于冯君之诗,独以清新许之,无乃于俊逸不足乎?曰:不然,才力之使然者为俊逸,意味之自然者为清新,可无彼不可无此,故不同也。或又问:清新之所自来,得之学乎?得之思乎?世未尝无苦学精思之士,而或不能为诗,或能为之而不能清新。"② 方回关于"自然"的阐述较之姜夔更为详尽透辟,这也回应了皮朝纲之于禅宗诗学"诗境源于自然"的主张,证明了禅宗诗歌美学具有丰赡而精湛的学理,它与儒家、道家诗学共同构建了中华诗歌美学的理论大厦。

皮朝纲论及禅宗诗歌美学的意境追求。他首先就禅宗追求的"境"予

---

① 姜夔:《白石道人诗说》,《中国美学史资料选编(下)》,北京:中华书局,1981 年,第 32 页。

② 方回:《桐江集》卷一《冯伯田诗集序》,《中国美学史资料选编(下)》,北京:中华书局,1981 年,第 93 页。

以释义："境可指胜妙智慧之对象，即是佛理（真如、实相）。"紧接着他透辟地阐述了禅宗诗歌的意境追求的价值与意义："禅宗浑简锋利，超然特立之思想，为中国文坛开启一种笔随神人、气韵有致的禅诗之风。禅宗诗学所言之意境追求，其实是对禅门诗歌（诗偈）审美属性的思考。"① 他又借用牧云所说，言此乃"意圆词爽，旨深格高"的境界。

关于禅宗诗歌美学的意境追求与儒家、道家的诗歌意境创造之同中有异，李泽厚、刘纲纪在《中国美学史》中论述陶渊明诗歌意境时作了如此阐说："陶渊明把玄学以及佛学所追求的人生解脱放到了门阀世族名士们不屑一顾的日常最平凡的农村田园生活之中。我们已经引述过的陶渊明的'即事如已高，何必升高嵩'这两句最能表现陶渊明的这种思想，僧肇说过'玄道在于妙悟，妙悟在于即真'，但僧肇的'即真'是要达到佛学的涅槃境界，而陶渊明的'即事'则是要在当下日常生活中获得一种人生的解脱和感悟。"② 皮朝纲教授亦从意蕴层面上阐说了禅宗诗学强调禅体诗的体用结构。他在阐述诗禅关系的异同时指称禅诗以禅为正、以诗为偏的诗禅关系。禅宗所阐说的清静无为、四大皆空，与儒家所崇尚的积极入世的生命美学是有原则性区别的。但是，禅宗诗学中仍然蕴涵着许多珍贵的美学思想和艺术经验，皮朝纲教授孜孜不倦地加以发掘与阐扬，带给今人和后人的是将一片新垦殖的处女地，经一年又一年的春耕夏种，已经进入了硕果累累的收获的金秋，值得我们细细品味，备极厚爱。

皮朝纲又深入阐述了"像教悦情"与"禅艺互释"这样一些更为丰赡的禅诗内涵。他鞭辟入里地论述："以禅喻诗，是一个古代诗学命题，借佛家禅理以喻创作与批评。"以此说明禅宗诗学对中国文学，特别是诗歌创作深刻的影响。他着重引述了宋代严羽《沧浪诗话的诗辨》中的精辟论断："大抵禅道惟在妙悟，诗道亦在妙悟……惟妙悟乃为当行，乃为本色。"李泽厚先生在《实用理性与乐感文化》一书中有专章"禅意盎然"，着重阐说了禅之悟："我曾认为，禅的秘密之一在于'对时间某种顿时的领悟'，即所谓'永恒在瞬刻'或'瞬刻即可永恒'这一直觉感受。在某

---

① 皮朝纲、潘国好：《诗心禅境了相依：禅宗诗学内容研究》，《中国文艺评论》，2016 年第 8 期。

② 李泽厚、刘纲纪：《陶渊明的美学倾向》，《中国美学史》（第二卷），北京：中国社会科学出版社，1987 年，第 395 页。

种特定的条件、情况、境地下，你突然感觉到这一瞬刻间似乎超越了一切时空、因果、过去、现在，似乎融在一起，不可分辨，也不去分辨，不再知道自己身心在何处（时空）和何所由来（因果）……这当然也就超越了一切物我人己界限，与对象世界（例如与自然界）完全合为一体，凝成永恒的存在。禅宗非常喜欢……与大自然打交道。它所追求的那种淡远心境与瞬刻永恒，经常借大自然来使人感受或领悟。禅之所以在大自然的观赏中来获得所谓宇宙目的性，从而似乎是对神的了悟，也正在于自然界事物本身是无目的性的。"① 其阐述相较严羽关于禅宗"悟"的阐说，更为深刻，也更为切实。这不仅表明皮朝纲对禅宗诗歌美学所揭示的"像教悦情"与"禅艺互释"这些具有概括性的特征是真正的科学总结和深刻的学理认知，而且他在前人研究成果的基础上有所创新和突破，更具系统性与完整性。无论是古时的严羽，或是当代的李泽厚、叶朗、刘纲纪，他们对于佛教禅宗美学或多或少地进行过研究，而且有不少精湛的论说。而鲜有如皮朝纲这样专注于禅宗美学的研究，历三十余年而不衰，更在八旬高龄不仅接连推出一部部厚重的禅宗美学专著，还接连不断地在学术刊物上发表研究论文，彰显最新研究成果，使他所从事的禅宗美学研究呈现出一种与时俱进、常著常新的开放格局。这不能不说是当代美学界的一个奇迹。皮朝纲于禅宗美学研究可谓老而弥驾，穷且益坚。此情此志，高山仰止，景行行止。

像教足以悦情，皮朝纲在长年不断、殚精竭虑的禅宗美学研究中体验到的不是疲惫不堪，而是悦情悦意、悦志悦神。皮朝纲在阐述"像教以悦情"时说："的确，诗歌的上乘之作，有强烈的审美感染力，人们欣赏之，'如啜萝芥于酪酊，令人眼目一新'。而一些山居诗，并无真情实感，因为不食人间烟火，心中不存在丘壑烟云：近代禅讲，集必有诗，诗必有山居，多展不食丘壑烟云，杖不饱烟云，纵描写十分，何异矮子观场，而因人啼笑哉！"皮朝纲之于禅宗美学"像教以悦情"的论述，亦可以从一些美学学者的论著中得以佐证："自然是多么美呵，它似乎与人世毫不相干，花开花落，鸟鸣在涧，然而就在对自然的片刻顿悟中，你却感到了那不朽者的存在。……那不朽，那永恒似乎就在这自然风景之中，然而似乎又在

① 李泽厚：《禅意盎然》，《实用理性与乐感文化》，北京：生活·读书·新知三联书店，2005年，第298—299页。

这自然风景之外。它既凝冻在这变动不居的外在景象之中，又超越了这外在景物，而成为某种奇妙感受，某种愉悦心情，某种人生境界。"① 皮朝纲对此情此景也予以深度的解说，此时，以诗喻禅是表面，以禅喻诗是宗旨。

他引用智舷关于禅和诗关系的解说："诗有参，禅亦有参；禅有悟，诗亦有悟。"紧接着又援引王庭言的论述："'诗禅者'，诗人之禅；'禅诗'者，禅人之诗。"皮朝纲对于禅与诗在华夏美学中至为密切的关系的探析与阐说，不仅发掘了禅宗美学中宝贵的艺术经验，成为值得珍视的文化遗产，而且对于建构新时期具有中国特色的新文化、新美学皆具有十分重要的意义。即以禅宗美学中一再强调的"顿悟""妙悟"而言，于中华民族文化心理结构的建构便具有不容低估的重大启示意义。试问：当代文学艺术的发展与创新，不正迫切需要广大作家、艺术家精心培育和高度激发其悟性吗？至于科学技术的创造革新更亟待科技工作者悟性的空前激发和高度张扬。由此可知皮朝纲对禅宗诗学与乎整体性的禅宗美学全方位、多向度的发掘、整理与研究，不仅保存了珍贵的文化遗产，而且对于当代中华民族思想素质、思维能力、价值追求与乎精神品格的建树皆具有重大而深远的意义。

四、禅宗诗学研究的价值与意义

皮朝纲之于禅宗美学多领域、全方位的系统研究，诚如鲁迅曾高度赞扬的第一个敢于吃螃蟹的人。皮朝纲在《禅宗诗学著述的历史地位——兼论中国美学文献学科建设》一文中恳切地指出："中国诗学理论，是中国传统美学的重要组成部分。一部中国诗歌美学史，应该包含儒、道、释三家诗学思想的发展演变史。从中国诗学理论的研究现状看，无论是文献发掘、整理、出版方面，还是诗学论著（含诗学原理、诗学史）的研究和出版方面，都很少提及禅宗大师们的诗学著述。"② 他对于学科建设上这一不

---

① 李泽厚：《禅意盎然》，《实用理性与乐感文化》，北京：生活·读书·新知三联书店，2005 年，第 301 页。

② 皮朝纲：《禅宗诗学著述的历史地位——兼论中国美学文献学学科建设》，《西南民族大学学报》，2015 年第 1 期。

应有的严重缺失的指陈绝非主观臆断，实乃广泛涉猎与仔细研究后发出的击中肯綮的求真务实之论。他绝非旁观者的指手画脚、评头论足，而是以一个拓荒者的惊人意志与毅力，筚路蓝缕，数十年如一日地在尚有明显空缺的禅宗美学领域辛勤垦殖，且八旬之后愈益劲头十足、功力弥满，撰写出一部又一部禅宗美学专著，又一篇连一篇地在多家学术刊物发表最新研究成果——多系国家社会科学基金西部项目阶段性成果。即以禅宗诗歌美学研究而论，他不仅已发表了多篇研究论文，而且有着系统而又长远的规划，"自去年将关于禅宗书画美学的书稿送出版社付印后，皮朝纲一刻没有空闲，马上开始收集新的资料，向新的研究阵地进发：禅宗诗学。'禅宗诗学之后，是禅宗诗话，以及禅宗文艺心理等。尤其是禅宗诗话。在中国美学史上，有全唐诗话、全明诗话，但从来没有禅宗诗话，值得好好发掘、研究。'"① 皮朝纲在《禅宗诗学著述的历史地位》一文中，列举了我国至今已出版或再版的关于诗话与诗歌格律研究的著作，然后指出："但许多禅宗大师的诗学著述还没有进入编者的视野。"仅以《明诗话全编》为例，"共辑录诗话计 724 家，其中僧人的诗话只有 6 家。"接着，他又从诗学论著的视角作剖析，亦不无遗憾地指出："而许多禅宗大师的诗学著作和诗歌主张没有引起学界的重视。"有鉴于此，他恳挚地论说："通过对禅宗诗学著述的初步发掘、整理，使我感受到，中国美学文献的发掘、整理，还有许多工作可做。"皮朝纲之于禅宗美学文献的发掘、整理与乎学理研究之尽心尽力，勇于担当，能不加额以礼吗？

　　他旋将话题转入对禅宗诗学的研究与探析。他认为禅宗歌偈（颂）是禅宗诗学的主要研究对象。他不无遗憾地指出：在中国诗歌史上禅僧的诗歌（歌偈）始终处于边缘状态，诗僧的诗学著述更少人问津。他以我国诗歌最为昌盛的唐代为例，认为禅门诗与文人诗共同描绘出唐代诗歌博大宏伟的辉煌全景。又以唐代禅僧拾得的痛心疾呼为证："我诗也是诗，有人唤作偈。诗偈总一般，读者须仔细。"继而又援引唐代另一禅宗诗人寒山曾经理直气壮地标举自己的诗学主张，且有价值崇高的诗歌作品，"有人笑我诗，我诗合典雅。"皮朝纲如数家珍般列举了禅宗大师们的诗歌创作和学理研究的巨大成就，然后就禅宗诗人们的诗学主张作了深入的论述，

---

　　① 皮朝纲：《最懂"晚明四大高僧"的美学家》，《华西都市报·名人堂》，2013年 12 月 29 日。

"诗偈一般""诗偈无别，但有道理别耳。"有的禅宗大师又提出诗偈道理无别，以辞之风雅为别。皮朝纲趋向于清僧天然函昰的见解在于"情"与"悟"之别："诗与偈不同者，诗见情乎辞中，偈发于言外。"进而强调诗若"辞不妙，则情难见"，而偈颂若"言不巧，则语不真"。归根到底，偈颂的功夫下在启迪智慧、打开法眼、领悟禅心上，此所谓"悟发于言外"。

皮朝纲又从体制与旨归上阐述二者的异同。他认为禅门大师既重视歌偈（颂）的思想内容，强调言志抒情，又同样重视艺术形式，主要体现在语言的"妙与巧"。

皮朝纲最终从哲学美学的高度解读了禅门大师歌偈所表达志趣追求："佛法是一切现成，遍周法界的，'般若圆通遍十方；宇宙法性与个体自性是圆融一体的，人天浩浩无差别'。这种人之自性的生命节奏与宇宙本体的圆融一体的禅境，乃是一种随缘任道、自然适意而又生机勃勃的自由境界——审美境界。"

皮朝纲历经三十余载的禅宗美学研究，以拓荒者的勇锐豪迈与崇高的责任担当涉足被学人忽略的禅宗美学视域，年复一年，终于开垦出一片又一片田肥土美的旖旎风光。不仅年年皆有花红叶绿、硕果满枝的可喜收获，且以八旬高龄在禅宗诗偈的百花园中萌生了远胜于以往的神思妙悟，继十多部厚重的禅宗美学论著出版之后，又以生花的妙笔描绘出禅宗诗国的奇美景观，从而也使自身获得了诗意的栖居。

狮子山上花千树，谁浇心血年年栽！？

蜀山讲坛

文本与历史[①]

□ 洪子诚[②]

今天讲的这个题目，实际上是一个比较大的题目，这个题目也牵涉很多复杂的问题，我就简单地讲一点我的经验和体会。在讲这个题目的时候，我会结合我最近几年的研究做一点介绍，这样会比较清晰。

我是零二年从北大退休的，零五年之后基本上没有上过课了，但还是写了一些东西，出了一些书。有一本我十年前写的书，叫《我的阅读史》（北京大学出版社 2017 年）。另一本书是《材料与注释》（北京大学出版社 2016 年）。这本书主要讲新中国成立以后的一些文学事件与人物，包括反右斗争中一些著名人物，像邵荃麟、林默涵的检讨书，我做了一些注释。这本书出版后引起的反响出乎我的意料，在北京、上海开过研讨会。一些研究历史的学者对这本书很感兴趣。还有一本书是《读作品记》（北京大学出版社 2017 年）。《读作品记》的作品是文本，在这里文本的概念范围可能要大一些，不仅讲某个具体的文学作品，比如诗或者小说，而且包括历史，还有回忆录、理论文章，我都把它放在文本的范围里。这几本书是我近几年研究成果的集中体现。

那我这几年的研究与退休前的研究有什么不同呢？我觉得就是比较放得开些。在座的老师同学可能都读过我的《中国当代文学史》，觉得它很难读，很难理解，很枯燥，很乏味，可大家如果读我这几年出版的书，你会觉得稍微流畅轻松，就是比过去要放松些。退休后我的心态比较放松，学术研究也一样，年老的人把一些包袱卸下了，就比较轻松。我最近写的这些书是采用随笔的文体，不是那种严谨的论文写法。我的文章在《文艺

[①]　本文系洪子诚教授 2018 年在四川师范大学文学院讲座录音整理而成。

[②]　洪子诚：北京大学中文系教授，博士生导师，长期从事中国当代文学研究，成果丰硕，成就显著。

争鸣》中放在随笔体的栏目里,这是比较放松的,没有很多的注释。有很多人烦我的注释多,像《中国当代新诗史》《中国当代文学史》都有大量的注释。这次参加四川大学的研究会时,有学者翻译我的《中国当代文学史》,就嫌我的注释太多,后来我就删掉了大概三分之二的注释;但日本翻译小组不同意删掉,他们认为这些注释提供了一些资料,很重要。

刚才几位老师提到目前当代文学会比较重视史料文献的问题,这个重视其实有它的道理,大家都觉得过去当代文学有一点批评化,就是随意性,在史料方面做得还不够。而我要特别强调的是细读文本和分析文本,这是文学教育和文学研究最基础、最重要的工作。英国批评家伊格尔顿出了一本书,在大陆的版本叫做《文学阅读指南》。伊格尔顿在这本书里特别强调文本细读和文本分析的重要性。他非常忧虑尼采曾经所倡导的那种慢读传统逐渐消失。尼采说他是一个语文学家,语文学家的信念对他非常重要。然后他也讲到,他所处的时代已经变得非常急躁、非常匆忙,但是他是个慢读、慢写作的作家,他每一页稿子的写作都要花很长的时间,直到那些很忙的人都会感到绝望。而这种阅读传统已经在我们这个社会慢慢地消失了。我想在中国也是这样。我们现在是一个高铁的时代,提倡高效率,很少有人愿意坐下来慢慢地读一本书。大家可能都是用一种快读的方式,或者是读它的梗概,或者说读一些它的论点,不可能坐下来仔细地辨析文本本身语言上的一些细节,包括它的玄妙之处。这是一个很重要的问题。所以我强调作品分析、作品慢读的重要性,不论对我们研究还是教学都是基础性的工作。

接下来就讲到文本和历史的关系的问题。我的第一点讲我们读作品时候可能会从不同的角度精读作品,比如说我们比较倾向于从艺术形式方面去精读作品。比如说我们研究通俗小说,金庸的小说比起过去的武侠小说,在叙事上、结构上、情节上有什么不同,语言上有什么不同,在处理历史题材上发生了什么变化,这个基本上是从文内的角度进入文本。也可能从一种意识形态的角度进入文本,比如说中国的抒情小说是怎么发展的,从比较早的抒情小说,如萧红、孙犁的作品,从文本内梳理中国抒情小说的传统及其发展变化。但是也有一种非常重要的精读文本的方式,就是社会历史角度的阅读,这就要牵扯到我讲的文本与历史的关系问题,这种文本的阅读方式目前是一种比较重要的、也是采用得比较多的方式,也可以称为一种历史化的阅读方式,就是从社会历史的角度来阅读作品。

那么，我们怎么从社会历史的角度来读作品呢？我觉得可能有这么几个方面，就是我们从文本里怎么读出历史的中心，社会历史行进的踪迹，这是我们要研究的第一个问题。另外一个问题，就是我们从作品里头能够读出什么样的历史观念与启示。这个事情是结合在一起的，就是从文本里头提炼出那种蕴含着历史的社会问题。要做到这一点，首先要把文本放到历史情境里去。这就牵涉目前有争论的问题，有的批评家认为目前现当代文学存在着过分重视制度性研究的倾向。关注外延性知识，不关注文本本身的语言、结构。提出这一观点的学者是上海复旦大学的郜元宝教授，他写过很多很好的文章，出版过很好的书，他对这个问题非常忧虑，他说很多人特别是研究当代文学的，过分地把文学引到历史的那个方面去，就是所谓的史学化问题。这就是说，很多人关注一些外延性知识，比如说文本的制度性问题，社会经济条件，当时的文学制度，文学生产的一些环节等。目前很多人都在做期刊的研究、社团的研究，还有就是文学制度的研究，包括作家的收入等这些方面的研究，这些研究实际上都环绕着文本的一些社会历史、经济条件，而不是文本本身。郜元宝批评了这种倾向。《中国现代文学研究丛刊》让我写文章，回应一下郜元宝的批评。我说我从来不写这样的文章，有人批评我，我都承认，承认我的不对，我从来不写回应的文章。但是我有个学生钱文寅在上海大学当教授，他写了一篇回应文章，他写得还是很好的，基本上能够把我的观点表达出来。我觉得是这样，就是所谓外部研究跟内部研究，实际上是八十年代传进中国的新批评的概念。如果大家学文艺理论的话，可以知道八十年代有一本非常著名而且流传很广的文艺理论教材，就是美国的文艺理论批评家韦勒克与沃伦合编的《文学理论》。这本教材的基本理论与方法是美国二十世纪五十年代的新批评。新批评的观点就是研究一定要关注文本本身，不要理外延性知识，包括作家生平什么的，都不用去管，就是分析文本本身，这是一个绝对化的观点。这个观点是站不住脚的，因为如果你不关注这些外延性知识的话，文本本身有些问题你也谈不清楚。后来的研究，文本内外界已经被打破了。所以像文本的文学性问题、技巧问题，它不是自然生成的，而是外围的环境带入的，它们之间有一种不可分的密切关联。我的意思就是说外围的知识研究还是重要的，问题是看你怎么研究。

下面我就讲一点具体例子，这样可能会讲得比较清楚一些。我不知道你们学当代文学史的时候，张贤亮的《绿化树》，你们读过没有？应该是读过的。我做文学的制度研究是比较早的，我虽然开了个头，但是没有做好，像西南大学的王本朝教授、中山大学的张均教授，他们在现当代的制度方面都研究得很深入。我没有做好，但我有这方面的感觉，那这感觉是从什么地方来的呢？主要是来源于《绿化树》这部小说。《绿化树》发表在《十月》1984年第2期。小说中有一个很重要的情节，就是它的结尾。小说写的是一个右派章永璘，他被打成右派以后就发配到西北一个非常荒凉的农场去劳改，"文革"期间受到很多迫害，"文革"结束之后，他的命运改变了，他的右派帽子被摘除了，恢复了一个正常人的生活。小说的结尾写到章永璘在一九八三年的时候，终于踏上了人民大会堂的台阶，跟党和国家的领导人一起进入人民大会堂。这是一个大团圆的结尾，就是我们读中国小说和戏曲时都非常熟悉的一个大团圆的结尾。

这有点像匈牙利文学批评家卢卡奇所说的封闭式结构。什么叫封闭式结构呢？就是小说里的矛盾、提出的问题都在结尾予以解决，读者跟作者本身都得到安慰。小说中提出的问题，难关也好、悲剧也好，到最后都得到解决。这是一种封闭式结尾，而不是一种开放性结尾。在卢卡奇看来，开放性结果就是矛盾或者问题留到作品之外，并没有解决。《绿化树》是一个封闭式结尾。那么，这个小说的结尾，引起争议的是什么呢？当时发表之后，请翻译家杨宪益先生翻译这本书的英文版时，杨宪益先生就提出来，希望把章永璘从一个右派到最后踏上人民大会堂的台阶这个结尾删去，但是张贤亮坚决不同意，最终还是保留了这个结尾。我前年在台湾上课的时候，查了一下台湾新地出版社出版的《绿化树》，它把这个结尾删去了，当然可能没有征求张贤亮的意见。我现在不谈这个争议究竟好不好，它给我的一点触动就是，我开始关注文学生产的制度问题。具体就是我经常说的，作家在当代的存在方式问题。张贤亮坚持不删除结尾，可能有他自己的考虑，但是制度问题是一个很重要的问题。

制度的问题其实很值得研究，但是要跟中国作家命运，跟文本结合起来，而不是单纯的一个平面，一种静态化的研究。外延性知识也包括很多细微的东西。我到俄国旅行的时候，导游是莫斯科大学的一个博士，他中文说得不错。他说，为什么圣彼得堡自杀的人多，得忧郁症的人多？太冷，这里有半年的时间都太冷，日照的时间非常短。圣彼得堡下雪的时间很长，夜晚很长，白天又很短，所以人们很容易犯忧郁症，自杀率也比较高。这是一种解释，我觉得有道理。因为圣彼得堡人一看见出太阳，大家都把毯子铺到河边去晒太阳。这是气候问题，包括人与自然的关系也是其中的外延性因素之一。我在《我的阅读史》里面谈到长篇小说《日瓦戈医生》，它是在五八年写的，写成之后，苏联当时不能出版，是秘密地把稿子送到国外，在意大利出版的，后来被评为诺贝尔文学奖。围绕这个小说的争论其实是冷战时期两大阵营的政治角力，苏联就认为它是诽谤十月革命的小说，但它受到西方的一些反苏反共分子很高的评价。像美国的中央情报局就非常重视这部小说，认为可以用这部小说来攻击当时苏联的社会主义制度。这是政治角力的一个表现。

我读的中文版《日瓦戈医生》是漓江出版社1987年出版的，而苏联本土出版的俄文版是1988年出版的，比中国还要晚出版一年。现在我们回过头来，撇开历史上两个阵营的政治角力之外，这个小说里还包含着更复杂、更丰富的内容。我想对我影响比较深的是医生对革命的态度，因为《日瓦戈医生》里面的主人公是医生，非常积极地投身于十月革命并憎恨旧制度的人。但是在他参加革命之后，发现革命并不是他原来想象的那样，然后开始对革命感到失望。除此之外，这个小说有一部分也表现了人与自然的关系。在我年轻的时候，特别是读大学的时候，曾读过很多俄国的作品，包括托尔斯泰、屠格涅夫的作品。当时我产生了一种很奇妙的感觉，就是俄国人对待人与自然的关系跟中国人很不一样。我们都读过托尔斯泰的"三死"，就是有三种死亡的方式：一种是动物的死亡，一种是树木的死亡，一种是老妇人的死亡。托氏讲到了人在面对死亡时的恐惧，也谈到了最自然的、最没有负担的死亡是树木的死亡，它是腐朽再重生的一个很自然的过程。《日瓦戈医生》里也包含着对这种关系的解释。

我过去其实一点都不理解这种观念，直到后来我两次到俄罗斯旅行之后，我得到了一个粗浅的认识。就像俄罗斯的思想家别尔嘉耶夫，他有一本讲俄罗斯思想史的书，叫《俄罗斯思想》。这本书提到俄罗斯是一个很奇特的国家，它不是一般的亚洲国家，也不是一般的欧洲国家。它横跨欧亚大陆，既不属于纯粹的亚洲文化，也不属于纯粹的西欧文化，它是两种文化在这个土地上的冲突、融合的结果。所以说，俄国文化有一种非常深刻的矛盾性，熔铸在人物的性格里。除此之外，它拥有广袤的森林，在西伯利亚往西有非常广阔的山丘、树林，这也让俄罗斯的作品有一种神秘感。当然这种神秘感也反映在《日瓦戈医生》里。如果你像我当初开始读这本书的时候一样，并不了解这些外延性知识，等后来你有了这样一些外延性知识的补充之后，你对文本的分析与阅读会更加深入。当然，这是一些次要的问题，这里就不多说了。就像我喜欢的古典音乐，我相信在座的很多学生都不会再听，或者不再喜欢古典音乐了。但就像你们不听古典音乐一样，我也不听流行音乐。我想一代人跟一代人，爱好还是不太一样的。我们学校有一个专门研究网络文化的老师，最近送我一书，他跟他的学生一起编写的书，叫《破壁书》。原来我不太了解"破壁"是什么意思，后来我读了《破壁书》才了解，就是把那些网络文化的关键词搜集在一起，然后把它们使用的方法和例句都写清楚。我从里头得到了很多知识。但是我进入你们的文化，对我来说是一件很困难的事情。虽然我也能慢慢地稍微了解一些，但从内心深处，我并没有感情想投入你们的文化里面。就像你们看待我们，有一点折磨的感觉。一代人有一代人的生活，一代人生活在自己的时代里就可以了。

关于外延性知识，我要介绍台湾的一本学术著作，叫做《另类阅听》。这本书主要是研究疾病，研究人的疾病跟舞台表演，特别是戏剧的舞台表演的关系。在我们看来它好像是一本八卦书或者说是一本搞笑书，但实际上，这本书出版的时候，台湾的几所著名医院的院长给它做序言，予以推荐。作者本身是台大物理系毕业，然后在德国洪堡大学读音乐学的博士，回到台湾后又到台大耳鼻喉科读博士后，现在在台大文学院的音乐研究所，是一个富有专业知识的人。那么他的研究提供的是什么样的经验？就是在我们看来完全没有关联的一些东西其实是有密切关联的。我曾经在大学里，介绍过他的一些论点，其实都是挺可笑的。比如说《牡丹亭》的杜丽娘得了躁郁症，这种表现与医学上的躁郁症非常吻合，叫做狂想症，需要向异性倾诉，不断地说话，等等这样一种现象。有些文本不需要那么多的外延性知识，这是我要强调的一点。如果你从文本分析里面可以得到感动，得到一些启示，这也是比较重要的。

我也介绍一篇文章，我的这些观点都是从别人的文章里来的。一位英国学者以赛亚·柏林，我最近几年读他的书比较多，他的著作中译本也比较全。他是在俄国出生，后来去了英国，他的书很多都是研究俄国的，特别是研究苏联的知识分子，写得特别好。其中最为著名的一本，叫做《俄国思想家》。台湾学者彭淮栋翻译了包括这本书在内的八九本柏林的书，都是凤凰出版传媒集团出版的。其中翻译得最好的也是这个版本，它不同于大陆翻译版本的大白话，而是带有一些文言的成分。在柏林的一个集子里，有一篇文章叫做《素朴的威尔第》。威尔第是一个著名的歌剧作家，他的很多剧目都还在舞台演出，包括《阿伊达》《茶花女》。柏林说威尔第是文学或者说艺术里最后一个素朴的艺术家，他说"素朴"这个词实际上是充满了邪恶。这是出自1795年的一篇文章，叫《素朴的和浪漫的》。一般情况下，都会把它看成是艺术史上讲浪漫主义和古典主义区别的一篇文章。但是柏林的解释不是这样，他说素朴的音乐家，在了解他的时候基本上不需要很多外延性知识。荷马的史诗，莎士比亚的剧本，以及海顿、巴赫等的音乐，了解他们的背景、生平更好，但不了解的话也没有关系。现在我们读莎士比亚难道会去考证写作的历史情境和历史事件吗？一般人都不会去了解，除非是研究莎士比亚的专家才会去做这些工作。看威尔第的《茶花女》一般也不会去了解这个民族和作家的生活环境，而是把它作为一种人的具体精神、基础结构。普通人也能看懂，也能接受，不需要很多外延性知识。包括海顿的音乐、巴赫的音乐，其实也根本不需要了解过多的背景。海顿的音乐、巴赫的音乐，都是若有若无的，也没有要去追求什么观念。以赛亚·柏林曾说过海顿和巴赫一生都是正常的男人，而不是浪漫的男人。正常的男人就像我一样，走进学校，毕了业就在学校任教，也没有什么大的事故，没有什么像作者那样悲惨的遭遇，就是这样平平稳稳地过完一生。海顿和巴赫都没有这种观念，这种音乐就是根本不需要外延性知识的作品。我们对不同文本要选择不同的阅读方式，才能够达到一定的阅读效果。

刚刚我讲了一点，还有两点，我想简单介绍一下。第一点，我们要把文本放到历史里面去，这是社会历史分析的一点。第二点，大家经常注意不到阅读文本工序的问题，就是阅读者和文本之间建立怎样的关系的问题，那么我们要回过头来问一下，我们作为一个读者，或者一个分析者，我们本身是一个什么样的人，或者说我们自己处在一个怎样的历史位置。这一点经常会被大家忽视，认为所有的读者都是一样的，进入文本的方式，可能都会找到一个通道。其实不是，我刚才举的分析例子，就说明了这点。我就不能够听懂周杰伦，我很认真地去了解了他，包括电视、演唱会、录像等，我都很认真地去看，但找不出什么可研究的问题。我有个学生在北京大学出版社当编辑，很好的一个编辑，他说你研究新诗，为什么不去研究周杰伦的歌词？我就认真地把周杰伦的歌词都拿来读。我觉得很多都是陈词滥调，（在座的）可能有周杰伦的歌迷，对不起啊，这是我的感受。如果新诗写这个的话，把这个纳入研究的范围，我觉得大家都不同意，很多写新诗的人肯定会不同意。阅读者本身也要注意，这就牵涉阅读者有自己的历史经验，有自己的文化修养，有自己的情趣爱好。那么我们在阅读中，自己的历史经验、情感，究竟是全部投入好呢，还是保持一种距离比较好呢？这是我在阅读时经常要问到的问题，这个问题也经常会有学生问我："我们究竟怎么把握接受的程度？"其实这个没有准确的答案，我选在某方面介入或者投入自己的历史经验是重要的，但是保持距离也是重要的。我在注明一些"十七年"材料的时候，我跟别人的处理方式不大一样，有些人对某些作家、某些作品可能都采取非常强烈的批判态度，但我有时候会有一种保留。因为我经历过那个时代，我知道有些事情，气氛跟细节是怎么样的。日本有一个重要思想家，就是一万日元钞票上的头像，叫福泽谕吉，他有一句著名的话经常被引用——"一生而历二世"，就是一个人一辈子过了两种不同的生活，经历了不同的时代。像我这样的人呢，就跟在座的老师同学不一样，这就是一个独特的历史经验。开玩笑地说，我们都知道小说家阿城，他说，他是四九年出生，但不是十月一号之后出生，而是十月一号之前，所以他在自传里这样说："我也是从旧社会里过来的人。"因为十月一号以前就是旧社会。我是三九年出生的，那我度过了旧社会的十一年，然后我还度过当代，当代就发生很多曲折变革的历史，包括"文革"，包括改革开放，这些重大的历史事件，实际上就在我们的生活里。历史的断裂会留给我们很深刻的印象。就像大家都很熟悉的小说家米兰·昆德拉，他在一本随笔里头这样讲过，给我留下了很深刻的印象说："历史奔跑，逃离人类，导致生命的连续性与一致性四分五裂。"这句话是很深刻的。因为二十世纪充满变革，革命、战争、殖民运动，包括冷战，所以不像十九世纪，整个二十世纪的历史就是不断发生断裂与变革的历史。像汪晖讲过的，二十世纪是一个短的世纪，而十八、十九世纪是一个漫长的世纪，因为人的生活是平稳的，没有什么太大的变化，断裂的世纪就是一个短的世纪。那么我们在这样一个充满变革的世纪，怎么重新建立自己的个体连贯性呢？就是一个非常重要的问题，最后会带入文本分析里头去。因为这个问题可能会谈好长时间，所以我就只提这一点。在座的同学可能有自己的问题，所以大家可以看到我的《我的阅读史》与《读作品记》，我关注最多的问题是什么呢？就是对历史进行反思的问题，就是怎么处理苦难的问题，还有就是人在这种制度下的一种精神的独立性与可能性的问题，我想从文本里头发现的问题也可能都跟这些有关。那么换另外一些同学去读的话，他可能就会关注另外一个问题，提出来的问题可能是另外的一个性质。最后一点呢，我要特别强调的，其实最后这个问题还是比较重要的，就是对文本做社会历史分析一定要特别强调审美跟形式的重要性。我前面举到一个英国伊格尔顿谈到一个观念："对文本作社会历史阅读的时候，不是说直接从文本里头发现历史的观念或者主题，而是要从形式入手，从审美入手。"

他认为"最主要的不是问它告诉什么，而是问它是怎么告诉的"。它是怎么说，"怎么说"就是艺术的形式问题，就是审美的问题。他把它简单化的叫做"文学性"，就是"怎么说"的问题。"怎么说"是非常重要的，大家如果有兴趣的话，可以读我的《读作品记》，还有《我的阅读史》。西川是诗人，也是老师，他现在是北师大的教授了。西川说过一句话，"每个文本都有它的暗道。"进入文本的话，都有它的暗道。这个暗道不是说只有一条，这个暗道就是寻找与文本本身的性格，还有阅读的人的修养的关系。找到这个暗道是很重要的。大家可以看到我在《我的阅读史》里头有些尝试，这些尝试不一定很成功，但是可以供大家借鉴。比如说在读刚才讲到的《绿化树》这个文本的时候，我主要还是借助了主题学的分析方法，这不是我的发明。北大的一位老师叫黄子平，在八十年代写过一篇文章叫做《同是天涯沦落人》，其中涉及《绿化树》。他解读这本小说有一个主题模式，就是负心汉和痴情女这一主题模式。这个模式其实在中国文学里源远流长，从元代戏曲开始，一直到现代小说都有。元代戏曲我们都很熟悉，就是公子落难，然后美女救助，金榜题名后就把原先救助他的女子休弃了。

《绿化树》就是采用了这样一个主题模式。章永璘作为一个落难公子，在农场里得到马缨花的救助，并给他很多的温暖。里头有一些细节写得很精彩，章永璘接过她蒸好的白面馒头——当时白面是很少的，她就留给章永璘吃，看到馒头上还留着马缨花的手印。那个手指纹，就是一个很精彩的细节。章永璘飞黄腾达之后，实际上就把马缨花遗弃了。但是这个遗弃呢，张贤亮采用了马缨花主动的方式，不是说章永璘遗弃她，而是马缨花说：你是读书人，你有更大的事情要做，更大的事业要做，而我只是一个农村妇女，我就不跟你了。把责任放到女性的一方。这是读这个小说时，我最痛恨张贤亮的地方，他不承担自己的责任。

我有一篇文章，就在《读作品记》里，文章题目叫做《强悍的前辈》。

这是化用王安忆的话，"强悍的前辈"。因为张贤亮是王安忆的前辈嘛，前辈作家。前辈，强悍但是孱弱，就是没有勇气，没有勇气面对这样一个考验，而且他最孱弱、最令人厌恶的地方就是他把责任冠冕堂皇地推到女性的身上。这是一个主题模式的分析，我读《晚霞消失的时候》，也试图从形式，而不是直接从里头套取一些关键词。大家有空可以读这样一些作品。总的来说，就是历史性的阅读要求研究者不仅要具有比较开阔的历史视野，而且要对文学传统本身的流变有一定的知识储备。美国有一个大学教授，也是教文学的，他提出的三点说法可能会对大家有借鉴作用：好的文学分析家，一个是记忆，就是你脑子里头的记忆；一个是象征；一个是模式。这三点大家可以学习。记忆就是我们对中外文学历史的记忆，我们才能够知道它的语言、叙事方式、结构、主题，过去的作品、同期的作品有什么共同性、互文性，然后从中来辨别它们的继承关系与差异。象征就是从一些表象上能够看到一些隐含的深刻的意义。还有模式，其实很多的作品都有一定的模式。所谓创造、独创性，其实都有一定的限度，都是一个历史传承的结果。所以，这是要靠我们一辈子来磨砺，来解决的。

讲座后问答

问：刚刚老师讲到，在阅读时要考虑一些外在的因素，比如历史的因素；老师又说历史因素不能考虑过多，否则会影响到阅读。我想问的就是，考虑历史因素和注重文本这两者之间的度在哪里？

答：这个很难有一个笼统的回答，还是要根据具体的文本做分析。我刚才也讲到不同的文本，我们会采取不同的方式，比如说我们分析新诗的时候，如穆旦的一些诗，如果不关注一些历史和社会的因素，我们可能很难理解。比如说穆旦在四十年代参加远征军的时候写的那个回忆性作品《生命之类》。我在1986年第一次阅读这首诗的时候不太理解他写的是什么，因为我一点不知道穆旦参加过远征军而且经受过死亡的考验。如果没有这样一个知识背景的话，我们对作品就不能理解，或者很难理解。但是读另外一些诗人的作品包括徐志摩的作品、卞之琳的作品，其实外延性的注释也有，徐志摩的那些浪漫诗，那些情节很有趣，但是对于解读作品本身意义其实不是特别大。很多作家也是这样，当然我们了解作者生平，可能会更加深入一些。所以我觉得还是要在具体文本的分析中来把握。

问：老师您好，就是您之前举了一个《日瓦戈医生》的例子，说这个作者获得诺贝尔文学奖，当时在冷战的时候，所以他的作品在中国和苏联出版得比较晚，这里面可能有意识形态的考量。这让我联想到2012年中国的莫言获得诺贝尔文学奖，当时他的获奖感言我们在媒体上看到的比较多，但是颁奖词却是特别少的，好像受到了忽视，然后我去查了一下他的颁奖词，写得有点——就是有很强的自我意识形态，我就想的是如何在作品中达到成就性、文学性和意识形态性。我想问如何对这三者有个很好的考量？是否因为它的意识形态而否定它的文学性？我一直有这样一种疑惑。

答：这是一个很重要的问题，因为实际上我们都生活在现代社会，意识形态问题是无处不在的，包括我们的思考、感情都和政治不可能完全脱离关系，这是我们要承认的问题。就文学作品来说，有时候有些文学作品不一定生命很长，但是在当时的政治背景下影响很大。这个作品是不一样的。现在据我自己的理解，比较有生命的作品还是那些有超越性的作品。意识上、思想上都有超越性的作品才能获得比较长远的生命。

我最近写了一篇有关马雅可夫斯基的文章，因为这个诗人已经被我们冷落了，我可以用一点时间讲一下体会。

我第一次到俄国旅行的时候，就是到莫斯科的时候，因为在机场，已经是下午，大巴就把我们直接拉到饭店去吃晚饭。这个饭店叫做北京饭店，它建于五十年代中苏关系友好的时候。饭店富丽堂皇，但是饭菜非常难吃，也可能因为我们是旅行团的缘故。吃完饭之后，我们出来，在广场上散步，抬头看见马雅可夫斯基的塑像。这个塑像有六米高，高大的塑像立在广场的中间，我突然就产生了一种非常奇妙的感觉。马雅可夫斯基是我年轻时候喜欢的一个诗人，上大学的时候，我读过他不少的诗。虽然这个诗人在很长一段时间被人忘却，但是最近，不少的诗人还有一些研究者都提出来要重视马雅可夫斯基的文化遗产，因为他是一个天才的诗人。他也写政治诗。他的诗不是关心一些政治概念或者一些政治表态、意识形态，他有很奇特的想象力。他最著名的一首诗叫做《穿裤子的云》。这个题目就让很多人惊讶。他说：我也可以当一个温柔的男子，但是我不是。如果要说我是一个男人的话，我是一朵穿裤子的云。这是一种非常奇妙的想象。你可以把马雅可夫斯基的诗和郭小川的诗做一些比较，就可以看出他们的差异，虽然他们同样有一些前卫的意识。所以我认为文学性和思想艺术的超越性是最重要的。

心灵的自由与诗的发现①

□吴思敬②

先讲一个小故事，1943 年，德国人占领了荷兰的首都阿姆斯特丹，到处抓犹太人，抓住后就集中到阿姆斯特丹的一个小领事馆里面。这个时候，德国人忙着抓人杀人，而犹太人忙着逃命或者忧心忡忡的等待着末日来临。在这么一个紧张的环境当中，有一个小姑娘，她在领事馆巨大的垃圾箱旁边，一个不被人注意的角落读诗。读谁的诗呢？读里尔克的诗。大家可以想想：一个人生命即将走到终点，她还能够坐下来读诗，能够平静地面对死亡，这说明诗具有一种感染人灵魂的力量。她读的是里尔克的诗，说明了里尔克诗作强大的生命力和强烈的感染力。这个小姑娘每天都写日记，她虽然在 1943 年被法西斯杀害，但她所写的日记留下来了，所以我们知道，在 75 年前，有一个犹太的小姑娘读着诗歌面对死亡。这说明了诗的力量。所以我们说一个民族再富有，诗歌也不会显得多余；一个民族再贫穷，诗歌也不应当缺少。

我们国家是一个有着深厚的传统文化的国家，在先秦时期我们就有诗教传统，但是我们这个国家，并没有一个深厚的宗教传统，像西方的基督教，或者某些国家的佛教。所以，蔡元培先生提出了以美育代宗教。中国没有一种传统的、统一的国教，但是我们有诗的传统，可以美育来代替宗教。到三十年代，有一个著名的作家林语堂，就是《吾国与吾民》的作者，提出：在中国，诗歌取代了宗教的作用。这个看法是很深刻的，我们没有一个统一的宗教，但是诗歌可以起到这个作用。实际上我们可以看到，中国文人包括稍微有点文化的人，历来都走在重大的时代变迁、历史

---

① 本文系吴思敬教授 2018 年在四川师范大学文学院讲座录音整理而成。
② 吴思敬：首都师范大学教授，博士生导师，首都师范大学中国诗歌研究中心副主任，《诗探索》主编，中国当代文学研究会副会长，中国诗歌学会副会长。

变迁前面。他们往往会拿起笔写诗来抒发自己的心灵。2008 年汶川地震之后，全国不知有多少人拿起笔来表达对汶川同胞的悼念，抒发自己的感情，形成了这些年来少有的一次全民创作的诗歌热潮。这当中有一位我们都很熟悉的四川诗人——梁平。梁平先生在 5 月 12 日地震之后，立刻就写了一首诗，这首诗的题目叫做《默哀：为汶川大地震罹难的生命》。这首诗最早发到了北京《文艺报》，《文艺报》不敢发表，因为他在结尾的时候，说了这么一句话：我真的希望我们的国旗应当降半旗为汶川地震的遇难者致哀。因为在这之前，我们没有给普通老百姓降半旗的先例。但是梁平作为一个诗人，他这样写了。《文艺报》不敢发，后来他把稿子拿回来，给了《华西都市报》。他说："我写了这么一首诗，你敢不敢发？"《华西都市报》的老总说："你写了我就敢发，敢承担这个责任。"后来这首诗就在《华西都市报》上发表了。他写这首诗的时间大概是 13 号，中央 19 号下达了指示：全国降半旗向汶川地震的遇难者致哀。这说明什么？这说明诗人一定是走在时代前头的。别人没有想的，别人没有思考的，他都想到了。

诗人要走在时代的前头，必须有自己独特的发现。这发现不能是别人说过的，不能是教科书上写的，社论上讲过的，而是诗人自己发现的。由于诗人有这些特点，诗歌是文学中的宝石。在灿烂的文学星空中，诗歌是最璀璨的星。

诗的历史是最久的，它和古代的音乐、舞蹈一起产生，但它永远年轻。诗和青春有关，"青春就是一首诗"正是基于这样的观点。老诗人邵燕祥写过一首《赠给十八岁的诗人》，十八岁的年轻人拥有诗人的气质，富于激情，富于想象，拥有青春和朝气，和诗人是最相通的。同学们在课余时间来听我这个不专业的人的讲座，正是出于对诗歌的热爱。由对诗歌的倾慕走上文学道路的，这样的例子层出不穷，但是真正坚持下来的却很少。在现当代文学的长河里，开始写诗歌的人很多，成为诗人的很少，一直坚持写诗的作家更少。"九叶诗人"郑敏、袁可嘉一直在写诗，写出的东西始终那么好。为什么很多人起步于诗歌而一直坚持到现在，却没有写出多少优秀诗篇？原因是多方面的，有个人的才华、勤奋努力，还有对诗歌艺术形式的理解。那么，诗歌的本质是什么？

今天主要讲的是新诗。2005 年在广西桂林开了一个 21 世纪现代诗的研讨会，很多诗人都参加了，像是台湾诗人痖弦、著名诗人蔡其矫。在会议休息时记者采访蔡老："请用最简洁的话概括诗歌的本质是什么"，他的回答是两个字"自由"。这是一个非常重要的思想。可以说是对新诗本质最深刻的概括。新诗是什么时候出现的呢？就是一百年前，五四时期。郁达夫是五四时期一个著名作家，他说过新诗出现在五四时期不是偶然的。五四运动最大的成功是个人的发现，他说从前人是为君而存在（君，就是皇帝），为道而存在，为父母而存在，现在我们才知道要为自己而存在。人的存在、人的发现、人的解放这种思想在我国就是在五四时期才萌芽的。所以五四时期出现的新诗实际上就是对五四精神的集中体现，当时的胡适，也是新诗最早的实验者，他写过《尝试集》。他也是新诗理论的奠基者，他写过长篇论文《说新诗》。胡适认为新诗要打破一切枷锁镣铐，就是要把旧的道德体系都冲垮。五四时期还有一个诗人叫康白情，他也说过新诗要打破一切桎梏人性的陈套。所以那样痛快淋漓的谈诗体的变革这样的声音只能出现在五四时期。他们谈的是诗，但出发点却是人，他们鼓吹诗的解放实际上是在鼓吹人的解放，他们要打破旧的格律的束缚实际上是要打破那个时代人的精神上的层层枷锁的束缚，所以新诗的诞生只能是在五四时期，这与五四时期那个大的时代背景有关系。所以新诗的出现是一种思想的解放、人的解放的体现和象征，绝不仅仅是由平平仄仄平改成自由体写作的形式这么简单的体会，这个意义是非常深远的。五四以后这些优秀的诗人全都继承了这个传统，像艾青。艾青曾经说过诗与自由是我们生命中最宝贵的东西，诗是自由的使者，诗的声音是自由的声音，诗的笑是自由的笑，把诗与自由完全联系在一起。艾青作为我们这个时代最伟大的诗人之一，他一生都在写自由诗，写新诗，从来不去写旧体诗，也很少写所谓的现代格律诗，就跟他这种对诗的自由精神的理解有关。在三十年代，当时的北京大学教授、诗人废名，也是个小说家，提出新诗应当是自由诗。当然他的阐述非常的丰富。我在《文艺研究》上发表了一篇论文，专门阐述了废名"新诗是自由诗"这个思想，他实际上也是鼓吹新诗和旧诗最大的不同就是在对自由精神的追求上，可以说以后的新诗史上著名的诗人都有这样一种精神。这种精神也可以用陈寅恪先生在王国维去世后为他写的一篇碑文的这样几句话概括："惟此独立之精神，自由之思想，历千万祀，与天壤而同久，共三光而永光。""独立之精神，自由之思想"大家应该说是非常熟悉，但将其提到这种高度"历千万祀"，然后"与天壤而同久""共三光而永光"。三光者，日月星，与太阳月亮星星并列，可见他把独立之精神、自由之思想提高到一个何等高的地位。陈寅恪提的这个不仅是一个人文学者的精神气骨，也是一个诗人所应当拥有的道德境界。有了这样一种独立的精神才有独立的人格，他在诗歌当中才不会顾忌其他人怎么看他，他坦诚地面对世界，面对读者。他不会像有些人那样迎合世俗，写一些非驴非马的东西。这就像俄罗斯有一位很有名的诗人叶赛宁在诗歌中所说："我不是一个新人，这有什么可以隐瞒，我的一只脚留在过去，另一只脚力图赶上钢铁时代的发展，可我经常滑倒在……"所以像这样一位诗人，他就把自己精神历程中的失败和不足展示出来。

不能因为诗人写出了一些有创建性的东西，而受到不应有的打击和迫害。美国有个心理学家叫博格·杰斯，他提出富有创造性活动的两个心理条件，一个是心理的安全，一个是心理的自由。两者是密切相关的，心理安全是心理自由的前提，只有心理上觉得安全了，他才敢于祖露自己的异端思维或者创造性思维。保持心灵自由还需要一定的内在条件，这就是说，一个社会如果允许诗人自由创作的时候，你固然要保持心灵自由；这个社会即使不能够给予充分的创作自由的条件，你也要在自己的内心深处去修筑一条可靠的精神防线，恪守自己的这样一种自由。这也是很不容易的。这一方面要有勇气，要有自信。我们中国古代有句话叫"放胆文章拼命酒"，因为文章是要放胆去做的，酒不一定要拼命去喝，但他用"拼命酒"和文章做对比，无非是鼓励写文章要打破任何顾忌，就像喝酒要喝痛快一样，实际上他是鼓吹要大胆地写出自己的感受，就是要敢于说真话。另一方面，就是要坚持自己的内心世界，拒绝诱惑。坚守自己的这样一种甘于寂寞的处境。这一方面就是要去掉功利之思，不慕繁华，视功名利禄如浮云，屈原就是这样。我们知道很多现代派诗人，我们有时候对他们不是很理解。澳大利亚有一个现代派画家叫奥本恩，他写过一个小册子叫《艺术的奥秘》，他说现代艺术家，真正的现代艺术家，他追求的是这种创作过程中生命和客观世界的交融，这种体验。至于画中的东西，别人认为它是好还是不好，都不是他所考虑的。所以他有句话就是："不争名，不争利，不与他人争高低。"现代艺术家实际上要有这方面的情怀，才能真正像个艺术家。所以说，我们在今天无论是写比较偏于传统或是偏于主流的诗，还是写现代诗，都是要凭着这样一种内心的真诚去写。

保持一颗寂寞之心，也是极为必要的。最近这些年，诗歌活动好像比较活跃，很多地方政府都拿出钱来办诗歌节，还有搞各种评奖。我们有些诗人就奔着奖金去写作，为得奖去写作，而不是为自己的心灵去写作，这个取向就不对了。所以我们说，拒绝诱惑，这种诱惑是多方面的。我们四川诗人翟永明也曾经受过诱惑，就是八十年代有一次，她的姐姐从北京带回来一个电视剧本，二十集提纲，那时候稿费还比较低，每一集是五千块钱，十万元二十集，在那个年代绝对是个大数。她开始时觉得要是有这笔钱可以干不少事情。她想写，真的想写。但是最后，经过反复思考，她还是没有写这个电视剧，她觉得一旦写了这个电视剧，诗可能就写不出来了。翟永明坚守了诗人的这种本质，所以她没有发大财，但她却成为当代很优秀的一个诗人，是我们四川很重要的诗人。甘于寂寞，拒绝诱惑，能做到这一点非常不容易。这是我刚才讲的，心灵自由实际上是需要保持自己不受各种各样的干扰，保持诗人纯正的内心世界，这是很不容易的。那么，有了这种心灵自由之后，实际上我们就有了一种展开心怀，打开心怀，就是我们所说的仰望星空的精神。一个诗人的心怀，绝不能仅仅看自己周围的一些事物，局限在这儿；或是自己身边的一些小事、琐事，把兴趣全都集中在这儿。特别在今天这个年代，在商品经济的浪潮和大众文化的红尘滚滚而来的时候，有时候低俗是难免的，但不能人人都去低俗，应该有中流砥柱来抵制这种低俗，诗人就是抵制这种低俗的中流砥柱。犹如黑格尔所说："一个民族有一些关心天空的人，这个民族才有希望；一个民族只留心脚下的事情，他们是没有未来的。"黑格尔的这句话用在此处非常适合，诗人就应该是一个民族中关心天空的人。这里所说的对天空的关注，不是从科学的角度，要我们回到所谓的夜观天象，研究或者发现星球上的秘密的科学角度。它更重要的体现是，人与自然，人与宇宙融合的一种人生态度，一种人生哲学。

二十世纪四十年代后期，著名哲学家冯友兰先生曾经给西南联大的学生开过一门课，叫"人生哲学"。当时西南联大的学生郑敏听过冯友兰先生的课，受到很大的触发。冯友兰先生认为，人生是个过程，人在这个过程中追求不同，那么人生境界也就不一样。他把人生境界分为四种，由低而高分别是自然境界、功利境界、道德境界、天地境界。自然境界是说一个人，只是凭着他的自然本能和社会习俗去生活，没有明确的生活方向，浑浑噩噩，得过且过。这实际上就是我们很多人（历史上也好，今天也好）的生活态度。第二个境界叫功利境界，这个境界中的人，做事是为己的，或是为了增加自己的财富，或是为了改善自己的营生。他做事的动机是利己的，但客观上，有时候会有利于社会和大众。所以这些人的生活原则，用一句话来概括：主观为自己，客观为大家。实际上，目前大多数知识分子就属于此层次，他做事的动机可能是要闯出一番事业，要如何如何，但他客观上，做得好的时候，也可以为社会做出贡献，这就是功利境界。道德境界就要比这个高了，实际上道德境界的主张是行义。义和利在我们古代是相反相成的一对概念。所谓义感君子，利动小人，求个人利的行为是为利，求众人利的行为是行义。一个人为众人的利益去做事，不是以占有而是以奉献为目的，这样的人才属于道德境界。这个境界就比较高了，但不是没有。我们看到现在一些著名的慈善家，一些著名的道德标兵，这样的人物实际上他们的某些境界就接近道德境界。最后一个境界就是天地境界，天地境界就是意识到自己不仅是社会中的人，而且是宇宙中的人。在他看来，人身高高不过七尺，但是可以与天地参；人上寿不过百年，却可以与日月同光，与天地比寿。这样的人，从形体上说，他还是自然的一部分，但从精神上说，他已经超越了有限的自我，而进入了浑然与天地融合的境界。这也就是冯友兰所说的，人最高的安身立命之处。这个境界是人生的最高境界，也是大多数人难以达到的境界。只有一些真正意义上的伟人才做得到这点。这四大境界让我们觉得，人生应当一步一步地提升。人生境界中的天地境界，对我们一般人来说是很难达到的境界，但它却和艺术创造中的巅峰体验有某些相通之处。一个人在艺术创造中进入高峰阶段，就进入了一种忘化，忘记了自己是人还是物，打消了物我之间的这种界限。这种境界，在马斯洛的人本主义心理学上称作巅峰体验。进入这个境界后，实际上就和我们刚才说的天地境界有相近之处了。所以，一个诗人，当他能够把自己和审美对象契合在一起，打消物我之间的界限，从现实世界中，从拘囿自己的现实环境中，从烦恼人生中解脱出来，进入这样的一种境界的时候，那么，他不仅在艺术上会有新的创造，在精神境界上也会有一个巨大的提升。

这个思想其实也是和古代的某些哲学思想相通，如果能把自我和世界融合在一起，思维会展开一种新的飞跃，进入一种新的境界。像一些比较好的诗歌，实际上它们在某种程度上达到了自我和世界的融合。比如说顾城的《生命幻想曲》，中间有几行经常被引用："太阳是我的纤夫，它拉着我，用强光的绳索……太阳烘着地球，象烤一块面包，我行走着，赤着双脚，我把我的足迹，象图章印遍大地，世界也就融进了我的生命。"顾城创作的核心就在于自我和世界的融合。这首诗是"文革"时期顾城随着父亲下放到到山东一个农村，在河滩上行走时的一个感触。"当我把我的脚印在大地上的时候，世界也融入了我的生命"，这种感受是非常独特的。管子说："人与天调，然后天地之美生。"人和大自然融合在一起，就能体会到天地之美，这种天地之美就是最高的诗之美。刚才我们讲的更多的是一种从哲学境界上说的诗的发现，只有进入一种比较高的思想境界，因为在艺术创作中，人很难成为古代故事中的圣人，当你进入一种忘我之境，你与天地境界的某些东西是相通的。这是一个很高的高度了，并不是每个诗人都能达到，所以心灵的自由很重要，它制约着我们能够写到什么程度。

人在世界中生活，总会感到生命的残缺和不足，这是普遍的概念，在大家身上都会有所体现，不管是家庭的、社会的或者其他各方面的因素。感受到了生命的残缺，人们才希望能唤醒一种新的形式，让自己的灵魂能够在一个更开阔的天空中、天地中去开掘。这种形式可以是各种艺术的形式，但是诗歌比较容易。诗歌给你带来新的幻想，你内心的求而不得，用诗歌的形式能得到一种释放和满足。这就是诗安慰心灵的作用，这是很重要的一点。从这个意义来说，诗歌的创作应该有一个很高的起点，是为了获得自己心灵的自由，而不是为了现实的、物质的或者其他的一些外在的东西。

要获得这种心灵的自由，刚刚说了，诗歌是一种形式，但是能否获得，还要靠自己的修养，自己的思考。诗歌的创作和心灵的自由是互为因果的，心灵的自由是诗歌创作期望达到的一个目的，心灵的自由是诗歌创作中取得更大成就的一个先决条件。有了心灵的自由，你才能写出好的诗歌，就像我们的题目"心灵的自由与诗的发现"。接下来我们便要提到诗的发现的问题了。

诗，不是想写就能写出来的，你一定要有新的东西，一定是别人没有写过的，一定不是活在别人的家常话里。如果我们用古代的神话故事来写诗的发现的话，就可以提到姜嫄。姜嫄是帝喾的妻子，一次大雨之后，姜嫄从她居住的皇宫中走出来，看到平缓的大地上有巨大的脚印，她非常好奇，于是赤着脚踏上了那个脚印，这一瞬间她感到了全身心的震动，回去之后她就怀孕了，生下了另一个神话人物——后稷。后稷的故事我们暂且不说，如果我们打个不太确切的比方，姜嫄是个诗人，她生下的孩子后稷是一首诗，那么，她踏上巨人脚印，感到全身心震动的一瞬间，就是诗的发现了。真正意义上的诗是发自诗人内心的，是非常有独创意义的东西。那么有独创意义的诗歌怎么才能发现呢？应当说诗的发现具有偶然性和顿悟性，不是想写就能够写出来的。过去《诗刊》有一个很知名的老编辑叫刘湛秋，他当初既写诗，又写诗歌评论，他还是一个翻译家，翻译了叶赛宁和普希金的诗。他曾经跟我说过，如果他今天晚上想要翻译一首诗，或者写一篇诗评，不管他的翻译水平如何或者写评论的水平如何，他总可以写出来。但是，今天晚上他如果想写诗，却不见得能写出来，尽管这一晚上时间空闲，很可能一句一行也写不出来。这是一种真正的诗人的体验，诗不是想写就能写出来的。为什么他写不出来呢？因为他还没有发现诗，真正的诗的灵魂他还没有发现，所以诗的发现就是在这样的偶然当中。大家熟悉的苏联诗人马雅可夫斯基，在 1915 年，十月革命之前，出差到外地，坐在回莫斯科的火车上。他的对面是一个俄罗斯少女，他几次想要跟少女说话，但少女很警惕。马雅可夫斯基就在想少女为什么不理他呢，他想少女可能是把他当作坏人了，但是他应该怎样向少女表达他不是坏人呢，这个时候他就突然冒出了一句话："我不是一个人，我是一朵穿着裤子的白云。"马雅可夫斯基在火车上发现的这句"穿裤子的云"，成了他后来写的一首长诗的题目，也成为他的代表作。所以有时候诗的发现就是这样偶然，你不想的时候它突然就出现了。

古人写诗有所谓"三上"之说，就是指枕上、马上、厕上。"枕上"就是指一个人入睡时将睡未睡的状态或醒来时将醒未醒的状态，他的思维就会很丰富，很可能一些好的诗句就在这个时候诞生。艾青写作写到最高潮的时候，就是做梦也能够写诗的，所以在他的枕头旁边永远要放一个白纸板和一支铅笔，一旦诗情袭来，梦和诗一起来的时候，他能立马抓起铅笔写几句。这个时候不能开灯，一开灯他觉得诗意就没有了。"马上"是指古人出行的时候要骑马，骑马会接触自然，接触不同的景物，可以触发诗情，这是很普遍的现象，也很好理解。毛泽东《词六首》，发表的时候小序中就提到这些词都是在马背上写出来的。他当时参加革命，在马背上行军，就触发了灵感写出词来。"厕上"就是指厕所，简单点说就是在蹲马桶的时候，这也是一种非常放松的时候，一些奇思妙想就有可能诞生。我讲的"三上"说，实际上说明了诗的发现就是在你苦思冥想不一定能得到，反而是在不知不觉间，在一种放松的状态下容易得到。但是这种出现也需要靠诗人长期的实践，这就像有些数学家在梦中解决了数学问题，这是有许多证据的；但是一个对数学一窍不通的人，不管他做多少梦，都不会解决一个数学难题，这是肯定的。这一定跟他平常的思考是有关系的。对诗平常就特别热爱、特别关切，才能做与诗有关的梦，在放松的时候诗意可能冒出来。所以诗的发现这一点很重要。

诗的发现，我们很难控制它，但是，我们确实可以通过涵养自己的这种思想和品格，让它更容易地接近诗、发现诗。所以诗的发现首先是和人的爱有重要的联系。泰戈尔在他的《飞鸟集》中有一行短诗，很短，就一句一行："美啊，到爱中去寻找你自己吧。"就谈了美和爱的关系，美可以到爱中去寻找，这个讲得非常深刻，一个对人生对世界不怀有大爱的人要想写出好诗是不可能的。爱有多种，有自爱，有情爱，还有博大的人类之爱。一个诗人首先要自爱，如果一个诗人没有一种自尊、自强、自重，甚至有的时候有点自恋都是有可能的，他就坚信自己能够有一种写诗的能力，这就是屈原在《离骚》中所说的"纷吾既有此内美兮"——我是拥有诗人气质，有内在的美，他坚信自己的这种品质。所以在今天，我们要知道，诗人想获得巨大的财富，靠着写诗挣稿费发财不太可能，靠写几首诗出大名也不太可能。那为什么还有那么多人坚持不懈地写，那就是他坚信自己是个诗人。我能够写出来，这点很重要。如果不能坚信自己的力量，他就不能写出来。我写不好，我根本就不是诗人。那你不要写。就是这点，诗人的自信是重点。

第二就是情爱。情爱实际上跟诗歌这种文体有关系，"无郎无妹不成歌"，就是说民歌的大部分都是爱情诗。就是说，任何人，不管你有没有获得过爱情，你总要受到爱情的煎熬。那么在这当中，就是出现好诗的一个时机。所以，写诗的人从爱情诗开始起步是很普遍的现象。包括像聂鲁达，聂鲁达是拉美的诗人，是诺贝尔文学奖得主。他写的诗，就非常有气魄。他就说过，写诗不从爱情诗开始写，好像是很奇怪的事情。实际上很多大诗人就是以他们写的优秀的爱情诗成名的，其中最著名的就是英国的伊丽莎白。伊丽莎白十五岁就写出很好的诗，但是她在一次骑马的时候摔了，脊柱受伤，从此就瘫痪在床上。可是瘫痪在床上后，她还在写诗，她的诗就慢慢地流传出来，被当时的一个贵族青年白朗宁发现。白朗宁非常喜欢她的诗，由喜欢她的诗到喜欢她的人，开始对伊丽莎白发起追求。伊丽莎白想，我是一个残疾的女孩子，怎么能连累一个英俊的年轻人？她一再地谢绝。但白朗宁穷追不舍，最后终于获得了伊丽莎白的感情，他们结合在了一起。尤其奇怪的是，伊丽莎白的病因为和白朗宁的婚礼而奇迹般地康复了。后来，伊丽莎白就把他跟白朗宁先生的爱情写成了一本诗集，十四行诗，这部诗集署名"白朗宁夫人"。大家一般认为，白朗宁夫人的十四行诗都是爱情诗，是自莎士比亚的十四行诗之后最好的十四行诗。所以实际上就可以看到，真诚的爱造就了一个诗人。

我们学现代文学，大家对郭沫若肯定是很熟悉的，鲁（迅）郭（沫若）巴（金）老（舍）曹（禺）是我们现代文学重点要讲的内容。郭沫若是咱们四川的大诗人，但是郭沫若真正写诗的高峰期是在日本。我们一般认为五四那个狂飙突进的时代是一个大的时代背景，郭沫若的诗写出了这种时代特点。另外他和著名的美学家宗白华的关系也是重要因素。宗白华当时编《学灯》，非常喜欢郭沫若的诗，把郭的诗一版一版地发表，这对郭沫若的诗歌写作有很大的促进作用。这都是外因。其中一个重要的内因就是郭沫若自己说的，他去日本之后开始是想学医的，但不能行医。后来就开始学哲学，学王阳明，学先秦哲学。这时候他似乎都没有找到在自我，直到有一次他去医院看望朋友，在那里遇到了一个日本的护士，佐藤富子。他深深地爱上了这个护士，佐藤富子以她的善良纯真征服了郭沫若。其实郭沫若在家的时候有第一任妻子，叫张琼华，但是郭沫若因为包办婚姻而不喜欢她。他真正喜欢的是佐藤富子。后来他在日本与佐藤富子结合。和佐藤富子之间的爱情激发了他写诗的勇气和力量。他说当时写的好多诗都与爱情有关。他当时还写了一首短诗叫《死的诱惑》，"我有一把小刀，它已在窗边向我微笑，它说，沫若，你莫要心焦，你来吻吻我的嘴，我来给你解除一切烦恼"。这诗像失恋了要死要活，但一旦写出来，就跟歌德写《少年维特之烦恼》一样，他这个想死的心思就熄了，拯救了自己。所以我们分析郭沫若的日本时期，有外因、有内因，与佐藤富子的恋爱是激发他成为一个诗人的重要因素。当然，我们说一个诗人光恋爱是不行的，光爱一个人也是不够的，他还应当有一种广阔的爱，就是爱人类、爱自然。

我们知道俄罗斯一个著名的小说家屠格涅夫，他的《猎人笔记》《父与子》都是非常重要的作品。他也是一位诗人，他的散文诗《爱之路》曾经在八十年代由湖南文艺出版社出版。《爱之路》是一些很精彩的散文诗，实际上就是诗歌了。其中有一篇题为《乞丐》，他这样写："我在路上走着，一个瘦弱的老人，一个乞丐拦住了我。"这个老人长什么样呢？就是

"流脓的伤口，苍白的脸孔，肮脏的服装"。这么一个人向他伸出手，哀求乞讨。诗人想给他东西，但摸遍了自己所有的口袋，没有钱包，没有表，甚至没有一块手帕。简单说，他既没有钱，也没有值钱和不值钱的东西可以给他，所以他就很难受，很窘迫。而这个乞丐还在张着手向他乞讨，这个时候他就握了一下乞丐那只红肿的、肮脏的手，对他说："兄弟，我什么也没有。对不起，兄弟。"向这个乞丐道歉。乞丐用红肿的眼睛望着他，也紧紧地握了握他的手说："兄弟，这已经是恩惠了。"你没有给我东西，没有给我一文钱，但是你把我当成人，给了我一个握手，这是从来没有人给过的。这乞丐也是怜悯他的。这首诗最后说了一句话："我也从我兄弟那里得到了恩惠。"屠格涅夫所写的这个故事植根于基督教的分支东正教的一个基本观念：人都是上帝的儿子，不管穷还是富，在上帝面前都是平等的。正是基于这样一种思想，他表达了博大的爱的情怀，这就有他的宗教背景。我读到这首诗，有一个对比，这是我们和一个大诗人的差距。屠格涅夫，他在那个时代，有一个贵族的身份，却握了一只肮脏的手，一只贫贱的手；但是我们这些年来，像我本人，曾经遇到乞丐，以前给他一分钱（那时候钱值钱），后来给他一块两块，是有过的，但是从来都没有想过和乞丐握手。这就是我们和大诗人的差距，有这种人类的大爱，跟没有这种爱，境界是不同的。当然还有对自然的爱。马克思说："人类的无机的身体就是大自然。"实际上，作为一个诗人，既要有对人类的爱，也要有对自然的爱，凡是一个真正意义上的诗人，都是自然的儿子，都是把自然看成是跟自己一样有血有肉，有感情可以交流的。

清代有一个画家叫恽寿平，他在一篇画论中曾经描述过四季之山，就是春夏秋冬四季之山，他说："春山如笑，夏山如怒，秋山如妆，冬山如睡。"他用表示人的行为动作的四个动词"笑、怒、妆、睡"形容四季之山，他不是把山看成无生命的，他把山看成是活的，看成是能够和自己交流的，这就是我们古代的山水画家对世界的看法，也是我们古代的山水诗人对世界的看法。中国古代绘画和西方古代绘画有很大的不同。西方古代绘画最重要的题材是宗教，另外它以人物画为主。西方的教堂里人物画很多，彩绘的，各种各样的人，尤其是宗教的圣母。而中国古代，很少有人去画孔子，去画孟子，只有在孔庙里面才有可能看到。大量的是山水花鸟，山水花鸟全是自然。我们古代的绘画是以山水花鸟，以自然为主，但是在这些山水花鸟中融入了诗人的生命。

清代有个画家叫石涛，他画过一幅图叫《春江图》，这是他很重要的一个代表作。他在图上题了一首诗："吾写此纸时，心入春江水。江花随我开，江水随我起。"他说自己在画这画的时候，和"江"（主要指长江）是融合在一起的，生命是融合在一起的。这才是诗人观物的态度，就是把自我和自然融合在一起。这当中有一种对自然的爱。当然我们现在讲究环保意识，热爱自然，尊重自然，为了宣传环保，可能也会写出一些诗来，这当然可以。但如果你抱着宣传的目的去写环保诗，不是不可以，但不是发自内心，你得发自内心地热爱自然，才能和自然交融，写出最好的山水诗。有博大的爱对诗人来说是发现诗歌的重要条件。

此外，还要有一颗童心，这也是发现诗歌的重要条件。苏联作家康·帕乌斯托夫斯基写过一部文艺随笔集叫《金蔷薇》，这里面有很多精彩的片段。其中他就谈到童心："童年时代，阳光更温暖，草木更茂密，天更苍蔚，雨更滂霈。"帕乌斯托夫斯基说，对于我们周围的一切的这种诗意的理解是童年给我们的最伟大的馈赠。如果一个人在后来的漫长而严肃的一生中都没有失去这种馈赠，那他就是一个作家或诗人，归根结底，他们的区别是很小的。这段话说得非常精彩。一个人的基本诗情就在于一颗童心，这和王国维在《人间词话》所说的一句话很相似："词人者，不失其赤子之心者也。"词人，也就是有赤子之心的人。赤子之心是什么？就是童心。童心为什么可贵？第一，它就是真诚。我们说的童一定是那些没有沾染大人气的孩子。他从本身出发，饿了，要吃；渴了，要喝；病了，要磨人。他要笑起来是嘎嘎嘎的真笑，他不会什么假笑，阴笑，冷笑，嘲笑，皮笑肉不笑。所以我们的诗人写诗归根结底就是写出掏自心窝子的真话。真实，永远是诗歌的最珍贵的品格。当然，对于诗歌来说，光一个真是不够的，它还要和美联系起来，就是这个真要有独特的表现形式、独特的语言、独特的发现角度把它呈现出来，这才是一首非常完美的诗。如果没有真这样的美好品格，再好的语言都是谎言，没有什么意义。

童心的另外一个好处叫超脱实用。孩子看世界跟大人不同，我们成年人看世界是从现实，或者说是功利的角度的利益出发，看什么都先考虑对我有用没用。假如说有一个罐头盒，我们把它给个成年人，成年人就一定得反应：你们把好吃的东西吃了，却给我一个空盒，不是嘲笑我吗？他很可能会愤怒地跟别人要吃的。孩子如果得到一个罐头盒，如果这罐头盒是红红绿绿的，很好看，那孩子就可以玩半天。这是一个很好的例子，从事物身上发现美。好玩儿，这就是孩子对美的感受，他并不因为没有好吃的东西就把空盒舍弃了。再比如，孩子看到爸爸手上戴着的价值二十万的金表，闹着要玩儿。孩子可能玩一玩，一不高兴，"啪"的一扔，才不管它值多少钱。因此，孩子看问题是超功利的，他是从一种独特的视角，而不是从现实利益出发。从孩子的审美角度出发，觉得美就能玩下去，觉得不美就不玩。这就是超脱实用，也是我们诗人观察世界非常重要的一点。再比如，一个自来水龙头在滴水，成年人看见了，一定会这么想，谁没关严水龙头，这么浪费；或者，拧一拧，还是关不上，于是该找人修修了。这就是我们成年人对于这件事的看法。如果有人为了宣传节水，他也可以编一个顺口溜，"同志们听我言，自来水管要关严"，还可以往下编。那这是不是诗呢？当然不能算诗。为什么？因为其中没有独特的发现。它讲的是人所共知的大道理，谁都知道要节水，还要劳你诗人来说吗？于是，它本质上就不是诗，尽管它合辙押韵。但是，当一个七岁的小女孩对着这个水龙头也说了一句话："谁欺负你了？让你不停地流眼泪"，这就是诗。这就具有诗的质素。为什么？因为小女孩把水龙头拟人化了。在她的想象中把水龙头看成了一个人，而且她还表现出一种爱，一种同情心，所以它就具有诗歌的质素。尽管这个小女孩只是随意说的这句话，并不是什么伟大的诗，但它确实具有诗的质素。

顾城在十二岁的时候写过一诗叫《星月的来由》。题目很简单，就是说星星月亮从哪来的。如果从天文学的角度，真是可以讲出很多东西，但是十二岁的顾城懂这些吗？他不懂。那他是怎么写的呢？就四行："树枝想去撕裂天空，却只戳了几个微小的窟窿，它透出了天外的光亮，人们把它叫做月亮和星星。"星月是怎么来的？是树枝刺破天空导致的。从科学角度来看，诗歌是荒诞的，错误的。星月绝对不是这么来的。但是，站在一个孩子想象的角度，那是可以的，是成立的，并且展现了他的想象力。所以《星月的来由》尽管不是顾城的代表作，也不是什么伟大的诗，但它却无疑含有一个小孩子看世界的诗理。这就是为什么一定得找独特的东西。

再比如，写月亮的诗歌很多，谁都会背中秋词。但是，北京的一个80后女孩子，就写出了独特的东西。她怎么写的呢？她说："早就想把月亮摘下，挂在我的胸前，这样就可以使我显得更加饱满，让天下的女人都恨我，就像恨我抢走月亮唯一的少年。"她的想象力是不是很好？先不说她的诗如何好，她的这种摘下月亮使自己丰满的想象力确实带有 80 年代那一代年轻人的想法，这就像《渴望》这部电视剧里的主人公刘慧芳的那个时代。她这个想象力就是非常奇妙的。所以，这首《我抢走月亮——迷离的少年》的诗就这么短，也不是什么伟大的诗，却无疑具有一个现象，那就是没有任何一个诗人像她这样去思考。因此，诗的灵感就是在日常生活中远远没有想到的。

有个成语叫"竹篮打水一场空"，我想这句话大家谁都会用，都知道这么回事，有一个中学生就写了一首诗，就叫"竹篮打水一场空"，怎么写的呢？"我家小妹妹，提着竹篮去打水。妈妈说，竹篮怎能打来水。妹妹说，我明明打了满满一竹篮水，一路上，鲜花要我喂，小草要我喂。等到回了家，没了一篮水。"每个人都知道竹篮的水是如何没的，但他就把这个"竹篮打水一场空"和美，和一路上对小草、鲜花以及自然的热爱交织在一起，所以这个想象就非常独特，这就是一个孩子的想象，也使得这首诗成为很美的一首诗。

所以我觉得，当你超脱实用了，那么你的诗的境界就可能得到提升。与之相联系的，就是要打破传统的思维定式。定式是一个心理学的术语，就是一个人在多次重复一个动作之后，那他就会形成一个心理的期待，就是下一个动作可能也是这样出现的，这种心理的准备状态，我们称之为定式。定式有的时候对于人有积极意义，就像那些简单性、重复性的动作。比如一个质量检查员遵循的检查标准，长期检查以后，如果一个地方不合格，他很敏锐地就能发现，不用量尺去量，他就能找到，这就是定式的作用。比如女孩子打毛衣，刚开始的时候，卷着毛线团一针一针地去数着打；熟练地掌握技巧之后，可以聊着天打毛衣，看着电视打毛衣，摸着黑打毛衣，而且还错不了，这靠的就是定式。定式有着积极作用，但在艺术创作方面的副作用是很大的：凡一题到手，必有老生常谈之陈词滥调。给你一个题目，必有那些俗而烂的东西一下就到了你的头脑里。一个真正的作者就必须把这些尽量裁取，然后匠心独运，把那些真正喜欢的东西写出来。这是很难的，所以对定式的排除非常重要。

日本有个诗人叫高桥睦郎，他很长时间没有在写诗上得到突破，非常苦恼。有一次，他有机会和一位老诗人在咖啡馆里喝咖啡，他就向这位老诗人请教自己的写作为什么老是上不去。这位老诗人没说别的，他指着一个玻璃杯说：你看这是什么？他说，这是玻璃杯呀。老诗人说：你再看看。他一看，不是别的，就是玻璃杯。老诗人说：你再看看这是什么？他看了半天就觉得是玻璃杯装着咖啡。老诗人说：所以你不行，为什么呢？你就看出它是玻璃杯了。你把玻璃杯里的咖啡倒掉，插上一支棍子，它就是花瓶；把棍子拿掉，插上两支笔，它就是笔筒。你为什么只看到它最基本的功用呢？拘泥于你的想象力，你的想象力就停滞不前，就只记得一些固定的对某些事物最常见的看法，就不能突破自己，很难写出一首好诗。所以，能写好诗的人就像苏轼的那句诗所说："论画以形似，见与儿童邻。赋诗必此诗，定非知诗人。"举个小例子，走在街道上，看见修理钟表的一个广告牌，我们一般人想到就是修理钟表，我的表慢了，或是我的表不走了，可能是没电了……总而言之，你想的都是实用的。但一个诗人走过这个地方，修理钟表，他就能想到修理一小时、修理一天、修理一个月，或是思维直接跳到——请修理一下我们的时代吧，它已经不能正常地运转了。他由修理钟表联想到修理时代，只有超脱实用，才能让他写诗。如果他还是想着修理钟表，这样写就不像。能体会到这点就是好事。比如，麻将中有两个骰子，骰子是有实用功能的，而有些人就以"骰子"为题写诗。其中有个诗人，是个女诗人，而且不是一般的女诗人，是个青楼女子，她写了一首《客座分咏得骰子》曰："一片寒微骨，翻成面面心。自从遭点污，抛掷到如今。"从表面来看，句句写的都是骰子；但是深层次里，句句写的都是女子自己。由于出身寒微，被迫来到青楼，在青楼送往迎来，对谁都没有真心，"翻成面面心"；"自从遭点污，抛掷到如今"，一旦进了青楼，自己的生命不能由自己把握，被人抛来抛去。这就非常生动地写出了一个青楼女子的形象。所以这首五言诗就有了双层含义。袁枚有一句话："诗含两层意，不求其佳而自佳。"就是说，一首诗如果要有两层以上的含义，你能寻觅出来，这首诗就是好诗。再比如，我们现在讲的生活逻辑，其实不在于你写什么，不在于你用什么语言去写，更重要的是你写出的这个东西的背后一定要能让人思考，而不仅仅展示一个生活的窄面，这才是一首好诗应当达到的一个高度。当然，我们也有这样一种追求，在每一首好诗当中，我们也能够发现自我。

刚才我举到袁枚，袁枚就是距今三百多年前的一位清代诗人，乾隆年间是诗坛的盟主，他的诗名很盛，但是他留下来的很多诗被湮没了。像他写的《折花》："看书时是看花时，两事商量割爱迟。只好折花书案供，也闻香气也吟诗。"写得非常精巧。春天看花的时候也是看诗的时候，那怎么办？我没时间了，不能专门放下书本去看花，"只好折花书案供，也闻香气也吟诗"。这就把知识分子那种对诗，对美和时间的珍惜写出来了，写得非常美而轻松。他有一首诗被掩埋了很长时间，这就是 2018 年中央电视台推出的《经典咏流传》节目的第一场，一个贵州的支教老师用袁枚的一首古诗谱曲。这首诗是什么呢？就是《苔》。我不知道大家听说过没有，很好的一首诗。他是这样写的："白日不到处，青春恰自来。苔花如米小，也学牡丹开。"实际上，这首诗被掩埋了很长时间。但是，它确实写出了一个孩子，这样一个处于低位的孩子，都有自己生命绽放的时候。它虽然写的是苔花，但是它却有一个普遍价值。我们读这首诗的时候，不光是联想"苔花如米小"，而且想到如米小的苔花蕴藏着生命的巨大价值和人生的方向。所以，这首诗虽然小，却有一种深意。当我体会到每首诗不在于写什么，就像我们举的《客座分咏得骰子》和《苔》，它的表层写得很普通，是大家都看得到的，但深层不见得每个人都能体会得到，当我们发现了其中的深意时，我们就有可能写出比较像样的诗歌作品。我今天就先讲到这里，比较简略。按照白浩老师安排的，你们还有什么问题就可以提出来现场交流一下。

讲座后问答

问：吴老师您好，我想请问一个问题，就是写诗是刻意去写还是兴致来了以后去写？

答：刻意去写诗肯定写不了。有的时候诗兴它自己就来了，这就是灵感。

问：吴老师您好，您觉得诗歌应该来自生活又高于生活，那么我们如何在生活中提高自己的诗兴，让自己的心灵更加细腻，然后去发现诗的美？

答：你提的是一个非常重要的问题，我想你的答案已经在你后面的描述中了。现在的年轻人都说自己很喜欢诗，生活中确实有诗，你说萌芽也好，诗的意涵也好，都是有的。但是作为一个诗人，不是说随意地看一看，有点生活经历，拿出来就行了；要大面积地观察生活之后，披沙沥金——生活中有很多是泥沙，只有少量的金粒蕴藏其中。这就是刚才说的帕乌斯托夫斯基的《金蔷薇》中讲的约翰·沙梅想送给上校的女儿一朵金蔷薇，但是，他只是一个清洁工，很穷，买不起黄金。他就把每天打扫首饰房的尘土攒在一起，然后一天一天地筛出微小的金粒。终于他攒够了黄金，用它打了一朵金蔷薇，献给了他最爱的上校的女儿苏珊娜。但是，苏珊娜去了美国，见不到了，他最后悲哀地死去了。虽然他讲的是这样一个小故事，但实际上讲的是沙梅的劳动——通过长期的日常积累，最后就把生活中闪光的东西提炼出来了。这就是我们诗人的劳动。为什么优秀的诗人和诗歌那么少，而网上充斥了大量的那种无质量写作？把生活的现象写一写，然后就是一首诗。大家觉得这不是诗，对不对？没有真正达到诗歌的标准，没有独特的发现。从早写到晚，把一天干的事都记下来，这是一种日记式的诗，是一种不正常的写作。所以才需要提炼的精神。提炼，就需要对诗歌执着的爱，才能坚持下来；而且要不断地涵养自己的心灵，让心灵像深邃的大海，像浩瀚的星空，那么开阔，那么深远，这样才能有独特的发现。

问：吴老师您好，我想请问一下，对于您来说诗歌的意义是什么？它在您心里的地位如何？

答：这个怎么说呢，我不是一个诗人，但我是一个诗歌的读者，是一个诗歌的热爱者。我从事诗歌评论四十年，可以说我与诗歌是有情的，无论诗歌受到什么批判或者冷落，诗歌有没有读者，我依然会去关注诗歌。为什么呢？因为我喜欢诗歌。我能从诗歌当中找到美，找到一种和我心灵共鸣的东西，找到让我生活下去的东西。所以，读到一首好诗就是每逢佳宴分外兴，像吃了什么好东西。诗歌当中有很多好东西，很多诗人尤其是那些有建树的诗人，都不是通过诗歌去牟利，只是为了求得一种心灵的自由。他们写诗歌的时候就觉得特别愉快，而干其他什么事情都不是自我了，只有写诗才是他们想要的。这才是一个诗人的追求。对于我来说，读诗是我的生活爱好，评诗是我的个人兴趣，我就干这个，因为它很有意思，是我一辈子都要做的事情。

主持人：因为时间关系，我看到同学们还有很多举手的，还有很多心里话想对吴老师说，但是我实在是不忍心让吴老师再站在这儿继续讲下去了。今天晚上，吴老师从古今中外引用了很多的实例，给我们讲解了深刻的道理，即如何在社会、天地、自我之中去除遮蔽，获得自我的自由解放，继而把它体现在诗歌的发现之中。他的讲解深入浅出，让我们感受到了真正的精神的洗礼、净化、升华。让我们再次感谢吴老师。

学术前提的反思与学科经典问题的悖论①

□ 张福贵②

半年之内来了川师两次，非常愿意和我们川师的老师、同学交流。我听赵亚宏老师讲现在川师的各类讲座比较多，我们都是研究现当代文学的，今天我想就现当代文学专业的学术前提、反思及其学科性的问题谈一谈我个人的一些感想。如何界定学科性，如何反思学术前提。当然，它的范围不限于现当代文学，但我想从学科的角度，从近些年学界发生的问题，以及学科的困境来谈谈这个话题。

一

要说到这一点，必须判断一下什么叫学术前提。我认为学术前提就是在前人研究基础上形成的一种学术常识、学术原理、学术规律。而这些范畴并不都是客观性的反映，许多是一种主观的认定或者认同。我为什么讲这个话题呢？为什么用反思这样一个行为来对此作出判断？就在于目前现当代文学无论是学科发展，还是我们同学选择论文题目、老师选择科研方向，所处的一系列学术困境。如果说是陷入困境过重，那就说陷入了一种困惑。硕士、博士研究生一入学就涉及一个问题，那就是如何选题，而这个问题也是老师的难题。我们发现，整个现当代文学研究状况，如果单纯用一种历史性的研究方式来进行的话，其实它的空间已经非常狭小。刚才谭光辉老师说现在正在做四川现代小说这样一本图书，准备对四川籍作家1949 年以前的现代小说进行收集整理，我觉得这和我们目前的学术大方向

① 本文系张福贵教授 2018 年在四川师范大学文学院讲座录音整理而成。
② 张福贵：吉林大学哲学社会科学资深教授，国家级教学名师，教育部长江学者特聘教授，"万人计划"领军人才。兼吉林省作家协会副主席、中国现代文学研究会副会长、中国世界华文文学学会副会长、中国鲁迅研究会副会长等。

是一致的，也是一种学科困境的突围。大家会注意到，近年来无论是国家社科基金一般课题还是重大课题，都出现了几个倾向：一个是地域化，一个是民族化，再一个就是史料化。如果我们不是站在巴蜀这样一个得风气之先、受历史恩惠的土地上的话，要做一个吉林现代小说卷、黑龙江现代小说卷，其实这个题目的完成过程会极其艰难，价值也会发生改变。因为我们会把一些不能构成文学史的边角料纳入文学史的框架内容之中，结果可能不是丰富现代文学的，而是显出它的庞杂，因为现代文学的构成本身是有经典化标准的，文学史的写作是一个自然淘汰和选择的过程。四川、重庆这块大地由于抗战八年作为大后方的特殊地位，全国的文化人的一个集中地，就为做这个地域的现代小说史奠定了先天的条件。我想谭老师做完之后，可能会是对中国现代文学史的一个补充和丰富。话说回来，我们现代文学的有些话题还能不能做呢？比如鲁迅研究。现在谁还能挖掘出能质疑鲁迅生平思想的历史资料，能颠覆其文学史价值的历史资料呢？几乎没有可能。你所发现的其实构成不了对已经形成的鲁迅形象的一种质疑和颠覆，所以这种历史研究仍然是鲁迅研究的资料而非史料。

文学史研究本质上就是一种主体研究或者骨干研究，这种研究最重要的目的是让我们了解现代文学发展流脉的一个本真或者主干是什么。例如，我们考察一棵树，我们要看到它的主干，通过主干的年轮判断知道这棵树生长的岁月。我们不会考察一个主干的枝节末梢或一片树叶，然后推断这棵大树的由来和历史。因为秋天到了落叶随风飘落，每年如此，每秋如此，难以代表树的主干和本质。我们只有抓住它的主干，看它的年轮，才能从中看到它的历史。对于现代文学研究，其实我们就是得抓主干，因为大家知道现代文学三十年，已经研究了将近七十年，而这七十年有多少可供我们研究的对象和资料呢？如果再过一百年，再过两百年，现代文学三十年恐怕在我们大文学史上只留下薄薄的几页纸。再过一千年、两千年，我们这三十年恐怕会留下几行字。所以我说这种历史性的研究，对于构建相对稳定的文学史其实是勉为其难的。你没有更多的新发现，就难以颠覆现代文学经典作家和文学史评价，搞不好我们所做的一些工作就是重复过去，或者最好的效果也就是综合别人的研究。那我们怎样寻找突破呢？其实有时候我们不必爬格子去梳理，不必从树梢走到树根，还要深入它的土壤和风水。我们可以直接转换一下观察这棵大树的角度。三十年代有个很知名的散文家叫梁遇春，他在一篇游记中说，我们每个人见到的山水风景其实都是一样的。为什么我们每个人所看到的风景都是一样的呢？梁遇春说人们观察景物的角度都是一样的，即正常的站立的角度。而如果你把双腿分开，低下脑袋从胯下去看，你就会看到另一番景象。

我们研究现代文学有没有这种可能性呢？转换一下视角，获得一些新的发现。那么，这个视角从何而来？我想就是对某些学术前提的反思。这些学术前提是在我们漫长的学习和研究岁月中所形成的知识和思想的常识。我们对于其中某些可能存在的误区和误解，不知不觉或有知有觉间构成了一种有意或无意的忽略。这种有意或无意的忽略，导致我们把某些前提当作原理和规律。于是，我们的一切知识阐释和理解都是在这个基础上生发的，我们常常感受到难以超过前人和别人。其实根本原因是我们单纯的认同或重复别人已有的成果和结论，不能换一个角度去质疑这些成果和结论。那么，我们转换一下思考的角度，会怎么样呢？这就是一个思维方式的改变，是一个价值观的改变。我此前多次说文学史研究在史料收集和考据上的创新是勉为其难的，但是当我们什么都做不到时我们可以转变自己的观察角度，就像知识永远跟随你一样，这是你自己的事情。你想，从"文革"后期到八十年代出现了那么多著名的研究型学者，这是他们自我学习和研究的结果。这些人往往在"文革"中受到冲击，其后没有受到时代风潮太大的影响，被边缘化之后，自己苦心苦读寻找一种生存方式和消遣方式。像叶子铭和孙中田两位老先生之所以成为著名的茅盾研究专家，都有这样一个过程。他们当时都被边缘化了，成为"文革"中的"逍遥派"，于是潜心研究茅盾。"文革"结束后，人们重新回归学术，他们这时已经通过自己的研究走在了前面。所以说，知识无论在什么时候都不会抛弃你，你要是能思想和肯思想，那么思想就会这样永远跟随着你，因为无论何时何地思想都是可能的。但是思想如何成为一种生命力量乃至社会力量，那就在于如何让思想活起来。怎么活起来呢？那就要转变你的思维方式，转变你的观察角度。思想的落后通过思想的教育和事实的教训是可以改变的，但思维方式的落后是非常难以改变的。西方一则寓言说，一个农夫梦见自己做了国王，他看到宫殿里的黄金，就用黄金打造了一根扁担。这样一个故事恰恰说明了一个人生活身份都改变了的时候，思维方式不改变将是一种什么样的结果。鲁迅说过一个寓言：早晨农夫起来，第一件事情是到村子中的井里去挑水。这天早晨，农夫和往常一样来到井边，突然想起一个问题：皇帝早上起来是用什么来挑水的？他想来想去，觉得皇帝有的是金银珠宝，一定不会像他这样用一根破扁担来挑水，一定是用金扁担来挑水的。农夫找到了自己的答案，用自己的破扁担挑着水回家了。鲁迅说，他不知道皇帝根本是不会自己挑水的，也不会用金扁担。这说明，这个农夫渴望改变自己的生活，但是他的思维方式没有改变。黄金是不能做扁担的，因为木质和竹质的扁担才最好用，这就是思维方式的落后。

再看我们学术研究对于某些前提的有意或无意的忽略。我们常常在这些疑似正确的路标前循规蹈矩地匆匆而过，其实只要你停留脚步，稍加观察，你就会发现有些路标的指示方向是错误的；你如果敢于穿行而过，就会发现一片新的天地。我为什么说我们对于某些学术前提是有意忽略，有的则是无意忽略？有意忽略的是什么前提？毫无疑问是政治前提。政治前提是党纪国法，是公共利益。这些前提是不允许质疑和证伪的，是先于学术而存在的。每年我在承担的吉林大学新入职教师的培训辅导课上，就一直强调：你可以有自己的政治思想，也可以什么都不信，但你必须在宪法的框架下开展你的教学和科研。政治正确往往就是政治安全。我们的学生有一天也会走上小学的讲台、中学的讲台、大学的讲坛，第一件事要注意中国的国情，注意对政治前提的把握。每一个国家都有一些不可逾越的政治前提，只是大小多少的差异。比如西方国家都存在着一些基本法则或者政治禁忌，除了种族、性别、残疾人等问题之外，还有对于法西斯主义的限制。你在美国的大学里宣传宗教和党派政见，你就会受到学校的警告，甚至被革掉教职。课堂是一个公共场所，它是由纳税人和学生付钱接受有偿服务的一个消费过程，你违背了这些基本法则，恐怕你就要受到法则的惩罚。所以对于这些政治前提我们不必去探讨。因此，这是一种有意忽略。

对于现实生活中许多不可理解的事物，如果不能按照自己的意愿去改变，那就改变一下我们自己的思维方式。有些事情的困惑是在于价值尺度和思维方式的错位。一旦用伦理的逻辑去看待政治实践和一些社会行为的话，你可能会产生困惑；但如果你换一个角度，把它本身当成政治逻辑来看，问题就迎刃而解了。比如大学生辩论赛，不能出那些不用辩论就已经决定胜负的题目，这就是政治前提。所以，对于这样一个前提，我们必然会有意忽略。而对于某些学术前提，我们往往又是无意忽略的。这些被无意忽略的前提，往往是学术常识、权威观点和普遍共识。这些前提是被我们已经认定的，不需要证伪的。有意忽略是不能证伪，无意忽略是不必证伪。

二

我们无意忽略的这些学术前提，恰恰是我们可能有所改变而要高度重视的前提。我们要思考：为什么我们会无意忽略这些学术前提呢？是因为这些前提已经成为学科的常识，成为定义，是作为学术研究的出发点和立足点，不需要证伪和反思了。这些前提不同于政治前提，往往都是一些思想前提和学术常识。如各类教科书中对于某些学科属性的定义和辨析：哲学首先要厘清唯心主义和唯物主义，政治经济学首先要辨析经济基础决定上层建筑还是上层建筑界定经济基础，文艺学理论首先要明确文艺起源于劳动还是起源于游戏，等等。更为严重的是，你采取什么观点就标志着你站在了什么立场上。其实，这些问题的属性并没有那样严峻，而对于问题的理解也还存在着很大的空间。

对学术前提的无意忽略是由习惯的思维方式所导致的。我以为人类的思维方式大致可以分为三种类型。老师说苹果是红的，学生想大苹果也是红的，小苹果也是红的，你觉得有进步没有？学生的回答只改变了判断对象的形状，但依然没有脱离"苹果是红的"属性判断。这是重复性思维——苹果是红的。老师说苹果是红的，学生说苹果是红的，番茄也是红的，枣也是红的。这个回答改变了判断对象的种类，但是仍然没有改变"苹果是红的"基本判断，只是扩大了红的物体的种类。这是跟进式思维。老师说苹果是红的，学生问苹果难道都是红的吗？有没有黄的？有没有绿的？将来也可能有黑苹果。原来没有黑玫瑰，后来有了。郁金香原来没有黑的，现在也有了。所以这第一种思维我们叫重复性思维，第二种思维是一种跟进式思维，第三种思维采取一种逆反式思维，是一种个性化思维，一切学术创新就在这逆反思维之中。

当别人说现代文学就是一个以左翼文学为主体的革命文学潮流，那我们要问："不革命"的文学是否存在？是一种什么样的位置？有人说当代文学是配合现实政治，是服务于社会发展需要的一种文学，那我们说：是这样的吗？社会发展的核心问题是人的发展，当代文学发展过程中，有没有阻碍社会发展和人的发展的阶段的文学？我们看一下 1957 年前后的文学发展和作家境遇，是否与我们原有的判断一致。那些稚嫩的表现基础人性的文学作品由"鲜花"变成"毒草"，再到粉碎"四人帮"之后的七八十年代之交，又由"毒草"变成了"鲜花"。所以 70 年代末出版的那部创作于 1957 年前后"毒草"叫做《重放的鲜花》。这说明原来那一种判断本身是有问题的。

面对这些不经意间被我们无意忽略的学术前提，我们是否应该转变一下思维？你说红的时候我有没有想白呢，你说白的时候这里有没有黑的呢？所以学术研究特别文学史研究做翻案文章做悖论是容易创新的。在信息化时代，我们对于文学史资料的掌握已经不成问题了，百度一下，所有相关知识即可获得。过去读研究生时要想找相关的文学史料，费尽千辛万苦，也找不到或者看不完十种报刊。实在是太多了，你在浏览之后，就知道那是浩如烟海，而这些是九牛一毛。

那么，怎样去寻找你的发现，去创新你的学术呢？我觉得索性转换一下价值观，转换一下观察视角。比如我们在文学史上、在教学与研究中对叶圣陶的《潘先生在难中》的评价，无论作者也好，批评家也好，文学史教科书也好，都说作品主题是对小资产阶级知识分子灰色人生的揭露，是对潘先生自私的个人主义的嘲讽和批判。于是，我们把所有的谴责都给了那个手无缚鸡之力而位卑未敢忘国忧的潘先生。你说潘先生有什么过错？在兵荒马乱之年，他保全一家老小平安的努力不是身为人父、身为人夫应尽的起码的责任吗？当潘先生一家的"一字长蛇阵"在站台上被撞散的时候，潘先生禁不住双泪长流，觉得家破人亡了，而我们的作者此时则充满了嘲讽的口吻去写这种人生的不幸遭遇。若不是全家重逢团聚了，潘先生的孩子会不会像被拐卖的儿童一样，与父母终生不得相见呢？这对一个家庭不是一个悲剧吗？我们对这种悲剧为什么充满了那么辛辣的嘲讽和冷漠的批评？另外，关于知识分子的道德和责任评价问题。潘先生是一个教书先生，他教不教书，除了个人生活问题之外，其实和他人没有大的关系。但是，他像普通知识分子一样有崇高的职业道德。由于战乱大难临头，他不得已带着全家老小逃到了上海，安顿下来后战争却没有发生。于是知识分子的责任感复苏，一心惦记着家乡的教育事业，不顾妻子的劝阻又回到了故乡准备复课。他给学生家长发帖，说乱世也不能忘记教育，教育将来是如何救国之类的。你不能说他说的是假话，最多是一种大话。这是一个知识分子在没有生命之忧的前提下，一种国家的使命感和教育者的职业道德的复归。你不要怀疑它的真诚和它的真实，我觉得我是不能怀疑的。当战争真的来到的时候，潘先生怕了，他已经不能再次逃到上海与家人团聚，只好躲进红房子避难所，而且他是最后一个才进红房子的，教育局局长和同事们早已经在那里占据了好的位置。作为一介书生，潘先生想保全自己身家性命的方法，就是到救济会要几面旗帜和几个徽章，你说这有什么不可以呢？生命财产安全对一个平头百姓来说是最低的要求，在动荡中我要活命，在战乱中我要保存自己的财产，难道不是哪一个人都有的一种愿望吗？我们为什么把人的这种基本需求当作一种不予理解的批评呢？我想，如果潘先生不是一个知识分子，而是一个农民和工人，我们肯定会高度赞叹一番。其实，这样一个人在这么动乱的时刻还回来，不忘教育，不忘本色，我们对此即使不能给予高度的评价，也要对潘先生抱有一点同情和悲悯之心。可是，我们在作品内外所看到的，都是辛辣的嘲讽和冷漠的批评。究其原因，就在于我们始终对知识分子群体设置了一个过高的道德信条。在这个信条下，就先天的规定了知识分子应该是无欲无求，杀身成仁，是"先天下之忧而忧，后天下之乐而乐"的圣人群体。自古而来，我们很少对其他社会群体做这样的要求。

任何人类的道德都必须具有可实践性，不可实践的道德最终必然变成伪道德而非真道德，其结果就是制造二重人格。所以我说有时候那种三从四德、三纲五常的封建道德，它需要虚伪，同时也是它制造的虚伪。阳奉阴违，口是心非，道貌岸然，这就是传统的封建礼教所导致的一个结果。

我们必须建立一种适应人性需求的、人通过努力能够实现的新道德。所以五四新文学和新文化运动最大的功绩，就在于推翻了这些虚假的道德体系，而建设新的道德——人的道德体系。所以我想，现代文学教学与研究在长期的单一价值观下，导致我们对某些作家作品评价的一种道德偏颇。如果我们改变了那种重复性的思维方式，重新考量现代文学的某些经典，就可能有与以往不同的发现。我们过去一直认为，现代文学研究已经无题可做、无话可说，其实就在于我们没有改变自己惯有的思维方式。许多经典问题都可能存在着悖论。不信，我们可以随意选择，试试看有没有这样一种必要和可能。

我们看到二十世纪中国文学作品中，有许多描写在遵循着政治与道德一元论价值观。以茅盾的《子夜》中的人物描写为例，吴荪甫在与赵伯韬斗法的最后关头，吴荪甫在家中书房和仆人张妈通奸。作者设计这一情节，意在揭示资本家垂死前的疯狂。但是，从人物阶级属性判断来看，这是在验证着一个简单的逻辑：一个人政治上反动，道德上就必然堕落；一个人政治上正确，道德上就一定高尚。这种现象可能是一个常见的逻辑，但是否是一个普遍的逻辑则需要具体分析。像吴荪甫与张妈通奸的情节，这是为了暴露资本家的反动本性，当他们陷入绝境的时候就变得疯狂。但是，小说中的吴荪甫是什么人？是一个对内对外都时刻保持着封建威权的家长。在家里他严酷到不允许弟弟玩刀玩枪，在每个家族成员面前都保持着至高无上的权威。他不苟言笑，严肃的时候，脸上的紫包甚至都好像冒出腾腾热气来。这样一个威严的家长，可以在隐秘的艳窟拒绝交际花的诱惑，却在家里冒着被家人撞见的危险和下人通奸，可能吗？而那是什么时候？是他在公债市场投机交易到了最关键的时候。此时人的注意力高度转移，人的某些自然本能就会弱化。吴荪甫在面临着倾家荡产这样的关键时刻和张妈通奸，可能吗？但是，因为我们的评论家是这样说的，我们的道德价值观是这样确定的，这样的情节就出现并被广泛认同了。我们再看巴金的《家》中的一个情节。1958 年《中国青年》开辟了一个批判专栏，叫"再批判"，巴金的《家》就遭到了批判。其中一个焦点问题就在于《家》中写到高觉慧和高老太爷诀别的场面，这个反叛的三少爷高觉慧在爷爷弥留之际没有把革命意志贯彻到底，和封建势力妥协了，并且流露出悲情。其实我们回过头来看这个结论难道不是很可笑吗？祖孙生离死别情况下的一种和解，是不是人之常情？骨肉亲情在文化冲突之中是否还存在？

再比如，我们当年对徐志摩的评价总是说徐志摩是资产阶级右翼文人，大家非常熟悉的两首诗，一首是《秋虫》，一首是《西窗》，被认为是对无产阶级革命运动的攻击。在 80 年代直到 90 年代初我们都是这样一种判断，这是准确的吗？评价一个作家，要从他整个人生和创作来看他的思想。徐志摩在同一首诗中说"国民党中央政府是昏庸老朽无能的收容所"，他所盼望的"共和国的宁馨儿"已经死在摇篮里。《再别康桥》中他对母校的怀念，包含有他对于母校所给予他的知识和思想的一种憧憬，一种留恋，一种影响。徐志摩说："我的眼是康桥教我睁的，我的求知欲是康桥给我拨动的，我的自我意识是康桥给我胚胎的。"他在《康桥，再会吧》中反复咏叹："汝永为我精神依恋之乡！康桥！你岂非是我生命的泉源？"在这样的一种思想情感之下，他写出了《再别康桥》的时候才有一步三回头的那种痛惜感，那种留恋感。这不仅是一个游子对母校的怀念，还是一个受到人道主义思想影响的知识分子对社会理想的一种憧憬。当他看到国民党治下的中国不是他理想的"共和国的宁馨儿",他的诗才会发生从早期的《雪花的快乐》到后期的《我不知道风是从哪个方向吹》的转化。他在《雪花的快乐》中说:"飞扬 飞扬 飞扬,这地面上有我的方向,我一定要认清我的方向。"等到《我不知道风是在哪一个方向吹》的时候就变成了:"我不知道风是在哪一个方向吹,我是在梦中,在梦的轻波里依洄"。为什么呢?这是他的社会理想破灭后的一种反映。再加上与陆小曼的婚后情感,人生的这种纠葛、纠缠,徐志摩的思想情感和诗歌才会有这种变化。他抨击国民党的专制腐朽统治,在现实生活中同情那些劳苦大众。年关将近,剑桥放假归来,他路过村镇的破庙,听到里面一片哭声,看到一群又冷又饿的乞丐。他回到家里面拿出食物,回到庙里和这些乞丐席地而坐,共同吃喝。镇里人和徐志摩的父亲说他斯文扫地,"就不怕染上白虱"?共产党员胡也频牺牲之后,他的妻子丁玲也是共产党,当局开始通缉她。在这关键时刻,徐志摩让丁玲和沈从文假扮夫妻,把他们送走,冒着风险送走。那你如何理解他的这种在诗歌中既批评无产阶级运动,又攻击国民党政府,在现实中同情劳动者,在政治斗争中同情和帮助共产党人的行为?综合起来看,徐志摩其实不是站在一个特定的阶级立场上,他就是站在一个人性的立场上来表明自己的思想的。当你明确认为徐志摩是一个抽象的理想主义和人道主义者的时候,他诗中的许多苦闷和烦忧就会迎刃而解,你就知道他是一个理想化的人道主义者,一种来自内心的善流淌在他的诗歌世界;你会看到他对爱的追求和对大众的同情,都来自一种对于美好事物的憧憬。所以,友人储安平在《悼志摩先生》中说,徐志摩"就像一架火炉,大家围着他感到有劲"。1930年春天,储安平编《今日》杂志,向徐志摩约稿,身在北平的徐志摩回信说惦记着江南的妩媚,于是储安平"装了一袋桃花寄给他"。这种情谊、这种浪漫让人慨叹不已,同时也看出徐志摩是一个多么单纯的理想主义者。他是一个火炉,冬天到了,人们都愿意陪着他。当有人说冷的时候,他会把自己身上仅有的一件衬衫脱下来给他。他就是这样一个人。所以当我们用人道主义这样一个中间立场去解释徐志摩的诗和人的时候,就会觉得一切都很清晰了。

无论是学习还是研究,都要有一种问题意识。问题意识是创新的前提和基础,也是马克思主义与中国社会实践相结合获得成功的关键。我甚至觉得中国的革命和改革就是一种问题意识导向所取得的伟大成就。习近平总书记说,"坚持问题导向是马克思主义的鲜明特点。问题是创新的起点,也是创新的动力源。只有聆听时代的声音，回应时代的呼唤，认真研究解决重大而紧迫的问题，才能真正把握住历史脉络、找到发展规律，推动理论创新。"在面对历史问题时，更需要有理论的创新。当然，这种理论的创新必须建立在历史的事实和历史的逻辑之上。中国文学史特别是通俗文学中存在着一种悠久的复仇主题，血亲复仇、义士复仇比比皆是。一般看来，这好像是很简单的事情。其实我们认为的简单，恰恰是我们忽视了人性的复杂性所导致的一种简单。所以我们应该重新去探讨文学史上的一些经典问题、难点问题，要有一种问题意识。像曹禺《原野》中仇虎的复仇，你怎样看待？我通过《原野》而有一种感觉，中国式的传统复仇似乎永远是在向弱者复仇，它往往不能向强者复仇。鲁迅的伟大就在于他反抗绝望，反抗强者，而中国传统的复仇不是发生在敌人转弱的时候就是自己转强的时候。如果敌强我弱，那人们就会有另外一种托词放弃或暂停复仇："大丈夫报仇，十年不晚""留得青山在，不怕没柴烧""放长线钓大鱼""骑驴看唱本——走着瞧"，等等。一旦对比发生了变化，敌弱我强的时候就会出现仇虎式的复仇：焦阎王死了，焦家溃败了，软弱无能的焦大星是善良的，而且是仇虎的童年伙伴，但是仇虎必须出以利刃杀掉他，因为"父债子还，天经地义"，这是中国传统的复仇观使然。仇虎知道又狠又瞎的焦老太太一定会置自己于死地，于是他悄悄地与焦老太太的孙子小黑子调换了床铺。半夜时分焦老太太摸索着拿起铁拐杖，狠狠地朝"仇虎"打去的时候，并不知她毁掉的是孙子的生命。所以焦老太太最后也发疯了。虽说仇虎秉承"斩草除根，理所当然"的传统复仇意志，杀死了善良的焦大星和无辜的小黑子，完成了封建伦理所赋予自己的复仇使命，但是在复仇之后，伴随着内心人性的复苏，仇虎精神崩溃了。他在森林中的发疯一方面来自剧作中场景的刺激，更多的是复仇完成之后的一种愧疚和恐惧。面对满山搜索的侦缉队忽闪忽暗的灯笼，庙里僧人为小黑子超度的木鱼声，焦老太太在黑夜中抱着小黑子尸体发出的那种瘆人的招魂声："小黑子，回来吧——"就是这样一种声音，你说你要是干了坏事，又在森林里迷路了，转了一周又回到了原处，你疯不疯？仇虎最后就崩溃了，他让花金子自己往"黄金铺地"的地方去，自己却自杀了。那么这些说明什么呢？他的复仇是在向弱者复仇，杀死焦大星是父债子还，杀死小黑子是斩草除根，复仇从来都是要干净彻底的。你看像《水浒传》中的杀戮，哪一个不是斩草除根？李逵劫法场、林冲风雪山神庙、武松血溅鸳鸯楼，连仆人都杀了，这是中国传统的复仇观的体现。所以，最后我的总结就是，《原野》是在无声无息地控诉着封建传统文化的罪恶，这是一种人性深处的矛盾，是人的本性与文化冲突的结果。其实最终它不是什么农民向地主阶级的复仇，什么个人的反抗，这都不是最重要的，封建传统的复仇观毁灭生灵而又毁灭人性。

由此可见，现当代文学中有很多问题都可以有很多不同的看法，甚至你对海子的《面朝大海，春暖花开》、余华的《活着》都可以不做乐观或者韧性的解释。你看看海子的《面朝大海，春暖花开》："从明天起，做一个幸福的人，喂马、劈柴，周游世界；从明天起，关心粮食和蔬菜。"这是一种什么样的人生状态？原来都不是正常人的生活呀！但我们对于《面朝大海，春暖花开》怎么解释？就说海子要追求一种新的生活。其实是渗透了深深的悲哀与绝望啊！面朝大海，哪来的春暖花开呀？这本身就是一种幻觉，说好了就是海市蜃楼，说不好就是梦境，所以才有海子1989年在山海关附近的卧轨。这种行为本身也是一种诗，所以海子死后一夜成名。海子其实是心头绝望到极点，才会有《面朝大海，春暖花开》。前面只有浪花没有鲜花，要做一个正常的人，要关心蔬菜和粮食，要问候每一个人，这是告别，是深深的绝望。在余华的《活着》中，福贵的命运——很不幸和我同名，其实后来我发现凡是叫福贵的都没有正面人物，不是反面人物就是灰色小人物。你看赵树理有一个叫《福贵》的短篇小说，开篇我记得很清楚："提起福贵这个人，在村里比狗屎还臭"。《活着》中主人公福贵的人生，我们有很多的解读，包括我和研究生讨论，他们认为是农民的忍耐、坚韧，像臧克家的《老马》一样，生活与生命的韧性；甚至有人解读出乐观的心态，遭受多少磨难，政治的磨难，经济的磨难，家庭的磨难，仍然顽强地活着。这种凄惨的生活，福贵该是多么的绝望！像前两天我们尊敬的师长与朋友王富仁先生去世，他留下的话就是，与其在病痛中痛苦地活着，死去就是一种幸福，结束就是一种幸福。他走得非常勇敢，不再给孩子们添困难。后来我说："人间少了一位伟大的智者，天堂多了一个不朽的灵魂。"他就是这样一个人。所以我们可以看到余华的《活着》其实是一种绝望，福贵的人生，没有任何亮色可言，没有任何前途可言，我们不能解读为韧性。

当然，人文社会科学不同于自然科学之处在于人文学科主体性较强，学术研究不易得到广泛的认同。但是，至少应该具有个性思想的贡献。大而言之，就是最终要增加人类思想的容量，提升民族思想的质量。这是简单的学术思想的重复所做不到的。

三

2016 年 5 月 17 日，习近平总书记在哲学社会科学工作座谈会上的重要讲话中指出，"历史表明，社会大变革的时代，一定是哲学社会科学大发展的时代。""当代中国正经历着我国历史上最为广泛而深刻的社会变革，也正在进行着人类历史上最为宏大而独特的实践创新。这种前无古人的伟大实践，必将给理论创造、学术繁荣提供强大动力和广阔空间。""这是一个需要理论而且一定能够产生理论的时代，这是一个需要思想而且一定能够产生思想的时代。"这样一个时代也需要我们人文社会科学工作者有创新性的学术思想，而创新性的学术思想也是这样一个时代的证明。

中国现当代文学应该是一个丰富的整体存在，而不是一个单一的片面存在，所以我们要反思某些学术前提。当你发现你的思维方式、观察角度改变之后，历史在你前面豁然开朗，真是峰回路转，有一片新的天地，有好多的话题可以研究。我们过去拘泥于古人，后来拘泥于权威和西方的各种潮流，结果是费尽千辛万苦去证明别人观点的正确，我们自己在哪呢？当然我们对学术论文也有过高的要求，总要有多少多少创新点。哪有那么多创新点？其实一篇论文有一个创新点，就不容易了。我认为论文做到三三分制就不错了：三分之一重复别人，三分之一总结别人，三分之一自己创造，这就够了。那么，最后一个三分之一自己创造从何而来呢？就是改变你的价值观，改变你的思维方式。

我们对于这样一些经典问题、难点问题，所谓的常识，所谓的前提不是没有质疑的，而学术创新就是在这种质疑中产生的。现在论文写作选题难上难，你要费劲去搜寻哪个报刊没有人研究，没有人研究，我就来研究，然后就过度阐释，说是被历史湮没的。历史就是一种选择过程，被历史湮没总是有被湮没的道理，没有在历史上留下来的不一定都是有价值的。现在选题也可以选新出现的作家作品，我也跟学生说，没办法选题，你就写作家作品论吧，这是一个封闭的题目，特别是新出现的作家和新出现的作品，就事论事，完了。新作家出现还得介绍生平，介绍创作经历、创作概况，然后讲作品，讲内容一二三，艺术特色一二三，再指出美中不足，但最终还是瑕不掩瑜。这一套模式化的论文有什么意义呢？这叫读后感，不是学术论文，学术论文重在创新。我说即使这样封闭性题目的文章你也不能这么写，必须开放式地写。如果他是一个新作家，没有别的作品，就把他放到同时代的相类似的作家作品中去比较，定位他的价值；如果他是一个老作家，要把他的新作品与他的老作品相比较。否则，你的研究就没有太大的意义。我们的选题为什么会导致这种结果，就是我们不知道从哪里发现新问题，我们没有问题意识，而没有问题意识就在于我们没有创新性的思想，没有创新性的思想就在于我们没有改变我们的思维方式。

我们为什么没有改变自己的思维方式，就在于我们不能对某些可以证伪的学术前提进行反思，我们把前人的研究结果当作金科玉律，我们只是在别人的思想下苟且偷生，做点小菜，最后的结果就是我说的——费尽千辛万苦去证明别人的观点的正确性，有什么意义呢？中国古代的注疏学术传统——"我注六书"，不是"六书注我"，这种以注疏传统为代表的典籍思维方式决定了我们对于某种理论的解释功能明显强于质疑、批判的功能。真正的学理一定是可以被证伪的。如果学理不经过证伪的过程就被认定是原理和定义，那种学理可能就不是真实的。我们以往很多学术思想难道不是这样的吗？我们总是愿意引用权威理论或外来理论，然后自己的思想就不知不觉地跟着别人走了。有的同学问我应该怎么实现学术的创新，我说你不用看资料——我是指进入博士阶段，该掌握的资料都掌握了，你就坐在那一个劲儿地想。你想出来的东西和别人的一样，证明你伟大，英雄所见略同；你想出来的东西和别人的不一样，证明你更伟大，你有独立的思想。真正的学术就产生于此。如果你看了好多材料，你不知不觉地就跟着人走，最好的结果是重复别人，最坏的结果就是抄袭别人。因为我们有没有勇气去质疑那些学术前提：学术常识和学术原理。其实在这种质疑中新东西就出现了，像我们说的，你看一看那些如雷贯耳的作家，那些影响深远的观点下面有没有漏洞？是不是误读？因为如果我们不解决这些问题，我们的学术就很难有创新的地方。

那么，今天我们应该怎样去获得一种突破呢？我觉得要从小处着眼，最后在大处落笔。我们从小处的质疑，最后可能颠覆某个文学史的判断。于是，我们就重新梳理一下五四以来中国现代文学史上那些经典的作家作品，那些焦点的问题，那些影响巨大的现象。我们重新换一个角度，从胯下去看桂林山水；我们换一个观察的时刻，不是在中午，而是在黄昏去看桂林山水，看能不能有所发现。我想一定会有的。其实，思想是需要锻炼的，一个民族有没有创新的能力就看它有没有思想的能力。我们如果不会思想的话，就不会有创新。从这样一个角度来说，我们今后在教学与研究的时候，如何尽量去规避那些重复性的东西，而着力于创造性的思想来获得一种突破，事半功倍，这是捷径。当然，如果你实在没有创新，也尽量不要重复别人。我曾经跟学生说，如果没有原创性的发现，就做某一问题的研究综述，做学术史的梳理工作。研究沈从文的多，年年都有，前些年我们的研究生几乎每一年都有研究沈从文的，沈从文专题性研究很难突破，那我们就可以写沈从文研究之研究。研究张爱玲的多，那我们就写近十年张爱玲研究述评。研究莫言的多了，那我们就研究一下莫言获奖前后他的作品的一种传播对比和评价对比。所以，选题无处不在。你可以做研究之研究，就叫总结。在此过程中有创新就创新，没有创新就总结，没有总结则不行，因为学术史写作也不能平凡，总结是一种对比评价。所以做学位论文和学术研究，我觉得最重要的就是不能重复。

人文社会科学研究中观点的重复是没有太大的意义，学术贵在创造，贵在创新。创造和创新的关键就是我所强调的要改变我们的思维方式。这涉及现当代文学领域有多少大的问题需要我们探讨。我们的文学史是无比丰富的，而不应该是简单的，否则的话，我们就只有一种文学史。在历史的长河中，包括文学史的发展过程中，历史波涛总是在翻滚中留下痕迹。也许历史的逻辑和历史的过程有时可能不吻合、不一致，这会造成历史的难题，我们会因此感到困惑，但我们要知道，到某一个终点的时候，历史的逻辑与其本身一定要吻合。所以文学史观的改变和对某些学术前提的质疑，就是要寻找逻辑与事实的一种吻合。我们要对文学史中原来脱离事实的逻辑和不符合逻辑的事实重新进行梳理、辨析，建构和完善我们的新文学史观。中国现代文学史写作的重大突破可能就在这里。

特辑：《骏翠的诗》

"如他们所见：我生活得很幸福"

——读《骏翚的诗》

□晏　红①

一、"挣脱某种莫名的束缚"

初读骏翚的诗歌是在他十三年前开设的"八道子"博客上。对这个博客，唐小林在给骏翚的第一本诗集《跪在佛前一万年》写的序中曾专门提及："学生中不断有关于'八道子'博客的传闻，有说得神秘分分的，有说佩服得五体投地的。点开一看，是骏翚的。内容丰富得令人咋舌。栏目10 余个，文章 1000 余篇，点击几近 20 万。心灵碎片、拈花苦笑、栏杆拍遍、管窥天下、流风遗韵……涉及读书、写作、喝茶、旅行、学术、教子，可谓应有尽有，记录下骏翚几年来的心路历程。"正是通过这个博客，我才开始感受到骏翚的诗歌特有的诗心诗性诗情诗意，并对骏翚其人有了更深的了解。

其实早在十五年前，骏翚在川大做博士后，我在川大任教，作为师兄弟，我们便多有往来，不过当时不知骏翚还在写诗，大家的相聚多是酒桌上一起大碗喝酒及借着酒兴酒劲神侃狂歌。能有如此朋友一起率性纵情，堪称人生一快。当时的骏翚满脸络腮胡子，形象彪悍，加上喝酒耿直豪爽，交往中虽说也曾注意到其待人接物细腻的一面，留下的印象终究是豪放粗犷。后来我离开成都，直接的交往自然也就少了，只是时不时听成都朋友介绍骏翚常常外出骑行，但我依然感觉他是豪放一路的做派，直到读其博客中丰富多彩的诗文，在心有戚戚的同时，整个颠覆了我对骏翚既有

---

① 晏红：重庆人，文学博士，四川外国语大学中文系副教授，中国现当代文学专业硕士生导师。

的印象。在这些诗文中，骏骅生命内在的诗心通过其特有的诗性文字如山涧幽泉汩汩流淌，虽多呈现为忧伤惆怅、孤寂凄清的情愫，却并不让人厌倦绝望，而是激发出一种心痛却又情不自禁随其一起沉溺其中不能自拔亦不愿自拔的心灵共鸣。后来，骏骅的这些诗歌结集出版，又读到唐小林为其写的序《永夜漂泊的情圣》，大为感叹。至此，骏骅于我脑海中便完全呈现为一个孤独忧伤却又执着寻觅的"永夜漂泊"的诗人形象。

再读骏骅的现代体诗已是十年之后。《在夜的，你的怀抱里》依然吟咏爱情，骏骅一如既往地在其诗性生命中执着寻觅那种"非常纯粹的、形而上的心灵之域、精神之境"，正应了唐小林十年前所说的"骏骅还在漂泊，而且是永夜的漂泊，作为一个情歌王子"（《永夜漂泊的情圣》）。《秋天的眼》则主要借着秋特有的意象意绪，孤独地言说着其特有的生命之悲凉，如此忧伤，如此寂寞，却又如此动人。尽管骏骅曾专门强调他对于"生命持以悲观主义的理解，而对生活则持乐观主义的态度"，然而流淌在几乎整本诗集中的所谓"悲观主义"的悲凉意绪给我的却是一种生命之美的诗性唤醒，与其说是一种悲观，不如说是风雨江山之外人之情不能自已的生命热爱。《最后的远行》则记录了骏骅这些年行走于东西南北的足迹与心绪。读这些文字，脑海里止不住地浮现他前年骑行西藏的身影。当时我与几位朋友自驾去西藏，本来与骏骅相约在理塘一聚，无奈同行的朋友行程有变，与骏骅擦肩而过，引为憾事。好在通过微信，亦随时与骏骅通过相片和文字有着交流沟通，而我也时时在这些相片与文字中想象着他在"缺氧但不缺少阳光"的崎岖而蜿蜒的山路上骑行的独特体验，真是感觉到一种骏骅在该诗集后记中强调的"悲壮"情怀。《最后的远行》当然不是这次骑行的诗意表达，所谓"悲壮"其实已化而为整部诗集中为"挣脱某种莫名的束缚"而发出的生命咏叹。

二、"求索的星子的叹息"

说到骏骅的爱情诗，我现在依然清晰地记得十多年前看骏骅的博客时，他在博客首页写下的徐志摩致梁启超信中的一句名言："我将于茫茫人海中访我唯一灵魂之伴侣，得之，我幸；不得，我命。如此而已。"以"访我唯一灵魂之伴侣"的名义，骏骅对于爱情的寻觅从一开始便超越世俗而直指生命之本根本然。

　　展读诗集《在夜的，你的怀抱里》，随着那些充满哀怨忧愁的诗性文字走进骏羿诗歌的爱情世界，我亦随之而忧伤缠绵，并在自己的内心真切体验生命本然的爱情。尽管骏羿在其第一本诗集《跪在佛前一万年》的后记中对这种爱情有如下说明："这本集子里的所谓爱情，其实乃如鲁迅所言，只是'为了忘却的记念'罢——所谓记念的意思，不过是把曾有的一些情事做个历史的载录，而主要还在忘却二字。"或许这是骏羿爱情诗写作的初衷，然而这种写作终究成为一种生命的唤醒与开启——既是对曾经记忆的唤醒，也是对生命本然的开启，而一旦开启，爱情的魔力与魅力便如决堤之洪水，只能任由其在自己的生命世界奔腾激荡，爱情遂化而为一种生命之本然本根的自然呈现——这是一种生命之诗！那些充满忧愁忧伤、缠绵哀婉的诗性文字与其说是骏羿生活中"曾有的一些情事做个历史的载录"的爱情表达，不如说是其内在心灵以爱情的形式所拥有的生命韵致的诗性语言应和。

　　当然，生命之诗毕竟不是生活之实，生活中自有其真实的爱情，古今中外的爱情诗也多是对这种真实爱情的诗意表达，然而究其实质这种诗意表达不过是对生命中"访我唯一灵魂之伴侣"的一种现实化而已。读者由此而生发的感动与其说是源于诗中爱情具体附着的真实人物形象，毋宁说是对生命与生俱来的爱情渴望的唤醒与共鸣。"问世间情为何物，直教人生死相许"的感叹便是对这种生命之本然爱情至死不渝追求寻觅的诗性表达，与现实中是否依托于爱情的婚姻和家庭无关。其实，当人们说"婚姻是爱情的坟墓"时，不仅仅是指婚姻家庭柴米油盐的日常琐事可能会埋葬爱情的浪漫热烈，更是指生活之实的沉重让生命之诗的翅膀难以再在心灵的内在世界中飞翔。

　　在此意义上，骏羿在诗的世界中对"唯一灵魂之伴侣"的执着寻觅恰恰是他的一种幸运，这似乎也注定他必然会以诗人的姿态生活在诗意已被世俗挤压得几乎荡然无存的现实世界。这哪儿是"不愿意（或者拒绝）成长"，根本就是对生命本然本根的坚守！对此，我有一种发自内心的羡慕甚至嫉妒，当然更多的是感谢。感谢他那些诗性的文字对我早已被世俗磨砺得近乎麻木的内心的唤醒！于这些诗性文字中，骏羿对爱情的寻觅中感受到的忧伤愁怨、孤独寂寞，乃至因悲哀痛苦而发出的呻吟，自然而然地就具有一种令人心颤心痛的魅力。下面，还是让我们在骏羿的诗行中去吟咏想象并感味其爱情的忧伤寂寞吧。

在诗集第一首《有赠》中，骏羿的爱情便毫无遮掩地直接呈现："我将没有什么能够赠你，我的爱／除了一颗心灵：在二十多个年头里／它已饱经风霜，像曾经肥沃的土地／如今伤痕累累，甚至没有凄凉的叶虫之语／但是，它还有血有肉，有叹息和痛苦的呻吟／在太阳的光辉里还一阵阵痉挛不已／仿佛听到了某种呼唤，那神奇的天籁／看啊，死水泛起了绿漪／我的脸上流下了咸涩的泪水"。爱情无关乎物质层面的世界，甚至并不与现实关联，这是心灵与心灵的交会。面对爱情，惟一可以呈献的只有心灵，因为爱情，心灵纵然伤痕累累，生活之死水依然可以泛起绿漪，而咸涩的泪水流淌出的则是对爱情执着寻觅而饱经风霜、伤痕累累的伤痛忧伤——爱情是一种永远的生命之痛！

爱之寻觅虽充满伤痛，但爱情本身却是一种浪漫和美好。爱的相遇，"让我们走在一起，我的爱／去到那花园的水池边，相偎相依／在清澈的水里、繁茂的叶面上／那些纯洁的花朵闭上了她们的眼眸／因欢乐、幸福而歇息了的——／在轻纱般柔和、恬然的水雾里／听吧，这些娇弱的婴孩吐出了吃语／正像我们的心，多么幸福又有些不安"（《让我们走在一起》）。

只是走在一起的幸福并不能遮蔽或者忘却追寻爱情而带来的疲惫忧伤，"那么，你可能想象，我的爱人：／我的头颅蓬松而且疲惫，带着伤／如今落进你的怀抱，你的馥郁的气息里／就像飞翔的鸟儿的坠落／就像求索的星子的叹息"（《在夜的，你的怀抱里》）。

更让人伤感的是，生命之本然的爱情如梦如幻，并没有一纸婚约可以将其牢牢固定，"你将别矣，归去：爱人／从黄昏的萋萋幽径，我们曾徘徊／从旧园秋虫病吟的一隅，我们曾依偎／从有风或无风的夜晚，你听我低息／你将别矣，归去：我的爱人／剩我于寒窗危楼独坐／剩我于寂寞愁苦中慢吟唐诗宋词／'寻寻觅觅，冷冷清清——'／'几回魂梦与君同。'／如拨灯花于古典的西屋／一边听了风在吼，雨在瓢泼"（《赠》）。

尽管如此，生命需要爱情，而永夜漂泊则成为一种宿命！

三、"面对秋天，面对这个世界"

不知从什么时候开始，一句"生活中不仅有苟且，而且还有诗与远方"风靡大江南北。在现实生活中，人们一方面为着各种功名利禄理直气壮地苟且甚至扭曲，另一方面却又如蝗虫般坦然地追逐着"诗与远方"。

"苟且"与"诗意"就这样混杂成我们大多数人的生活方式，形成当今消费社会的一大奇观。与此同时，各种"诗词秀"亦大行其道，"诗词达人""诗词英雄"被不断制造出来并成为人们追慕的偶像，而一些专家学者也以诗歌的名义煞有介事地在镜头前或慷慨激昂或柔情缠绵地言说着诗意诗情，好似在这样的表演秀中，诗情诗意便洒满大地，而诗心就在那一颗颗苟且之心中蓬勃绽放。其实，在这样的语境中，"诗歌"已然成为一个巨大的黑洞，它不仅不创造并呈现诗意诗情，恰恰相反，它用它斑斓巨口吞噬着生命之本然的诗心。而"骏羿与诸如此类的诗歌码头没有关系，与今天的中文系、文学院、写作教研室没有关系，他的诗只来自生命内部"（唐小林《诗不能总是完美的罪行》）。可以说，"苟且"与真正的"诗与远方"是一对天然的死敌，惟有不苟且，始有诗心。有诗心，诗与远方才成为可能。

所谓诗心，本与生俱来，源于生命之内在心灵，正如况周颐所言之词心："吾听风雨，吾览江山，常觉风雨江山外有万不得已者在。此万不得已者，即词心也。"而真正的诗歌，亦如其所言："能以吾言写吾心，即吾词也。"（《蕙风词话》）人禀七情，应物斯感，感物吟志，莫非自然。自古以来，天地万物，四时轮转，春夏秋冬以其各具特色的形神风貌，不仅在人的生命中定格为永恒的记忆，而且通过对由此而自然生发的生命内在韵致的语言应和编织成无数美好诗篇，正所谓"春风春鸟，秋月秋蝉，夏云暑雨，冬月祁寒，斯四候之感诸诗者也"。无论人类社会有着怎样的发展变化，来自大自然的诗意都将永久存留于生命的深处，并不断地召唤着我们对生命的热爱与憧憬。当然，这种憧憬有时呈现为激情洋溢，有时却又是哀婉惆怅。激情也好，哀婉也罢，终归是一种超越于现实功利而直指生命本心的诗意呈现与心灵唤醒。骏羿的诗集《秋天的眼》和《最后的远行》在其特有的诗性文字中流淌着的正是这种源于诗心的生命之悲凉与悲壮。

秋天是无数骚人墨客吟咏的永恒母题。他们或于硕硕秋实中展现秋天的丰收与喜悦，或于秋风秋雨里咀嚼秋天的哀愁与幽怨，或于层林尽染间感慨秋天的绚烂与浪漫，千姿百态的秋天应和着生命的丰富多彩与酸甜苦辣，既让人赏心悦目，也令人唏嘘感喟。骏羿在诗集《秋天的眼》的后记中明确表示："自然之节序中，我最钟爱的，乃是秋季……这本书，不管是直接写秋天的，还是看似没有写秋天的，其实，都不无带有一份或浓或淡、或深或浅的秋的意绪、秋的悲凉。"可以说，秋的意绪秋的悲凉就是骏騑吟咏秋天的诗心。在此意义上，骏騑以真正的诗人形象站在秋天的风中，以秋天之眼面对秋天，也面对这个世界："田野里燃烧的火光是秋天的眼么／那些衰竭着生命的青黄灿烂的树叶呢／那一潭水呵，冷浸浸地映着秋天的风景／该是秋天的明澈而寂寞的瞳子了"（《秋天的眼》）。而"站在秋天的风中：／仿佛一棵树，一棵／所有的树叶的光秃秃的树／这使我毫无隐藏和躲闪地／面对秋天，面对这个世界"（《站立在秋天的风中》）。

悲凉的诗心注定秋天的眼看见的是秋叶的枯黄凋落，这种秋之意绪必然呈现为生命挥之不去的孤寂："或又是一片枯叶、一点微尘／在狂风中飘，不由自己——／声音，只有声音了／我茫然四顾：天地都冥冥无语／遗一个可怜的患者，如尘，如叶。"（《孤寂》）

当骏騑的诗心化而为生命的孤寂后，秋天的眼甚至可以穿越季节，在本应萌发蓬勃生机的春天，依然看见憔悴破损的落叶："我看得见繁茂的春树底下的／那片落叶：斑驳、憔悴的颜色／破损的叶片，在繁茂的春树下／如此惹人怜惜，如同衰老了的／行者，再也迈不动前行的步伐／徒然望着远方，而木立无语。"（《我看得见……》）

尽管如此，作为诗人，骏騑其实是幸运的，他不仅可以在诗的世界通过对"唯一灵魂之伴侣"的执着寻觅让自己真切感受充满诗意的生命之本然，而且可以在身体和灵魂的远行中，既感味生命之孤寂的诗意情愫，又抵御孤寂对自己的吞噬并挥洒生命醉意："秋天，我们将远行，／将长久告别，踏上漂泊之路／如同无家可归……／我们将在一片彩林里／翩跹起舞，如转动一只酒杯／亮出生命悲凉的底子／一边把醉意挥洒。"（《秋天，我们将远行……》）

生命之诗固然不是生活之实，生活之实却是我们没有办法与生命相剥离的具体存在。在骏騑的生活中，他对于生命的悲观意绪在以诗性文字呈现为忧愁悲伤的同时，也需要一种超越于现实功名利禄的不苟且的消解，远行便自然而然地成为他的选择，正如其所言："为了消解这般的愁苦，我不能不寻找一种具体的、现实的途径，那就是行万里路；于是，广大的天地，无尽的自然山水，成了舒泄与消释这沉沉块垒之所；于是，我必须让自己不停地行走着。"（《最后的远行·后记》）对骏騑而言，远行已然成为其具体的存在方式。不过，需要指出的是，作为生活之实的远行终究不是生命之诗中的远行。当骏騑以其诗心言说远行时，本是为了消解愁苦的远行，依然不能不染上寂寞、苍凉与悲伤的色彩："但我只有沉默，愈发感到孤独/如同这几千年风雨中仍然独立的风景一样/但有谁能体味它的寂寞、苍凉与悲伤/有谁听懂了它的悠久的叹息，像阳光下/那广大的阴影一样幽深而无处不在？"（《古罗马竞技场》）

尽管如此，远行毕竟让骏羿在行万里路中，于爱情之外，让心灵的寻觅可以有不同的指向。面对黄果树瀑布的神奇壮观，蕴含秋之悲凉的"秋天之眼"便化为专注的倾听："比如我的眼睛，终于从绚烂迷离中/解脱出来，变得空洞而虚无/于是我得以专注地开始倾听/得以在巨大的震撼中，关注唯一/进入唯一之境——"（《倾听：黄果树瀑布》）

与那些建立在生活中的苟且基础上的"诗与远方"不同，骏羿的诗与远行拒绝众声喧嚣的虚假狂欢："在众声喧嚣里的/歌唱是可耻的/在人潮汹涌里的/挥舞同样不堪/那末，不如沉默/像先生一样地沉默/严肃、冷漠/如同一块拒绝融化的/冰，一坨沉重、浓黑的/阴影——"（《写在绍兴鲁迅故里》）

拒绝融化其实就是拒绝被世俗同化。对生命本然之爱情的执着寻觅是一种拒绝——这注定骏羿将永夜漂泊；不停的远行依然是一种拒绝——这意味着远行将永不停息！基于此，所谓"最后的远行"在骏羿的诗歌中便定格为一种永远甚至永恒的面对这个世界的悲壮姿态："如他们所见：我生活得很幸福。"（《最后的远行》）

行文至此，在我对骏羿诗歌的阅读中，骏羿的"最后"已然定格，而我在这篇小文的最后却情不自禁地生发出一种期望，愿骏羿的生命之诗与生活之实："在风沙和阳光下/就像一朵花、一粒种子/砰然炸开/绚烂又张扬。"（《鸣沙山上》）

在这个时代，我们为什么还需要诗？

□范　锐[①]

一、我们是否需要诗学？

从亚里士多德写出《诗学》开始，诗学本身就一直面临合法性危机（亚里士多德时代的"诗"其实就是文学，因为那时的作品几乎都是诗体，所以"诗学"就是文学理论。只是本文谈的是诗，所以仍然使用"诗学"这一概念）。

所谓诗学的合法性危机，可以简单解释如下：任何诗歌理论（包括诗歌评论，下同）都无非在回答这三个问题：某首（某些）诗好不好？好诗好在哪里？好诗应该是什么样的？

过去的情况就不说了，在当今这个每个人都有话语权的网络时代，对上述三个问题可以有如下三个回答：您说好就好吗？我自己知道！您管得着吗？！

正如网络时代的作家不需要作协认证一样，这个时代的诗学家（包括诗评家，下同）也不需要任何机构认证，每个人都是自己的诗学家。因此，对"好诗"我们可以做如下定义：至少有一个人认为好的诗。

这一现实极大地威胁到诗学家们的行业利益，因此他们不断强调一个现实：世界上存在着海量的烂诗。

这确乎是一个事实，甚至情况还远比诗学家们所强调的严重：因为他们当作好诗来评论的，往往还是烂诗。

烂诗存在，但却不应该存在于世，这一共识是诗学合法性的最大

---

① 范锐：四川师范大学文学院讲师，主要从事比较文学研究，采用双语教学，深受学生喜爱。

曙光。

为了巩固这一阵地，诗学家们发明了繁多的术语、分类方法和学派，如"功能系统""对位模式""客观对应物""节奏型冲动""自律化解撤""结构主义诗学""生态批评""比较诗学""中西比较诗学"（以及可以推衍出的南北比较诗学、川渝比较诗学、锦江武侯比较诗学等）。

对上述行为可做如下形容：当你要进入一道门的时候，以前你需要拧开门把手，而现在你就需要了解门的 12 种叫法、锁的 36 个部件以及史上 108 个名人对开门的论述，然后你再拧开门把手。像这样多拧几次之后，你就可能获得一些荣誉；而未经上述手续直接去拧门把手的将被视为缺乏学术性，并在绩效考核中被扣分。

上述现象产生了如下两个后果：

第一，拧开门把手的权力成为一种稀缺资源，年轻人需要背熟时事政治和通过外语考试才有可能获得这种权力，一旦获得之后倍加珍惜，再也不会想到去质疑其合法性。

第二，拧开门把手的过程之复杂使得房间的好坏变得无足轻重。如果回到诗学来表述这一意思，那就是经过"功能系统""对位模式""客观对应物""节奏型冲动"等分析后，任何烂诗都可能变得意义十足。

当然，反过来说，任何好诗都可以被分析得和烂诗毫无区别。

与此同时，这个世界上存在烂诗的问题并未解决。因此有必要对前述的好诗的定义进行修正：好诗是有鉴赏力的读者认为好的诗。

不用说，这一定义又严重缺乏学术性，因为"鉴赏力"的定义和形成都是问题。

但恰恰是这一缺乏学术性的定义为诗学的合法性带来另一抹曙光：虽然在"某诗是不是好诗"和"好诗应该是怎样的"这两个问题上当代诗学仍然可能遭受当代读者的粗暴对待，但如果诗学本身不那么无聊的话，它本可以对"某诗为什么是好诗"这一问题的解答作出贡献。

也就是说，我们还是需要诗学的，前提是它不那么无聊。

二、我们是否需要诗？

对亚里士多德我们还是要一分为二地看：他说的也不全是废话。例如他这样解释诗的起源："摹仿出于我们的天性，而音调感和节奏感

（至于'韵文'则显然是节奏的段落）也是出于我们的天性，起初那些天生最富于这种资质的人，使它一步步发展，后来就由临时口占而作出了诗歌。"①

这段话的价值首先是使本文终于有了一段引文，使我有机会对"表达自己观点时必须引用他人观点"这一奇怪风俗表示尊重。虽然在我看来这种风俗就像缅甸某些部落在女人脖子上套上十几个金属圈以示美丽一样难以理解，但既然是文化多元的时代，我们也不妨为后世把诗学家一族当作人类学研究题材留下可能。

这段话的第二个价值是说明了诗歌的来历。其实这种说明存在一个逻辑错误：亚里士多德只关注"那些天生最富于这种资质的人"，好像有了这些人就有了诗，但真相是：如果没有那些喜欢欣赏"音调感和节奏感"的人作为消费者，哪怕有再多富于资质的人，诗歌也不可能成为一种行当。

也就是说，亚里士多德和他那些诗学家继承者们一样，只关注创作者，未关注消费者；只知有诗人，不知有读者。没有读者的需求，有再多天才诗人都没用。

所以，诗歌之所以产生并以行业的形式延续至今，确乎是因为"音调感和节奏感"，但不是因为有人唱，而是因为有人听。

顺便说一句，前文的"读者"的准确表述应为"听众"，因为最初的诗，确乎是用来听的。《奥德赛》中扮相酷似传说中的荷马本人的盲诗人德摩多科是用他的演唱打动奥德修斯的，最早的古希腊悲剧舞台上除了歌队只有一位演员，抒情诗（Lyric Poetry）得名于伴奏的七弦琴（Lyre）。不管中世纪的欧洲诗人们被称为"特鲁巴多"（Troubadour）还是"特鲁维尔"（Trouvere），对这些概念的中文翻译都来自一个更为准确的日耳曼称呼：行吟歌手（Minnesinger）。

因此，诗人其实是歌手的分支或变种。人们经常说"好的歌词就是诗"，但事实上这话应该反过来说：好的诗可以当歌词。按照中国式的建构，诗人们不应该被划到作家协会而该去音乐家协会，组成"音乐家协会诗人分会"。

为了满足消费者对"音调感和节奏感"的需求，诗人们设计出了复杂

---

① 伍蠡甫：《西方文论选》，上海：上海译文出版社，1988年，第54页。

的格律，这一方面维护了这一行业的门槛，避免了业余者大量进入而冲乱市场，另一方面也维护了读者（如前所说，更准确的称呼是听众）们的趣味标准。但格律和服装以及礼仪一样，不可避免地走上越来越简单的通道，越来越仅仅体现为对其中最易于识别的一点即韵脚的执着。不可否认，这在很多诗人那里会演变成灾难。

一位被其遗孀固执地称为"行吟诗人"的作家王小波，曾提到过一段普希金《青铜骑士》的译文：

> 我爱你彼得的营造
> 我爱你庄严的外貌……

这种翻译被王小波形容为"带有二人转的调子"①。此语虽然显得对民间诗歌不够尊重，但体现了"有鉴赏力的读者"的重要性。

这一例子说明，格律，就像文学创作中的其他规则一样，应该是用来打破而不是谨守的。事实上，诗歌行业的历史就是增大创作自由和降低创作难度的历史。克里斯托弗·马娄和威廉·莎士比亚使用的没有韵脚的"素体诗"（Blank verse）大获成功，等到瓦尔特·惠特曼使"自由体"（Free verse）大行其道，写诗业终于无法阻止大量熟练掌握提行技巧的人群进入了。进入 IT 时代之后，这一技巧则可以通过回车键更为方便地实现。

为了抵消废除格律的负面影响，抵抗越来越多的业余者的入侵，诗人们开始在另外的方面加大诗歌写作的难度，例如像《荒原》那样使内容变得极其复杂与晦涩，乃至于不管它是以韵文还是散文的形式出现，读者都必须以对待论文的态度去解读，而且往往需要诗学家的帮助。诗学家迎来了又一个春天：在回答前文所述三个问题之外，他们有了另一个看上去更为合法的功能：解释某诗到底在说什么。

诗终于偏离了自己的初衷，演变成不断提行的散文、故事或哲学论文。在这个意义上，我们可以为诗作出如下定义：诗是最大限度地偏离了自己的一种文体。

如果按照诗人的习惯，我们可以借用尼采的著名句式：诗歌已死。这一句式被广泛地运用于各个领域，乃至于这世上几乎没有活着的东西了，

---

① 王小波：《青铜时代》，广州：花城出版社，1997 年，第 3 页。

但看上去它用于诗歌是相当合适的。

奇怪的是，与此同时，这个时代的人们却比任何时候都更热切地呼唤诗。"诗和远方"一再作为理想目标被提及，如果去不了远方，人们就要求"把日子过成诗"。成千上万的人因为"这个世界不能没有诗"而加入了写诗的队伍，并成功地使这个世界离诗更远了。

一种可能的解释是：这个时代需要的不是诗，而是诗意。例如，前文提到王小波被称为"行吟诗人"，而有人指出他一生中只写过两行诗，但笔者认可王小波因为"诗意"而被看作诗人。在这个例子中，诗意说似乎是成立的。但这个例子恰恰说明诗意不需要诗句作为支撑。因此，诗意说未能解释这一点：既然诗的形式并不重要，那人们为何还热衷于把散文不断分行？难道诗意可以由回车键赋予？

而这个疑问恰恰包含着答案。对"诗句"可以有广义和狭义上的理解。广义上，它是对整首诗的代称；而狭义上，它就指"诗中的一行句子"。"诗意不需要诗句"的准确表述应该是"诗意不需要整首的诗"，但却需要作为诗的句子。

所以，王小波其实不是只写过两行诗，他写过无数行，例如"我在荒岛上迎接黎明"，例如"一只特立独行的猪"，例如"人活在世上，就是为了忍受摧残"。

所以，王小波被称为诗人实至名归，只不过他的诗句隐藏在整段的小说文本中。在这个时代我们需要的不是诗，而是诗句，它可以存在于任何地方，只是需要我们去把它们找出来。即使它们本身就存在于某首诗中，仍然需要被找出来。

综上，对诗而言，重要的不是诗人写了什么，而是读者需要什么。如果一首诗不能被唱出来，那它就不被需要。读者对诗的需要，已经演化为对一两个或两三个句子的需要。

简单地说，诗歌也许未死，但已经分解了。

或者换句话说：在这个时代我们之所以还需要诗，只是因为我们需要好的句子。

而诗学，如果不想显得太无聊的话，就只剩下一件事好做：找出好的句子，并解释它们。

三、论一些好的句子

以上两个部分其实只是一个啰唆的开场白。因为笔者要按自己的方式写一篇诗评,不得不从头说明为什么要这样写。

如前所述,在这个时代我们需要的不是诗,而是好的句子。几乎所有人都知道"面朝大海,春暖花开",但还知道这首诗中其他句子的人数就大为减少;知道"黑夜给了我黑色的眼睛,我却用它寻找光明"的人也不少,但首先笔者自己就不知道该诗中的其他句子。

道理很简单:我们只需要我们需要的句子。至于其他句子,唯一的作用就是引导作者写出我们需要的句子。

至于整首诗的布局、起承转合、哲学沉思、死亡意象、色彩、原型等等,都跟读者无关,甚至跟作者也无关,只跟诗学家们有关。它们对诗而言毫无意义。

所以现在终于可以名正言顺地进入正题:评张骏犟先生的诗集《秋天的眼》。

张骏犟先生同时出版了三本诗集,笔者选择这一本是因为读的时候它恰好放在最上面。然后笔者仔细读完了这本诗集中的每一首诗,从中挑出了 24 个好句子。

这本诗集至少有 5 万字,近百首,上千行,只有 24 个好句子,却并非不成功的纪录。即使莎士比亚的诗也不都是好句子,有些诗鼎鼎大名,如舒婷的《致橡树》,但没有一个句子能让我记住。

现在我的任务其实只剩下把我挑选的那些句子罗列出来。如果说要加一些评论的话,那么我会小心控制自己的表达欲,因为如前所述,在这个时代,任何评论都有可能招致读者的粗暴回应:"用得着你来教我吗?"重要的是,这种回应是合理的。

试罗列及评论如下:

薄暮时的巷子是没有尽头的——《薄暮的巷子》

任何巷子都该有尽头,但薄暮代表着已经过去的白天,或者说无数个已经过去的白天,被沉淀下来,随后将是黑夜,而黑夜也是没有尽头的。

静寂的月地里是谁在赶路?

这是一个题目，其价值超过了整首诗。这个问句可以有无数种答案，但每个答案都免不了孤独与忧伤。

> 而道路，像血痕一样蔓延而去——《致书德》

道路如同血痕，缓慢延伸，走在上面的每一步都充满痛苦。

> 我爱黑夜
> 像爱我的死去的情人——《黑夜颂歌》

为什么是死去的情人？因为她安静，伸手可及而又无法触碰。

> 你所留下，我所面对——《悼彭勇》

不错，对所有被怀念的死者我们都可以这样说，死者对我们意义就是如此。

> 就像一只华丽得不能自已的
> 蝴蝶，在虚无的骄傲中
> 被一脚踏碎，归于冷尘中去——《写在教师节》

事实上这个句子尚有瑕疵。放在整首诗中它是协调的，但整首诗对读者没有意义。为了表现被击垮的虚幻自尊，只需要 11 个字：蝴蝶在骄傲中被一脚踏碎。

> 我与女友相互道别：沿着熙攘的行人
> 涌过的路线——如此曲折蜿蜒
> 像浪漫的海岸线，像湿漉漉的蜗牛
> 爬过而留下的痕迹——《下午茶》

这个句子和上一个句子的问题类似。分手是忧伤的，但没有人会对诗人的忧伤感兴趣，人们只关注自己的忧伤能不能被诗人表达出来。对感情的痕迹的精彩描述一定程度上被完成整次事件的描述的努力影响了。

> 那一大束塑料鲜花，倏尔散发出来
> 春天的气息——《星巴克》

塑料花也能带来春天，因为整个世界都是塑料的。

> 我看见她的笑容，如同悲伤
> 一样弥漫——《婚礼》

婚礼对主角而言往往是悲伤的开端，对旁观者而言，则可能是悲伤的高潮。

> 慢慢绽放，又慢慢凋谢
> 如同醉人的隐痛——《致 YJ》

隐痛有花和酒的特质，因此也就具有美好的特质。以审美的态度对待生命就能获得这种效果。

> 是谁，在此刻正向我凝望
> 并轻轻地发出了一声叹息——《春日傍晚闻人吹笛有感》

全诗有一个中国古体诗风格的标题，而最后这个句子包含着一整个以"我"为主人公的爱情故事。从字面上看，既然"我"知道有人在望我，也就应该知道那是谁，但事实上这一瞬间只是一个想象，也就是说，它可以随时出现而构成我们生活中的美好。

> 让我在鸟儿的喧闹声中继续入睡——《让我在鸟儿的喧闹声中……》

对"春眠不觉晓，处处闻啼鸟"的现代化翻译，鸟儿的喧闹意味着安宁的日子，"继续"二字说明已醒过，能继续入睡，说明人生中难得的幸福。

> 像尘灰一样广大——《人の老》

尘灰本是细小之物，但无处不在，笼罩范围巨大。这一形容因此具备普遍意义。

> 我听到了鸟儿猛烈拍打翅膀的声音
> 抬起头来，却不见鸟儿的踪迹——《偶然作》

每个人都可能遇到这一瞬间，甚至那种声音就可能是由时间发出的。

> 末了，才听见有人远远地说，再见——《再见》

远远地说再见，一定是说得很纠结，甚至这个远远可能是时间的概念，那就有可能包含了半生的痛楚。

> 夜又
> 从何处开头？——《十月》

既然从何处开头成了疑问，那么这个"夜"就可能是所有黑色的东西。

> 如同由此，我就能离开大地，
> 进入夜晚……——《荒园》

夜晚和大地本不是相对的概念，离开大地可能是脱离根基，也可能是开始飞升，而夜晚可能是悲戚的，也可能是温暖的。

> 然后，我就会低低呼唤
> 一个名字，看着它
> 像一株植物，在雨夜里
> 慢慢生根，缓缓生长，直到成为
> 一棵树，获得树的命名——《夜雨》

如同前述的类似情况，这一句可以简化如下并获得更普遍的意义：我低低呼唤一个名字，如同看着一株植物在雨夜，获得树的命名。

> 它静静潜伏
> 冷眼看我们一个一个走过，
> 走过，而不再回来——《薰衣草丛中的一只猫》

冷峻的诗句，涵盖了整个人生。

> 你一谈笑，我就灰飞烟灭。——《霸王别姬》

这是关于霸王别姬的故事的最好的诗句之一，但更为可贵的是它适用于一切正在演出和用于演出的爱情故事。

> 两只黑猫一起歌唱
> 河水因之而暴涨不已
>
> 两只黑猫歌唱
> 撑爆了整个夜晚——《夜》

同一首诗中很难得地出现了两个精彩的句子。前一句后接"而使它们阻隔得愈发遥远"，后一句后接"而直指春天"，而这两个接续都破坏了之前的精彩。黑猫如情人和歌手，它们的歌唱具有神奇的力量，这种句子已经足够好，不必再加上哲理性或者引入春天的主题。

那告诉我，还有多少个三月

可供我们轻易挥霍？——《三月》

笔者本人对这一句怀有特殊感情，因为笔者笔下曾有一个叫三月的美好形象。事实上这一句的精彩就在于以"三月"代表美好而珍贵的日子。

我的孤独，它像溺水者那样挥动着臂膀——《夜半雷雨声中》

孤独似乎本是该溺死的东西，但诗人让它拼命挣扎，不愿失去它，而它在挣扎之中彰显着自己顽强的存在。

生命的救赎

——读骏犟诗集《最后的远行》

□ 刘飞滨[①]

　　《最后的远行》是骏犟兄近二十年前所写的一首诗的题目，如今用作他的新诗集名，收录了他近三十年来走向"远方"的一百多首诗歌。关于这些诗歌的写作，骏犟兄在诗集的后记中说："（这首诗）当时想要传达的是准备做出的跟现实的妥协，却又有一种强烈的不甘不愿，因此，特用'最后'二字，实含有了一种不无'悲壮'的情怀。但至于今日，这种'悲壮'已不仅仅是当时的特殊体验，而成了我对生命的一种整体感受。我想来以为，我对生命持以悲观主义的理解，而对生活则持乐观主义的态度。……于是，为了消解这般的愁苦，我不能不寻找一种具体的、现实的途径，那就是行万里路；于是，广大的天地，无尽的自然山水，成了舒泻与消释这沉沉块垒之所；于是，我必须让自己不停地行走着，也由此而得以至于各个'远方'，同时记录下来行走中的点点滴滴，而汇集成为这本书中的文字。"这段话道出了骏犟兄之所以不断走向"远方"及这部诗集产生的根本原因。在我看来，骏犟兄用诗歌记录他消解生命愁苦的历程，实则也是他一次次生命救赎的书写。

一、"远方"的煎熬

　　因为痛苦，所以救赎。故而，救赎从对痛苦的经受开始。骏犟兄的痛苦，最突出地表现为喧嚣、扰攘的现代社会的躁动和冰冷对他的灵魂的冲击和折磨，人性中的庸俗、贪婪、欲望、冰冷、残酷等构成生命假象的东

---

① 刘飞滨：四川师范大学美术学院书法学院副教授。

西对他的深深刺痛。在他的诗歌中，他的现代生活中的忧伤、悲痛、绝望，乃至无痛之痛的虚妄便是明证。

在浣花溪，骏羿兄说："看吧，成都，越来越大/像一个急速膨胀的，危险的/气球：虚空是它的/主人，暴发户般张狂/而轻浮，令悲哀与绝望/也无家可归""成都，一座不夜城/白昼般永远宣示着它的胜利、失败、/赤裸裸的欲望，/如此稠浊地充斥，让人手足/无措——"他感到"车马喧嚣的人境/无聊地扩张着它惨白失色的/鱼尾纹，至于历史/和沧桑，朝露般被几百万张吐着热气的/嘴，一起风干殆净"（《浣花溪之夜》）。在骏羿兄眼里，现在的成都是膨胀、虚空、张狂、轻浮、喧嚣、欲望、稠浊……而往日成都的文明正在被越来强大的物质和欲望所淹没。于是，他痛苦地发出了呐喊。然而，留给他的只是痛苦，以及随之而来的绝望和虚妄。走在人民南路，他看着这座"越来越巨大的城市""越来越坚硬、冰冷的世界"，不由得不安和忧伤起来，因为这里充斥着灰尘、噪声和气浪。他看到那葱茏、繁密、欣欣向荣的竹林，都感到忧伤和迷惘。进而，他觉得自己犹如一粒灰尘、一道气浪，被现代都市所遗弃，以至于他要无奈地告别这座城市，"直到虚无之所"（《走在人民南路：现在及将来》）。来到天府广场，他感觉"置身广大、华丽的形式之中/如沧海一粟/如同众生"，完全感受不到生命的鲜活存在。他痛苦地感到，一切都"迷离、恍惚/如一则梦/如虚无本身"（《天府广场》）。在锦江边，他感觉"那些建筑，那些来去匆匆的人群/多么短暂，多么渺小"。锦江的水流上所看到的都是树叶、菜根、一两页纸片及某人腐烂尸体悲恸的叹息和绝望之眼。以至于，"他要以鱼的名义/悠游地步于沉缓的水底"（《在锦江岸边》）。在成都地铁 1 号线的列车上，他"偶尔抓住真实的手/再度开始虚化、融入恍惚而暧昧的现实"（《成都地铁 1 号线》）。在北京，骏羿兄看见"快乐是多么容易/就被抹去，而悲伤/也只剩下干枯的痕迹""生命的苦瓜般的脸/不停地变换形状，使/一切表情都成为过往云烟/而所谓思想，连一瞬间/也无法在此立足"（《北京西站》）。在上海，他深切道："上海的夜晚总是如此忧伤/如同一睁眼，便能看到清亮的/月光，把忧伤弥漫/到广大的海面/到漫长、曲折的路上"（《上海的夜晚》）。如此等等，成为骏羿兄诗歌中普遍的情感状态。绝望是痛苦，虚妄更是一种无痛之痛，不易觉察，却已弥漫。

虚妄让心灵失去了方向，于是孤寂。骏羿兄在"远方"路上的孤寂时时可见。在简阳，骏犟兄说："这是在简阳：如同一个异地/我被谁遗弃在这里，在昏灯下/在热闹而冷清的街角/如一片落叶，缓缓而滞重地/从未知的冥冥中飘下/如一张废弃了的纸片，从哪扇窗下/从哪双眸里，哪只手中，漠漠飘来：上面的字迹，还有谁能辨认/如'我爱你'，'今夜我如此寂寞'/如'我的思念漫长、广大如黑夜'——""这是在简阳，一座荒凉的城市/我被谁遗弃在此：/如一个归客/站在熟悉而陌生的街头/惶惶不安，手足无措，如一片落叶/一张写着模糊字迹的纸片/飘飞，飘飞在黑夜之中——"（《简阳行事》）看到上海的雪，骏犟兄说："'给你一个孤独的理由……'，雪说着，/'或者，让你更加/孤独，深入其中。'/如同上帝，与孤独/同一：他遂能无处/不在，而真正像上帝/不是像一只蜘蛛/瞧，那只瘦削的蜘蛛/自缚于严密而荒凉的/网中，徘徊着，多么无奈、/无聊，犹豫不决……"（《上海的雪》）在马尔康，骏犟兄说："今夜，我彳亍在马尔康/像个两手空空的流浪汉/除了梭磨河的呜咽/除了天上繁星的忧伤"（《今夜，在马尔康……》）。在栗子坪，骏犟兄听着河流的流淌声，说："而我来自外乡/带着漂泊的倦怠与茫然/听着它的歌/却做一个无关的梦/如被弃的泡沫"（《夜宿栗子坪》）。在国外，骏犟兄的孤寂依然挥之不去。如在下龙湾，他说："'我相信夜晚'/可下龙湾的夜呢/如密集的石头一样坚硬、潮湿而冰冷/如一排排木棉树上长满的刺一样/沉默地拒绝我的走近/就像颊边的泪水滑落去了/而不留一丝痕迹/而暧昧呢，摇摆在寂寞的夜里/发出刺耳的吱吱之声——/如同那幽幽、幽幽的/叹息，响彻自心底/说，无论在何时、何地/我都是一个陌生、陌生的/异乡人"（《下龙湾的夜》）。心灵没有了方向，便对眼前的世界没有了认同，没有了认同折磨就无处不在，骏犟兄就是这样行走在孤寂的"远方"。

骏犟兄是茫然的，他不时在问："自此以后，我是否还能歌唱/自此以往，我将去向何方"（《上里水车》）。"我想我还不够坚决/还有些犹疑，以至动摇""我要汲取的究竟是什么样的力量？""——让我更坚决，更义无反顾吧/让我唱一首坚定的歌/比离别更彻底/比雅砻江更急，更永久……"（《濯足雅砻江》）"如果我逃亡，从喧嚣的/白昼，和拥挤不堪的城市/我能够逃向哪里？"（《白果林》）想要挣脱，却又不知该走向何方，这实在是一种煎熬。

骏犟兄如同天地间的一个过客，从一个地方到另一个地方，再到一个新的地方。他不断地转身，不断奋力地突围："且又如山上的/一棵小草，一根枝桠/或者一片树叶，任了阳光和风/而不做无谓的挣扎。""我来到、抵达/然后，我又很快离开——"(《跑马山上，致》)"但我要走了，如同这宁静"(《有关凤凰古镇……》)。每一次转身都是一次心的颤抖。

骏羊兄的痛郁积于心，在岁月的推移中越积越厚。"给我光！给我光！"(《灵岩寺之夜》)他是那么疲惫，又是那样强烈渴望着。有时，他心中所郁积的痛会不可遏制地爆发，让他沸腾、燃烧，让他似乎能够看到世界的空虚之底。在吐鲁番火焰山前，他呐喊："为了我足够的沧桑、衰老/我来到火焰山，进入/火的中心，成为/火的一分子：如同，我/由此得到洗礼和祝福/由此而挥舞两臂如红柳枝/顽强，坚韧，不离不弃""跋涉几千里，风尘/仆仆，我来到火焰山/仿佛一份年轻而卑微的牺牲/我睁大眼睛/看自己负累的身体/层层剥落，洁净如婴儿——"(《吐鲁番火焰山》)在日本西山火山前，他呐喊："……于是，成为一滴泪/在半空中，绽放，或爆炸/开来，如同璀璨得幸福的花儿/令人不由得眯缝起眼睛/呵，世界倏地被打开/真正的打开：广大，充分，/舒展，就像大大地伸一下懒腰/便把自己从杂乱的书本堆里/从喧嚣的人群和汗水、/灰尘中间，解脱、超越了"(《在日本西山火山》)。这是一声声赤子的呐喊，一种洪荒之力下的仰天高呼！痛快的释放，可让生命之重片刻间消解，但这样的释放毕竟只是几个有限的瞬间。

二、彼岸之光

救赎是艰难的，似乎没有彼岸，然而骏羊兄又分明让我们看到了希望。因为在他身上，时时流动着一种对大千世界的悲悯之情。他让我们看到，骏羊兄不时地在穿透着黑暗的障壁，向着本然的生命靠近。

在紫龙山的夜晚，一座藏家小屋，在骏羊兄的眼中，"如同手中端紧的一只碗/盛满了醉人的酥油酒/以及俗世的幸福/与忧伤……"(《紫龙山之夜》)让他不忍打扰。在凉山火把节上，骏羊兄"点燃，并舞起一把苦蒿/向你——冥冥中的主人/献礼，致敬！"(《凉山火把节》)随后，他又急遽离去，生怕自己的存在破坏了这个顶礼神明的盛大典礼。在映秀镇，他望着深沉的夜祈祷："让我重新听到歌声/自夜的深处缓缓响起/那么喧嚣，热情/仿佛白日降临，花朵绽放……"(《映秀镇之夜》)在伍须村，他觉得"松林，酸涩的红果，/宁静的木屋，/哗哗歌唱的辞秋河，/蜿蜒深入的小路……"（《伍须村》）如同咒语一般，让他无法释去这一份爱恋。在东大寺，他觉得那里的一些鹿"就像一个散步的老人"（《东大寺的鹿》）。

悲悯是一道灵光，它能让人在浑浊中看到清澈，在喧嚷中感受到宁静；它让骏羿兄不时地触摸到一些生命的本真。面对苏州虎丘试剑石，骏羿兄看到："其实，这跟一把剑无关/跟专制、苛政和暴君，/以及一场时尚的快意恩仇的/故事，统统无关/也跟这块最坚强的石头/脸上那道狭长、深刻的伤口无关——"（《苏州虎丘试剑石》）并深切地痛于那种所谓的传说。在嘉峪关，骏羿兄看到：历史"如此沉默无声地/融入我的血液里，我的骨骼，/成为我的生命的印记"（《嘉峪关》）。在敦煌石窟，骏羿兄看到：正是佛所呵出的气息，"拂落了墙上的油彩/和花纹，连同那喧嚣/以及那自以为是的骄矜……"（《敦煌石窟》）在沈园，骏羿兄看到"永远躲在冷寂身后"的"袅娜如袅娜如斜栏上凭靠的那一缕惆怅"（《沈园》）。在滕王阁，骏羿兄看到了历史的浮华。在兰亭，骏羿兄感受到了嘉会不再的疼痛。在三味书屋，骏羿兄"慢慢走着，像一位温润的夫子/低吟起一支旧曲"，也似乎听到了读书声以及如击壤歌、南风操一样古老的调子……（《鲁迅故居·三味书屋》）悲悯，让骏羿兄在一个个历史的划痕前驻足、凝视、触摸、叩问，从而他的心灵也有了些许宁静，有了些许与生命本然的黏合。

而当骏羿兄听到宁静、真纯、朴素的音符，清晰感受到生命的本然律动时，他的灵魂便皈依了。在外白渡桥静谧的月光下，他"一个人，缓缓地徜徉而行/从这头走向那头/再走回来"，他的心是宁静的，他感到"我恋的是自己/是我的苏州河里恍惚而迷离的倒影/在月光静静的呵护下/它慢慢褪掉酸辛与沧桑——"就连他掌心里的泪珠，都"如此晶莹剔透/就像恋爱的呓语、挥别的/离歌——"（《外白渡桥》）在泸沽湖，他宗教徒般地念叨着"泸沽湖，泸沽湖，泸沽湖……"他"深切地感受到了自己的虚妄/它来自困倦的肉身、/故作的思想/来自这个高声喧哗的时代/它们一并膨胀着/那愈发扩大的虚妄"。（《泸沽湖》）在呼伦贝尔草原上，他看到："……我们所有的矜持和骄傲/都被击得粉碎/就像生命的本质/赤裸裸地呈现在我们面前/在这幅广大而无穷无尽地持续展开着的/画卷上——"（《骑行在呼伦贝尔大草原上》）在新疆天池，他像一只奋起的鸟儿，大声呼喊："飞翔在/天池之巅，如同终于获得了/全部身心的解放和自由/以及我的平凡的骄傲——""我看到一切喧嚣都不能唤醒的/宁静，我看到任何卑微都无法/影响的崇高，以及复杂下的/单纯，理性中的感性/历史与此在，自然与人为/又如何融通为一——/然而，这一切，我皆不能道出/我只有来自全部身心的感触/如同我手中紧紧握住的/这块火山石，如此直接/如此感性——"（《天池印象》）在黄果树瀑布前，他"如同进入声音的中心/如同我成为声音的一部分/或者舞动着的声音的一粒尘灰/翻飞着，呼啸着/在这里，在天地之间/在彩虹之旗下/如此纯粹地存在/并显现——"（《倾听：黄果树瀑布》）在黄昏的巴音布鲁克，他"如同来到世界的尽头/生命的最终……"，"迅捷地奔跑起来/张扬四肢/像一朵在黄昏时盛开的花/举起它黄金的酒杯/在弥漫的悲哀中/欣然啜饮"（《黄昏的巴音布鲁克》）。在茶卡盐湖，他"俯览着自己的影子/迷醉得发了狂"，他"滑行在盐湖广大的水面"，"禁不住长长地太息/一边热泪盈眶"（《茶卡盐湖》）。在南山牧场，他仿佛还能挣脱某种莫名的束缚，"呐喊着，从下向上一阵/疾跑，到阳光灼灼的坡上/到一只苍鹰滑翔的湛蓝天空里：/就像在温柔欲泣的水里/它优雅如一朵轻云，/恍惚而悲凉"（《南山牧场》）。在鸣沙山上，他骑在骆驼的背上，如一朵盛开的花，"绚烂，张扬/被风沙摇曳着/被大片的阳光沐着/像花朵一般年轻/像花朵一样张扬，绚烂"。他和他的骆驼，"花一样拥抱在一起/花一样盛开在鸣沙山上"。（《鸣沙山上》）在没有世俗、没有喧嚣的大自然的怀抱里，在澄澈如洗的天空下，骏羿兄清晰地感受到了心脏跳动的脉搏，他本然的生命之花绽放了。

　　大自然的手作让骏羿兄感受到了生命的快乐，而生活中的纯真也会让他捕捉到生命的快乐。在若尔盖草原，他看到一个一直缝补着手中衣服的妇人，感觉到"她如此安宁/如同置身中心"（《若尔盖草原上的缝衣妇》）。在平遥古城，他看到一位击鼓女孩，"她如此安谧/如同正击着的鼓上的一道印记，/巧妙地进入热闹的乐音中心：/就像是她，呵，只能是她/把自己搁放去某个角落/然后就静静地看着，/打量着：他感觉，这一切如此和谐，融洽/就像一棵树静静地植于深厚的大地里"。（《平遥古城的一位击鼓女孩》）在吐鲁番，他看到一位汲水的维吾尔族少女，"无视世界的风暴/而眼神澄净，而唇角的微笑/小花般卑微，又优美/以致成为崇高/令行者仰息——""她就像一滴水，/一段纯粹的歌音/与焦渴、沧桑，与喧嚷/完整地融为一体——"（《吐鲁番葡萄沟一位汲水的维族少女》）一个质朴的画面，一个清澈的眼神、甜美的微笑，都让骏羿兄感受到了人类生命宁静的美。

骏羿兄就是这样，以他的救赎让我们看到了彼岸之光。

三、涅槃的渴望

然而，生命本然的美，骏羿兄无法让它们成为永恒，他终究要回到现实的必然中来。痛苦之无法消除，让骏羿兄有着对生命涅槃的强烈渴望。

骏羿兄行走到拉萨，他心瞬间虔诚了起来，他说："我能够/走近，且进入么？/就像爱人寻到依靠的/臂膀，而游子回到了家中""黑暗里我们苦苦挣扎/呵，无尽的，广大的黑暗/而你是被打开、/且指示的一扇窗：/有熹微的阳光射入/我端坐在阴影里/一动不动/看了咫尺的阳光/吝啬又丰沛地向我铺开""我匍匐在地/呵，人们绕我而去/就像哗哗的水流/令我突兀、坚定/如一块石头/首先硌痛了我自己""我唤着主人的名字/就像无助且有些迟疑的嘟哝之声/连我自己也/听不分明"（《拉萨》）。在一片赤诚之中，既小心翼翼，又充满了强烈的渴望。

在大昭寺，骏羿兄欢呼着，"吐出莫名之辞/融入盛大的喧嚷之中/如同一粒沙/被吹来，被抛至，/并粘贴其上/成为千万、千千万分/之一""如同一丝烟火气/轻盈而坚定/向上，向上，/向上，而达于无尽之虚空……"（《大昭寺》）这是一种神秘力量的呼唤，这种神秘力量让骏羿兄似乎到了另一个世界。

在韩国伽倻山海印寺，骏羿兄说："我竖立起我的冰冷的墓碑/就像把我的72块骨头，一一插进这片/温暖、潮湿的土地里：/然后我坐在一旁，安静地/等待着它们逐渐变得柔软/且依次发芽、开花——""我有的是年轻、绚烂的红叶/足以照亮我的前程：/我看见我的光辉灿烂的明天/看见爱人如何笑着，歌着向我跑来""呵，这个时候/连风也停止了吹拂/连山泉也不再叮咚/它们都安静地微笑着给我祝福""我清晰地听到这祝福之声/在我的耳边落叶般响起：/尔将永有72块参差林立的墓碑！/尔将永有72片绚烂动人的红叶！"（《韩国伽倻山海印寺印象》）72块骨头，72片红叶，骏羿兄似乎真切地看到了它们的幻化，似乎已然得到了一种重生。

在纳木错，骏羿兄深情呼道："纳木错，纳木错/呵，越来越多的人看见/并长跪在它面前""为此，我筑起了高大的玛尼堆/用我仅有的三滴精血/在阳光里郑重地镂刻下：/纳木错，纳木错——""就像三朵永恒燃烧的火焰/开放在空洞的盲目里/就像三声萦绕不绝的梵唱/回旋在失聪的耳蜗深处"（《纳木错》）。一个神秘的所在，似乎发出了一种神秘的召唤，让骏羿兄忘我于一种强烈的向往之中。

涅槃是希望获得重生，似乎只有重生才会实现心中的希望，才能生活在本然的生命快乐之中。

然而，希望终归只是希望，一切依然将在现实生活中继续。所以，骏羿兄所说的"最后的远行"，似乎永远没有最后。

作为审美现代性事件的写作

——论张骏翚诗歌

□ 王　瑛①

　　读张骏翚兄新出的三部诗集《在夜的，你的怀抱里》《秋天的眼》以及《最后的远行》，一个自觉、犹疑、孤独的疏离者形象在我脑海中树立起来。杨炼在论阿多尼斯的诗歌精神时说，"诗歌的第一义是修炼出纯正灵魂之人，是香草美人之人"②，骏翚兄正是这样的香草美人，他栖身于都市繁华，而寄灵于山间林下，以个人的美学反抗来超越眼前喧嚣的消费社会。他的诗歌是午夜梦醒低回的苦吟，也是妙手无心拈来的天籁，这诗意在作者与读者的传递分享中，如石入水，激起言语所不能及之深处的荡漾回响。

　　翻开诗集，各种意象纷至沓来，竟有目不暇接之感。丰盛的，甚至充盈以致溢出的意象构成了骏翚兄独特的诗歌世界。所谓意象，是以物象的形式试图捕捉和送达那空洞苍白的能指符号所无法指涉的错综复杂的情感、转瞬即逝的印象以及凌空高蹈的思想。意象是诗歌的生命之火，美学家朱光潜认为："诗的境界是情趣与意象的融合。情趣是感受来的，起于自我的，可经历而不可描绘的；意象是观照得来的，起于外物的，有形象可描绘的。"③ 物象与情思的微妙结合，赋予诗歌独特灵韵，也是创作者与读者构成审美共同体的灵犀一点。骏翚兄善于运用意象，源于灵性的文学天赋加上反复锤炼诗艺的结果，诗人通过意象的创造，在现代性审美的言

---

　　① 王瑛：四川师范大学文学院讲师，文学博士，主要从事戏剧影视文学、中国现当代文学研究。

　　② 〔叙利亚〕阿多尼斯：《我的孤独是一座花园》，薛庆国译，南京：译林出版社，2009年，第5页。

　　③ 朱光潜：《诗论》，上海：上海古籍出版社，2005年，第48页。

说中质疑现代生活对人的异化，完成了作为积极反抗的行动者的主体
建构。

一、归依与逃离

从题材上，张骏羋诗集的诗歌意象可以大致粗略地划分为自然意象和
都市意象两大类，其中，自然意象有树、花、猫、鸟等动植物，也有风、
雪、月亮、阳光等天象，它们构成张骏羋闪耀密集如夏夜繁星的意象群中
最重要也最常出现的星丛；都市意象则散乱零落，黯然失色。骏羋诗歌多
以"我"的口吻直抒胸臆，表达对前者的热爱归依与对后者的厌弃逃离。

如在《倾听：黄果树瀑布》一诗中，诗人说：

> 现在，让我开始倾听
> 半侧着身子，远离繁华的城市
> 远离了喧嚣和浮躁——仿佛，仅因
> 这个微小的动作，我
> 就得以逃得远远来到黄果树，
> 站到瀑布面前屏住气，小心翼翼，分外谨慎
> 如同小时候，面对一件新奇的事物
> 而调动起一切器官
> 聚焦于事物之中心——①

在此，诗人以一种小心、谨慎但是坚定的姿态"半侧着"从城市抽身
远遁，思绪飞跃于浮尘三千之外，以孩童似的初心面对无拘无束的飞溅水
幕，对万物、对生命的新奇感觉得以焕然一新——这瀑布当然让我们想起
洗礼和重生，俗世间一切刹那远去，只留下人赤裸地面对大自然澎湃的
灵魂。

再如《白果林》：

> 如果我逃亡，
> 从喧嚣的白昼，
> 和拥挤不堪的城市

---

① 张骏羋：《最后的远行》，成都：四川美术出版社，2019年，第36页。

我能够逃向哪里？

……

从令人不安的生活当中

或泡影般的空幻里

如同眼前的这枚落叶，迢递地

终于落在了温湿的土地、

呢喃的心上…①

经历了快节奏、高密度、失序的城市生活造成的迷茫、恐惧、失落等一系列这个时代症候，诗人决意出走，在怀疑、挣扎之后，终于叶落归根，找到了安身立命之所，也即是温暖坚定的大地——自然母亲。沉默的森林召唤倦鸟归巢，安宁和平于此降临。

但工业文明巨无霸般膨胀，城市贪婪地掠夺吞噬，曾经广袤的原野、山林、田园逐渐化为乌有。沉默的大多数人无可奈何地接受这一切，诗人则肩负特殊的使命，"诗人是自然的保护者，自然的证人和复仇者。如果自然像这样逐渐开始从作为经验和作为（行为和对象的）主体的人类生活中消失了，那么我们就全力以赴的争取在作为观念和对象的私人世界中发现她。"② 骏翚兄目睹自然的消失，把对绿色的怀念和追寻确立为作品的重要主题。在《走在人民南路：现在及将来》中，他伤痛地吟唱：

哦，那么，我又怎么能够

停止，哪怕稍稍顿一下

我的前行的脚步

因为那已然消失不见的

竹林、银杏、银桦、桉树

以及杂树和灌木丛

因为病蚕的哀吟之声

因为恋人们的依恋的影子

我就像是一粒尘灰

一道气浪，被城市巨大的

---

① 张骏翚：《最后的远行》，成都：四川美术出版社，2019 年，第 91 页。

② 〔德〕席勒：《审美教育书简》，张玉能译，南京：译林出版社，2009 年，第 165 页。

麻木的口所吐出

并当即遗弃——

不被城市接纳的诗人竭力跟随正在远去的清澈优美的自然生命，试图在麻木冷漠的现代文明之外，找回人的本真情感与主体尊严。虽然这种努力注定是徒劳无功的，诗人仍以堂吉诃德般的勇气艰难前行。

在诗人笔下，自然社会和人工社会两组意象构成价值立场的对立，天真的动植物是圣洁祥和的，而作为现代文明代表的城市则往往意味着丑恶和粗鄙。

在《夜晚的树林中》诗人表现静谧的树林给自己带来的超验感受：

到了夜晚，这座树林沉寂下来

像那个沉默的圣灵一样

在高远、缥缈的距离之上，又近在眼前

用冷峻、思辨的目光注视着我①

与之类似的，还有《走在松林里》：

浅淡如轻纱的夜幕

从巨大的天空，从高长的树梢上

悄然降临了。这座静寂的松林

此刻更加安谧、宁静

像是有种神圣的事物正要诞生

……

走在松林里，接受那圣洁的沐浴

从有声到无声，从上到下——

从蓬松的毛发、腌臜的肌肤那里

进入到血肉及那一颗

渐渐安分下来的心灵②

静穆的自然，唤起我们对天地有大美而不言的崇拜和敬畏。叔本华曾如此描绘类似的时刻，"树木和植物在纹丝不动的空气中，没有动物，没有人，没有流水，［只是］最幽静的肃穆；——那么，这种环境就等于是

---

① 张骏犟：《秋天的眼》，成都：四川美术出版社，2019年，第7页。
② 张骏犟：《秋天的眼》，成都：四川美术出版社，2019年，第9页。

一个转入严肃，进入观赏的号召，随而挣脱了一切欲求及其需要；可是单是这一点就已赋予了这只是寂寞幽静的环境以一些壮美的色彩了。"① 在万籁俱寂的夜晚，当诗人与树木相遇，受其清新气息和沉静姿态感染，体验到超越凡尘的缥缈清远，人世升沉的浮躁疑虑挥之一空，这一刻，隐秘的喜悦弥漫于整个空气之中。这份圣洁的体验并非无中生有，它受外界诱发，但根植于主体意识深处，是人性祛除矫饰，去蔽澄明的结果，"真正的抒情因素不是实际客观事物的面貌，而是客观事物在主体心中所引起的回声，所造成的心境，也即在这种环境中感觉到自己的心灵。"② 诗人秉持醇正的赤子之心，体会到了自然荡涤俗尘的慷慨馈赠。进一步说，不是"我"受到树林的感染，正相反，是树林显现为我心相的外化，"心见"的迁化流动生成"在识非无，离识非有"的宇宙万象，诗人有无染的清净"种子"，赋予有情自然以神性。③

与之形成对照的，则是《陆家嘴之夜》中，诗人被城市污浊的夜晚裹挟，讽刺地写下这样的诗句：

> 飘摇在海上的陆家嘴
> 从白昼的影子里走出
> 像一位骄傲而优雅的王子
> 他拥着这个丰满的、
> 被唤作夜的情人
> 骄傲得如同拥有全世界的金币
> 和月亮——
> ……

金融中心陆家嘴被拟人化为充满欲望的男性，他洋洋得意，不可一世，在夜幕的遮掩下寻欢作乐。他不仅拥有人间的钱财，甚至还妄想霸占自然的清风明月，铜臭市侩的嘴脸跃然纸上：

---

① 〔德〕叔本华：《作为意志和表象的世界》，石冲白译，北京：商务印书馆，1982年，第284页。

② 〔德〕黑格尔：《美学》（第三卷下册），朱光潜译，北京：商务印书馆，2012年，第213页。

③ 相关论述参看玄奘译：《成唯识论校释》，韩亭杰校释，北京：中华书局，2011年，第227—259页；太虚：《法相唯识学（上）》，北京：商务印书馆，2002年，第88—95页；释印顺：《唯识学探源》，北京：中华书局，2011年，第86—91页。

> 陆家嘴是一个灯塔
>
> 鲜衣的虫子们
>
> 美丽、翩跹如妖娆的少女
>
> 她们歌唱着喋下
>
> 的血，一起建构了陆家嘴
>
> 和陆家嘴灿烂的夜①

诗人深知，工业文明的繁华建立在冷酷的压榨之上，他叹息年轻的生命异化为扑火的飞蛾，任由城市吞噬她们的芳华、血肉。"鲜衣的虫子""少女喋血"和"灿烂的夜"等鲜明意象，充满强烈的感官刺激，刻画灯红酒绿、纸醉金迷背后的浓重黑暗，诗人怀着对消费主义生活方式满腔的排斥和疑虑展现了这可怖而热烈的都市图景，与他对自然毫无保留的歌颂和依恋构成了明显反差。

二、他者与自身

如前所述，诗人所塑造的城市和自然两组意象，具有不同的情感指向，形成对照。如果说，前引诗句还仅仅停留在对自然有距离的静观中，以外在的眼光欣赏和赞美作为他者的自然，维持着一种"真正的审美态度"②，那么在另一些诗句中，诗人对自然是如此热爱，甚至跨越了审美的藩篱，将自己与自然融为一体，由此解构了将事物定位于其时空之中并加以衡量的居高临下的"观看世界者"③的至高地位，转而变成了观看者，在意向建立之时，自身与曾经是绝对他者的树、花等自然生命间的界限消解了。

有意思的是，柏格森曾说，"情感就是我们的身体内与外部实体的形象相互混合的那一部分或那一方面。"④而在骏翚兄的诗歌中，不同的情感

---

① 张骏翚：《最后的远行》，成都：四川美术出版社，2019年，第101页。

② 〔德〕黑格尔：《美学》（第一卷），朱光潜译，北京：商务印书馆，1996年，第166页。

③ 〔法〕莫里斯·梅洛-庞蒂：《可见的与不可见的》，罗国祥译，北京：商务印书馆，2008年，第140页。

④ 〔法〕亨利·柏格森：《材料与记忆》，北京：华夏出版社，2003年，第44页。

状态引起外部形象向身体或者身体向外部形象的相互转化，当感到快乐、喜悦、宁静之时，自然进入"我"，我的身体承接自然的降灵；而当痛苦、忧伤来袭，情况则恰恰相反。

以前者举例，在《乡村》一诗中，诗人静观村庄的安宁，轻声召唤生命气息与"我"同化：

> 在乡村，在静谧的乡村的屋檐下
> 在满地散乱的柴草上
> 我静静地呼吸着，看着你
> 进入我的体内，是混合气息的一种
> 最真实、最幸福和有力的一种——
> 它正是乡村安宁、和平的核心①

本诗中的"你"，是笼罩畎亩，催生万物的温柔坚定的春之呼吸，也是无以名状又无所不在的神秘玄妙的天道，它外在于"我"，也终将进入"我"，成为"我"的一部分。在另一首《在田野》中，诗人更是直抒胸臆，迸发出灵性之爱：

> "我爱你！"
> 但是，我不知道，我的对象是谁
> 仿佛是你，仿佛是这安谧、幸福的田野
> 可是，我知道，你在它们之中
> 像清新的空气，无处不在
> 当我呼吸的时候，爱情便充溢了
> 我的血肉身躯：在青色田野上
> 在广大世界的中心②

诗人爱着于田野中浮现出身形的美丽幻影"你"，"你"与其说是具体的某人，不如说是万物有灵发散出的勃勃生机，突如其来的汹涌爱意在诗人心中回荡，这爱充溢"我"的肉体，成为"我"的一部分。

或许可以这样理解，当显形为"满地散乱的柴草""青色田野""清新的空气"等可观看、可感知之物时，自然生气就被带入光明，被表象化

---

① 张骏翚：《在夜的，你的怀抱里》，成都：四川美术出版社，2019年，第106页。
② 张骏翚：《在夜的，你的怀抱里》，成都：四川美术出版社，2019年，第107页。

了，而表象正是它赖以进入我思的途径；因为表象的可理解性，内在与外在的区别消失了，它与"我"由此形成了意向性关系，构成同一；而同一规定他者，在这一瞬间，与自我相对立的非我顺从于我，成为我的一部分，也即是所谓"被表象的对象的外在性就向反思显现为进行表象的主体所赋予一个对象的意义"①。虽然列维纳斯是从伦理学的角度理解他人和自我，但这一思辨用于此处非人的自然生气与"我"的关系，似乎仍是有效的。另一方面，如果按照萨特的理解，这一时刻成为自我的不是他者，而是产生于我（Je）的我的（moi）对他者的意识。② 也就是说，不是他者自然成为"我"的部分，而是"我"对"你"、对自然的爱参与了自我的形成。

自然以其美好打动了我，诱惑我向它敞开，接纳它的进入，从被凝视被观望的对象跃升为凝视者体验者的一部分，他者成为自身，或者对他者的情感、意识聚合生成自我。

在另一种情状之下，当陷入情感的低谷，"我"又乞灵于身体的物化——他者化来得以解脱。如在《重阳》一诗中，诗人伤于传统文化断裂、人情浇薄，感到现实沉重而无法超越，理想主义的自我被世俗生活主宰，发出无奈的喟叹：

> 重阳日。我漂泊在异地
> 我登不了高：金黄、萧索的山野
> 早已远去。那座空亭
> 像一枚干枯的落叶，被无数的脚
> 碾碎。我把自己紧关在七楼
> 趴在一张吱咯作响的床上
> 仅仅拙劣地模仿了一个飞翔的姿势
> 就已精疲力竭——
> 我的身体憔悴

---

① 〔法〕伊曼纽尔·列维纳斯：《总体与无限：论外在性》，朱刚译，北京：北京大学出版社，2016年，第104页。自然往往被列维纳斯视为一个各种元素的集合，自然首先是供主体享受的源泉，其次是主体劳作的对象，尽管这里的"享用"不能被简单地理解为一种占有和消费。列维纳斯所说的他者是指以其面容提醒我他的存在的绝对性的他人。动植物是否具有他者的地位，列维纳斯没有明确指出。

② 相关论述参看〔法〕让-保尔·萨特：《自我的超越性》，北京：商务印书馆，杜小真译，2010年，第27—32页。

> 像一枝蔫掉了的菊花
> 插在积尘的竹筒里①

还有《孤独的桉树》中对无人倾听的孤寂的描写：

> 在昏黄，走向原野
> 像一棵孤独的桉树那样
> 站在夕阳的余晖里，宁静而安详
> 风来了，枝叶与枝叶之间
> 发出窸窣声，仿佛
> 来自心底深处的叹息或呻吟
> 站在那里，我多么孤独又幸福
> 我沉醉于自己苦涩、清芬的气息
> 酸楚和悲哀的树液运行着
> 使我、抬起头来，倾听远方
> 有时，未曾老去的叶片衰落了
> 带着一种同情和悲悯
> 归回到大地

这两首诗中，诗人将自己拟为蔫掉的菊花、夕阳中的桉树，诗人的感情因此转移到物的身上，"我"的悲哀由花的枯萎、树的独自伫立承担。②

在《重阳》之中，诗歌实际上割裂了"我"和"我的身体"。"身体是意识的降临"③，身体的置放状态也就是意识、灵魂的表达，凝结其中的是自我的存在，"我"呈现为枯萎的菊花，毫无疑问地意味着自我的消解。这时候的主体是一个无人称的匿名者，不在场的在场。而《孤独的桉树》以它的虚构情境表达了真实，人的孤独感与桉树在荒寂原野上孑然一身的形象形成呼应，植物分担了"我"的情感。这首诗中的主体隐在 ilya 之

---

① 张骏羣：《秋天的眼》，成都：四川美术出版社，2019 年，第 120 页。
② "唯有物质才能承担起感觉和各类感情，物质是一种感情的财富。"〔法〕加斯东·巴什拉：《水与梦：论物质的想象》，顾嘉琛译，郑州：河南大学出版社，2016 年，第 88 页。
③ 〔法〕埃马纽埃尔·列维纳斯：《从存在到存在者》，吴惠仪译，南京：江苏教育出版社，2006 年，第 86 页。

中，是黑夜中的沉默者，这孤独就是关于实存的孤独。借鉴阿兰·巴迪欧的说法，"实存是某物相对于自身的统一性的尺度"①。此时的实存是显而易见的杂多。

肉身是自我与外在世界的中介，这两首诗中身体姿态向植物的出让，实际意味着自我向他者的转化。诗人因此得以跳出痛苦的缠绕，作为主体的叙述者与作为诗歌自我的"我"剥离，转而以主体对客体的眼光，细细品鉴孤独、寂寞、无奈的滋味，乃至于"沉醉"其中。

需要指出，在这一类型诗歌中，自身与他者融合，"我"和自然合二为一，并不意味着主体地位的下降，恰恰相反，真正有行动能力的主体因此才得以具备建构的可能，因为"精神的或文化的生活从自然的生活中获得了其结构，意味着有思维能力的主体必须建立在具体化的主体之上"②。自我与主体并不等同，主体建立在对自我无限可能的不断探索和反复确立之上，在骏羿的诗歌中，"我"向自然的开放正是主体建构的必然部分。

三、文字与图像

在自然意象的密集之外，骏羿诗歌另一大特点是形象的直观，不仅黑猫、阳光、田埂、山峦等有形之物被细致绘制，情感、思绪、意识等无形无相之物同样通过诗人的写作，得以生成形体。诗歌因而具有强烈的画面感，这就是图像化的艺术特质。

承继和发展罗兰巴特《明室》中关于摄影图像传递信息和接受的相关论述，朗西埃将图像视为一套操作，他认为，艺术就是由图像构成，这里的图像不仅包括可见之物，也指文字对不可见之物的现代性的艺术再现。③现代诗歌可以描摹一个不在场的可见物，也可以让人们看到那些不可见之物。后者正是骏羿兄这几部诗集的独到之处。

---

① 〔法〕阿兰·巴迪欧：《第二哲学宣言》，蓝江译，南京：南京大学出版社，2014年，第90页。

② 〔法〕莫里斯·梅洛-庞蒂：《知觉现象学》，姜志辉译，北京：商务印书馆，2001年，第251页。

③ 相关论述参看〔法〕雅克·朗西埃：《图像的命运》，张新木、陆洵译，南京：南京大学出版社，2014年，第12—18页。

例如，诗人在《五月的黄昏》中如此描写：

> 让我告诉你，五月是有着富丽的
> 颜色的：尤其是黄昏的紫红的光辉
> 投射在处子安谧、宁静的心湖上
> 而发散出迷离的、梦幻的色彩
> 说那颗宝石蓝的心因此而沉醉了
> 去鲛人月夜落泪的海底，去一丛
> 青翠、柔软的水草旁，静静而卧
> 默默等待，如同从此懂得什么叫作
> 夜凉如水，什么叫作地老天荒——①

诗人不惮以最艳丽的色彩打扮五月以及五月所引发的情绪涟漪，如果说"紫红"还是对晚霞的写实，那么五月"迷离的"色彩和"宝石蓝"的心就是无中生有的想象。明艳色泽的交织具有华丽的效果，营造出初夏傍晚似梦似幻的忧郁和甜蜜。

比这首更为典型，诗人将无法"看"的，没有重量、颜色、厚度和质地的心相或内部知觉做了绘画式的展示。比如《我的烦恼像……》形容烦恼：

> 我的忧烦像纷纷的头屑
> 纷纷地，从斑白的头发里
> 飘落下来。而这之前
> 它们在枯槁、凌乱的发间
> 安静地待着，像一群疲惫的
> 哭泣够了的孩子，在头发中间
> 做一个苍白的、无意义的梦②

这首诗里，枯槁的头发、纷杂的头皮屑下，一张颓败萎靡的脸浮出纸面，显现在读者眼前。杂乱的烦恼获得形体，以琐碎的头皮屑的外形、苍白的色彩、细微的重量和纷纷落下的动作，袒露了无因之焦虑——人生的一地鸡毛。

---

① 张骏翚：《在夜的，你的怀抱里》，成都：四川美术出版社，2019年，第144页。

② 张骏翚：《秋天的眼》，成都：四川美术出版社，2019年，第96页。

再如，《貔貅》中诗人对孤独感的描摹：

>……于是，孤独是一头猛兽
>
>尤其在深秋，在异地
>
>它的巨大的身躯，轻易就
>
>充塞了整个天地，直到茫然漂泊着的
>
>客子，他越发细瘦的血管
>
>如病蚕般蜷缩成一团的
>
>——心灵

现代社会中单子化的个人必然会被孤独攫取，孤独带来的窒息感、压迫感在神话中吞噬一切的可怕巨兽形象上得以再现，有形有质。巨兽凶猛强横，磨牙吮血，步步紧逼，羸弱游子浪迹天涯，避无可避，诗句因此具有强烈的视觉冲击力。

除前引诗句之外，还有"时间如同一只老蜗牛，爬行在静寂、冷清的乡村的道路上""爱情像天光一样，或阴或亮地照白每天的日子"等用文字使不可见者显形的诗句，不胜枚举。这些描写及其背后的文化逻辑，正是张骏羉诗歌与传统文学分道扬镳之处。传统文学创作的图像思维较弱，语言文字所塑造的艺术形象简练抽象，作品字里行间存在大量空白点，召唤作者自动在脑海里加以补充，将文字符号转换为具体的画面。而阅读张骏羉的诗歌是一种字面意义上的"看"的体验，意象以其鲜明的图像特征直接进入读者眼帘和大脑，这不仅是诗人从审美角度刻意采取的诗歌艺术技巧，更是诗人试图以一种现代的方式去感受世界和营建审美共同体的努力。

诗歌图像化作为文学的现代性表征，与视觉文化转向密切相关。20世纪以来，众多学者注意到了社会主导文化形态从印刷文化、文字文化向视觉文化、影像文化的变迁。早在1924年，巴拉兹·贝拉就发现，"文化正在在从抽象的精神走向可见的人体"①。丹尼尔·贝尔②、

---

① 〔匈〕巴拉兹·贝拉：《可见的人 电影精神》，安利译，北京：中国电影出版社，2003年，第16页。

② 贝尔说，"现代主义文化的生命力在建筑、绘画和电影中表达得最为充分。……大众文化本质中最重要的一面，及显而易见的事实是，它是一种视觉文化。……当代文化已渐渐成为视觉文化而不是印刷文化。"〔美〕丹尼尔·贝尔：《资本主义文化矛盾》，严蓓雯译，南京：江苏人民出版社，2007年，第111页。

米歇尔①等也都对此提出真知灼见。海德格尔的断言一针见血，"现代的基本进程乃是对作为图像的世界的征服过程。"② 世界越来越表象化，一切都成为被展现的。人类本能的视觉需求以及观看的欲望或曰凝视的快感驱使人们不断追求可看之物的新鲜出场，德波的景观社会、鲍德里亚的消费社会是视觉文化兴起的原因和表征，科学技术的发展特别是媒介技术的革新、大众传媒的崛起推动了视觉文化的传播。文化越来越围绕着图像来建构和运转，这必然对当代人的主体意识和认知方式产生越来越深刻的影响，"无论我们喜欢与否，我们自身在当今都已处于视觉成为社会现实主导形式的社会"③。视觉牢牢霸占了感知的中心地位，从外部天地到内心世界都成为供观赏的图景。

张骏骧深受古典文学熏染，唐五代诗词隐约闪现于其字里行间，但他在吸收西方文学、文化的基础上巧妙熔铸古典与现代于一炉，锻造出富有个人特征和时代气息的诗歌艺术。他自觉地将图像符号具象化、直观化的特征融入文字表述，将可感的变为可见的，揭示出视觉文化冲击下的文学图像化写作的本质：一切情绪、感受、思考、意识被无所不在的目光追踪，这正是诗人所感受到的现代社会生存状态。正如帕斯所说："诗歌是人类本质的反映，是一种具体的历史体验的神圣化。"④ 张骏骧的诗歌在材质与外观、内容与形式上达成高度统一，这正是对时代精神的写生。

四、审美现代性的主体建构

诗人对自然的热爱，对都市文明的厌弃，乃至于与自然同化的冲动，显然源于现代性的二律背反。现代是一个非常复杂的文化范畴，它不仅表

---

① 米歇尔认为视觉化的趋势，"从最为高深精致的哲学思考到大众媒介最为粗俗浅薄的生产制作无一幸免。传统的遏止策略似乎不再适当，而一套全球化的视觉文化似乎在所难免"。〔美〕W. J. T. 米歇尔：《图像转向》，范静晔译，《文化研究》（第三辑），天津：天津社会科学院出版社，2002年，第17页。

② 〔德〕马丁·海德格尔：《林中路》，孙周兴译，上海：上海译文出版社，2004年，第96页。

③ 〔斯洛文尼亚〕阿莱斯·艾尔雅维茨：《图像时代》，胡菊兰、张云鹏译，长春：吉林人民出版社，2003年，第165页。

④ 〔墨西哥〕奥克塔维奥·帕斯：《弓与琴》，赵振江等译，北京：燕山出版社，2014年，第202页。

示历史时间的变动，更意味着思想、制度的激烈变革，固有的一切都烟消云散了。由于现代的多副面孔，现代性自诞生以来，内部充满分裂、斗争以及妥协、合流，大体上呈现为两种不同朝向的较量：一种是启蒙的现代性，它信奉理性、进步的经济生活及科学乐观主义；另一种是质疑、反对资本主义生活方式和资产阶级美学的审美态度。

关于现代性的书在讨论艺术之时都不会忘记引用波德莱尔《现代生活的画家》中的名言："现代性就是过渡、短暂、偶然一半，另一半是永恒和不变。"从 19 世纪前半期开始，审美与已经现代化的现实分裂，审美现代性在波德莱尔的著作中初具雏形。作为本雅明所谓城市游荡者的波德莱尔，对现代社会具有深刻的洞察与反思，这个人造天堂的鼓吹者，创作了现代生活的田园诗和反田园诗，既讴歌科技、经济的发展，又不无讽刺地描绘了"巴黎的忧郁"。他把艺术与物质割裂，与整个艺术历史割裂，这就是现代人的精神分裂。可以说，"审美的现代性从一开始就是启蒙现代性的对立面"[1]。虽然有学者指出，"审美现代性并不能完成其现代性批判的使命，相反它与现代性同根同源，甚或同谋"[2]，但即使按照马尔库塞着眼于生产关系的理解，"审美经验将阻止使人成为劳动工具的暴力的、开发性的生产"[3]，审美现代性仍是对抗工具理性对人的异化的重要力量。它生长于现代性的进程，以内在其中而试图跳脱其外的姿态，在游戏的狂欢中构成了现代性的多重复调。

相对于达达主义、超现实主义、表现主义、装置艺术等以先锋、挑衅、晦涩著称的审美现代性实践，张骏羿的诗歌似乎是太温和内敛了。然而，在一个以哗众取宠为荣、以怪异新奇为美的时代，所谓的叛逆恰恰是消费主义的阴谋，剑走偏锋，以奇崛前卫吸引眼球的小众艺术及其崇拜风潮不过是 kitsch 的又一形态。哪里有什么真正的个性？重金属摇滚、宜家家居、漫威、王家卫、暗黑朋克、星巴克咖啡、村上春树、木心……被妥善地放置在小资文艺青年、前卫人士、中产阶级等量身定做的类别中，成为意指网络的标签符号，无数个空洞苍白的能指。就像当代人大把吞咽的

---

① 周宪：《审美现代性与日常生活批判》，《哲学研究》，2000 年第 11 期。

② 金慧敏：《未完成的审美现代性计划与无理论的哲学——以麦克卢汉、海德格尔以及卢卡奇和德里达为中心》，《哲学研究》，2018 年第 2 期。

③ 〔美〕赫伯特·马尔库塞：《爱欲与文明》，黄勇、薛明译，上海：上海译文出版社，1987 年，第 139 页。

维生素，你尽可以挑选软糖，或是冲剂，或是滴液，或是简单的小药片，可能有的甜，有的酸，有的味同嚼蜡，不同包装编织出炫丽的商品神话，但其本质并无区别。在奢侈品与快消品、时尚潮流与复古风尚之间，人们被诱导选购这个或那个，你以为你的选择与众不同，其实你别无选择，吞下的无非是消费主义试图喂给大众的，无法解除饥渴的虚浮奶油。

由此，张骏翚诗歌的可贵之处凸显出来，他无法被归类，他旁支横逸，他从城市的光怪陆离逃逸出奔，落尽繁华，复归本真。他对自然的爱与诚不仅接续千年前魏晋衣冠的风流遗韵，更是布罗茨基在谈到罗伯特·弗罗斯特诗歌的时候所说，"对于这位诗人来说，大自然既不是朋友也不是敌人，更不是人类戏剧舞台上的背景，而是这位诗人的一幅可怖的自画像。"① 对骏翚而言，他对自在自为的大自然的热爱和追寻，实际上是反现代性科技崇拜、工具理性的美学抗争，诗人的情感、意识与远离尘嚣的草木、花鸟、走兽共生，氤氲其间的灵韵（Aura）以图像化的方式通过文字投影出来，诗人因此绘制了精神的自画像。

在这一过程中，诗人也同时确立了作为行动者的主体地位。现代文学理论否定作者，不管是巴特的零度写作、艾略特的去个人化或是语言转向，"重要的不是诗人，而是诗。不是写作的人，而是语言。语言苏醒，投射再创造，取消作为人的写作者。"② 都从不同角度指出了作者的死亡。但是，最朴素地理解，诗仍是诗人的创造，和农妇的劳作一样，写作是诗人介入现实的媒介和结果。

与笛卡尔所奠基的基于人的自我意识来诠释主体的传统西方主体哲学不同，利奥塔、福柯等当代哲学家洞察人与传统时空的断裂，关注人的非本质化和自我创造，在现代性带来的存在焦虑面前，人要为自己立法。也就是说，只有在行动中我们才能成为主体，主体的存在与积极介入世界中有关，主体用自己的方式创造了真理，并让自己走上了历史舞台。③ 从这个意义上，现代性书写就是一种积极行动，通过写作再现现代生存境遇，

---

① 〔美〕约·布罗茨基：《悲伤与理智》，刘文飞译，上海：译文出版社，2015年，第240页。

② 〔墨西哥〕奥克塔维奥·帕斯：《批评的激情》，赵振江等译，北京：燕山出版社，2015年，第17页。

③ 相关论述参看〔法〕阿兰·巴迪欧：《当前时代的色情》，张璐译，郑州：河南大学出版社，2015年，第13—15页。

考问生命的意义。书写者在行动中建构起主体性，他们是书斋里的小小阴谋家，与读者共谋颠覆工具理性的现代生活。

写作意味着对世界重新理解和阐释，它打破了庸常人生的混沌状态，一次写作就是一次既定情势的断裂①，断裂之处，正是光透进来的地方，写作因此成为照亮诗人日常生活的事件。

事件是冲出既定轨道的例外②，它不可化约，不可弥合，无法被消化。事件召唤诗人返身回望，抽取日常生活的飞絮游丝，编制出历史的真实。我们与诗歌的不期而遇，同样是我们生活中的事件，事件发生之时，也是列维纳斯的魔法之光突然闪耀的时刻，在这一刹那，我们看到了他者，也看到了自我。

---

① 齐泽克指出，"巴迪欧理论大厦的轴心——正如他主要作品的题目所示——是'存在'与'事件'的裂缝。"〔斯洛文尼亚〕斯拉沃热·齐泽克：《敏感的主体：政治本体论的缺席中心》，应奇、陈丽薇等译，南京：江苏人民出版社，2006 年，第 147页。

② 如果按阿甘本的理解，是否可以认为，例外是常态的必要组成部分，正如"神圣人"既是被双重排斥的边缘异类，又内在镶嵌于正常社会生活？

我的写作就是一场自言自语

□ 张骏翚①

晋宋之际的陶渊明谈及自己的写作时，有"常著文章自娱"的话；而在其《饮酒》组诗前面的"序"中，更进一步讲到自己的写作状态，谓："既醉之后，辄题数句自娱，纸墨遂多。"在我看来，这种自娱的写作其实就是一场自言自语。这跟所言语的对象、内容无关，只是一种表达方式，一种价值诉求。就前者言，它是纯粹个人的，不求与他人应和、同调；就后者言，则不以社会的，时代的，尤其是官方的认可为目的，而重在个人的体认，及得三五朋友的一笑。这样的写作方式和状态，于我而言，大概从一开始就注定了，也将一直如此进行下去。

记忆中我写作的开始，大概应从读初中时候算起吧。记得那时偶然从同学那里看到一本《唐诗三百首》，如获至宝，异常痴迷地开始了人生中第一次课本之外的自觉阅读，以及由此而来的尝试性写作。自然，这种写作，是从古体诗（后来，还涉及了词体）开始的。而由此产生的对古体诗词的兴趣，一直到读高中，读大学，至于今日，都很好地保持了下来。当然，后来回头看去，那些尝试性写作不忍卒读，遂付之一炬。然而，这种兴趣的生发，对我整个人生的影响却是非常之大的：诗歌逐渐成为我生命中不可或缺的一部分，就是从这里奠基的。

读高中时，又有幸得到一本《雪莱诗集》，对现代汉语诗的兴趣便从此开始了。而最初的写作，仍然是大量的模仿。就题材看，则主要是针对各种自然物事的描绘和叙写，如月亮、星辰、河水、树林、晨雾、朝云、晚霞以及风雨雷电，等等。这跟雪莱诗歌中充斥着大量的此类题材直接相

---

① 张骏翚：学者诗人。一方面，从事中国古代文学与中国古代文艺美学等研究，现任四川师范大学硕士生导师，文学博士。另一方面，孜孜不倦地写作诗歌，创作了大量的现代诗与古体诗，著有诗集《跪在佛前一万年》等。

关。有时我想，我后来经常在写作中表现出的对自然山水的浓烈兴趣，跟一开始的写作导向也不无关系吧！这种模仿性的，局限于自然对象的写作，持续了很长一段时间。雪莱之后，我接触到的第二个外国诗人是匈牙利的裴多菲。也因之，我的写作才又慢慢地扩大到对爱情、生命等其他题材的关注。同时，这也跟那时发生的一场不无刻骨铭心的单恋有很大关系。进而，爱情主题在我此后的写作中渐渐成为最重要的一种。也正是在那时，我开始生成了爱情和诗歌二者是我生命之不可或缺之部分的价值观念。这种观念，深刻影响着我整个的人生行事。我后来的种种行为和选择，包括写作本身，在某种意义上讲，大约都能找到这种观念影响下的痕迹。

读大学期间，我开始了疯狂的阅读。诗歌外的文体这里暂且不说，就诗歌言，除了特别痴迷西方现代派诗歌外，可以说几乎学校图书馆的所有诗歌读物，皆在我的阅读范围内。从各种国外诗人诗作，到汉语诗人的现当代写作，甚至包括逐年出版的诗歌年鉴，我都孜孜以求地阅读着。

就国外诗人言，最初给我影响最大的，是艾略特。他的《荒原》《四个四重奏》等代表作，我反反复复地阅读并模仿。尽管直到今天我也不敢说自己读懂了他的这些诗歌，但却还是痴迷、欣赏那种从语言、主题到整个创作不无迷离、荒诞、晦涩的风格。于是，那个时候，我写作了很多同类风格的长诗，尤其是大三时写了我至今为止一首篇幅最长的作品《狂欢之夜》，大概有八百多行。再后来，我的阅读范围，以及对我产生影响的国外诗人，逐渐由艾略特扩大至几乎所有的国外诗人：无论风格流派、时代及国别，凡是我能找到的诗人诗作，几乎都有阅读和汲取。从萨福、莎士比亚、布朗宁夫人，到惠特曼、弗罗斯特、叶芝、聂鲁达、米斯特拉尔，到"湖畔派"三诗人、密茨凯维奇、庞德、波德莱尔、普希金、阿赫马托娃、叶赛宁，到丘特切夫、狄金森、普拉斯、策兰、夸西莫多、蒙塔莱、索德格朗、博尔赫斯，等等，不一而足。不过，有个问题是我一直都没能喜欢上德国大诗人歌德。这期间，有位非常关心我的诗歌写作道路，也让我对他一直心存感激的学长曾极力向我推荐歌德，认为他的诗才是真正的经典。直到现在，我还清晰地记得当时我俩在茶馆，他激动地向我声情并茂地朗诵歌德《五月之歌》这首诗时的情景。从文学史角度以及歌德的实际地位和影响来看，我大概得认同他的这个评价，但遗憾的是，却没能因此而让我欣赏和喜欢上歌德。直到里尔克：这位诗人中的诗人，他是最后出现于我的阅读视野里的，从此却再也没有离开过。在我今天已经大为减少的诗歌阅读中，其他诗人的作品，我偶或涉猎，而里尔克的诗集，却一直是我案头上必备的读物；如果我外出非要携带一部诗歌作品的话，唯有的选择也是里尔克。在他的所有作品中，我尤其喜欢，受到影响最大的，是他的那些短诗，他的《献给奥尔弗斯的十四行诗》和《杜伊诺哀歌》。里尔克对我的影响，是全方位的，从语言、形式、技巧，到总体风格、思想情感（包括对自然宇宙、对生命、对爱情的理解等），等等；而且，他还是我创作灵感生发的丰厚源泉。

而我与汉语诗人的接触，相对迟于外国诗人（古代诗人诗作这里就不说了）。开始是来自课本中的那些诗人们，如闻一多、贺敬之、柯岩、郭小川、艾青等。当时特别喜欢的是艾青，他的《大堰河——我的保姆》一诗曾让我深深着迷。但是，真正要谈及影响比较多的，首先肯定应该是朦胧诗那一代，如北岛、舒婷、顾城、杨炼、欧阳江河等，而其中最喜欢的诗人是顾城。也由此，大概才真正开始了我对汉语诗人诗作的广泛关注和阅读：涉及的诗人诗作自然可以开出一长串名单来。相对言之，下面这几位诗人给我的影响应该是最突出、最深远的：余光中、徐志摩、冯至、海子、张枣。其次则如席慕蓉、卞之琳、戴望舒、翟永明、辛笛、陈敬容等。有几年间，特别痴迷海子的短诗（他的长诗，似乎怎么也喜欢不上）。不过，到现在呢，冯至、张枣对我的影响，还在继续着。冯至的十四行诗，我认为，是我读过的汉语诗人中写得最好的。

不过，近几年来，我的诗歌写作重新回到最早接触诗歌的那个路子上来：主要进行古体诗歌的写作。虽然，从一开始，直到现在，我从来没有中断过对古体诗歌的兴趣，但重心上却在很长的时间里偏向于现代汉语诗的写作。曾经一位师兄为此觉得很有趣，他说我是教授中国古代文学的，却偏偏喜欢写作现代汉语诗；他的另一个朋友是学外语出身的，却反过来，偏偏喜欢古体诗歌的写作。而现在，我把写作的重心重新转移"回"古体诗歌的写作中来，算不算对我专业的一种"正当"回应呢？我没法回答。但能够知道的是，我之所以要做这种转移，应该是因为我感到自己对现代汉语诗歌的写作，在一定程度上已经难以为继。我几乎不读同时代人的诗歌写作；偶尔读了，往往会有一种更强烈的困惑，而导致我写作上困境的加深：现代汉语诗歌的写作到底应该何去何从？因此，我大概是希望通过这种写作重心的转移，寻找到一种新的诗歌写作路数吧。

最后，还是要回到题目上来。为此，首先要讲的是我对诗歌的执着和真诚。大可以说，正因为此，使得我在"循规蹈矩"地走上学术道路——较周围不少人更早地读了硕士、博士，进入博士后流动站，完成了这一系列"程序"后，却突然发现，自己对学术已经没了初有的兴趣。师长们每每因此对我有恨其不争，而我对关心我、寄我以厚望的师长们也常有愧疚之心，但是在反反复复一、二十年后，我自己也终于不无绝望地发现，我的志趣，的的确确不在学术方面。回想起当初，山东大学郑师在收到我的第一本诗集《跪在佛前一万年》后，发给我的短信中，对我颇有不务正业之责；而现在，他大概也终于接受了我不会在学术上有所寸进的现实，而第一次勉励我"诗有进步"吧。念及各位师长之种种，不能不令我惶恐且愧疚不安。但是，我却知道，相较学术这种外在功业（仅属个人的理解）言，诗歌才是深刻于我生命里的存在和追求。我曾写过很多首谈及我的诗歌创作这一话题的诗，其中曾有这样的话：

> 除了诗歌，我别无他途——
> 当我沿着母亲颤抖的脐带蹒跚走出
> 因可怕的预感而号啕大哭
> 呵，刺痛我的浅浅的眼睛的，是阳光
> 或者，是那无边的黑暗？
> ……
> 而诗歌，在这个荒凉的时代
> 岂不就是一堆稀薄腐烂的干谷草
> 我把头紧埋其中，却还留下臀部
> 朝着沉闷的雷声的挤压
> 朝着荒凉的时代……

是的，"除了诗歌，我别无他途"。但是，我又从来没有把诗歌写作当作一种功业，更非一种功利追求，它应该是生命本质意义上的表达和呈现。或者说，生命因诗歌而得到升华，而真正实现。也由此，我从不敢以诗人自居：在我眼里，"诗人"这个称号非常神圣，我深感自己至少到目前为止，还远远配不上它。我最多只能算是一个对诗歌有着浓厚兴趣，喜欢不时写上几行被称之为诗的句子的人罢了。也为此，我不喜欢，甚至排斥参加各类诗歌的，乃至文学的，乃至各门类艺术的活动。当然，还有个问题是，我发现自己不知道该怎样来谈论诗歌，包括自己写下的那些句子；甚至一提到诗歌，我就变得特别迟钝，茫然，无话可说。因此完全可以这样来说：我的诗歌写作，从来就带有强烈的自闭性质，或使我在这样的写作中，越来越走向自闭。

于是，在我纯粹个人的理解中，我以为，诗歌及各门类艺术活动，应该是个人的。这个"个人"，如前已提及的，并不是指作品所观照的题材内容，所表达的主题而言——就此来说，我认为，个人的内心世界和遭际，时代、社会的风云变化，民生疾苦，国家国际时事等，并无本质区别，既是同时作为社会人的写作者避不开的，也是他所观照和表现的对象。我这里所说的"个人"，其实有两层意思：一是指写作态度。我永远相信，越个人的写作活动，才越纯粹，越真诚；越社会化的写作活动，则越容易远离诗歌的本真，而走向功利目的。二是就生命本质而言。诗歌应该是传达、阐释进而提升生命之本质的。虽然，迄今，我的诗歌写作，离这个目标还差得很远，但我对此却深信不疑，并努力向着这个目标前行。生命从一开始就注定了是孤寂的，悲剧性的，而对我来说，唯一能够给予我的生命以稍许慰藉的，大概就只有诗歌，也只能是诗歌。我曾以为，在所有艺术门类中，音乐是最能，也最易抵达心灵深处，是揭示生命本质的艺术形式，但可惜，我对音乐一窍不通，于是所能选择的就只有仅次于音乐的诗歌。于是，我才会说，我于生命的态度是悲观主义的，于生活则持乐观主义的态度；于是，我的诗歌写作，一方面与生活不可两分，如朋友说我"用身体写诗，或以诗写身体"，另一方面则充满了他人难以想象、理解的感伤、哀愁、忧悒、悲观、衰飒的情调。这看似矛盾的背后，其实正是对生命、生活的理解使然。

但是，我所面对的毕竟是一个众声喧嚣的时代，我的自言自语的写作，到底不过如一只埋头草堆的鸵鸟罢了；但是，我又能如何呢？我唯一能够知道的是，在这种自言自语式的写作道路上，我会一直走下去，直至黑夜到来，直至生命的尽头。

如是而已！

写作就是一场自言自语

□彭　静　张骏羿

访谈时间：2019 年 4 月 8 日下午

访谈地点：四川师范大学狮子山校区 4A 咖啡馆

访谈手记：在四川师大的狮山园子里学习工作十多年，和骏羿老师却无缘正式见上一面。骏羿老师是我本科期间文学院的老师，亦与我硕士生期间美学点的老师们特别熟络，因这样的关系，我们有过某些工作场合的碰面。

我们的首次联系是在 2012 年的春天。作为校报编辑，我在骏羿老师的博客里淘到了一篇读起来充满幸福感的文章，文章描绘了他在秋日午后的院子里惬意地晒太阳、读书、吃花生，文笔洒脱，性情流露。我游说其刊登于 5 月的《四川师大报》副刊，电话一头，骏羿老师很豪爽，"喜欢拿去！"

时间一晃就是七年。七年后的春天，骏羿老师"十年磨一剑"的诗集出版了，还一出就是三部。也因了这沉甸甸的文学果实，我们有了第一次正式的见面。

约好的下午 3 点，我提前 5 分钟到，骏羿老师已在门口的小圆桌旁早早坐下。咖啡馆里，他点了杯茶。我们围绕新出版的诗集随意摆谈。按理说，对于新出版的诗集，作者大都推广积极，加上大学老师多年授课练就的口若悬河的绝技，我曾设想这会是一场绘声绘色、侃侃而谈的聊天，什么创作理念，什么作品指向，什么情感表达，方方面面多多少少都会了解得比较详细，但出乎意料，骏羿老师话太少了，说两句话就要呷一口茶，呷一口茶就要续一点水，估计水壶里的水都有点紧张了。我年纪轻，脸皮厚，打破砂锅问到底，整个聊天过程以问答的形式推进。

我说，谈谈诗歌吧。"你的悲伤有点多。"骏羿老师点点头。"你的爱情也不少。"骏羿老师还是点点头。只有谈到熟识的朋友、美食与酒，才见他眉头高抬。就在这短暂的聊天和无数次点头呷茶间，我似乎开始走近他的诗歌了。聊到诗中的忧伤，"很多人都这么说"，没有更多。聊到诗中的爱情，他几度欲言又止，还是无话可说。只有在聊到导师发来的"诗有进步"的寄语时，他不经意就露出了笑容。笑起来的骏犇老师，有点腼腆，真像一个小孩。这一瞬间，我仿佛能够触摸那诗集中的忧伤，以及那遍布的爱情。

彭静（以下略称"彭"）：在您的生活里，诗歌占据了怎样的位置？

张骏犇（以下略称"张"）：同爱情一样，都是我生命中不可或缺的部分。

彭：您还记得从什么时候开始和诗歌结下缘分的吗？

张：应该是读初中的时候吧。记得有次从班上一个同学那里看到他竟然有一本《唐诗三百首》，非常喜欢，几乎是强抢了过来，整天揣在身上，不时翻翻。后来我到底把这本书还给同学没有我不记得了。但不管怎么说，那应该是我人生中第一次课本之外的自觉阅读吧。

彭：接触中国古体诗的同时就开始了您的创作之旅吗？

张：是的。一边读《唐诗三百首》，一边就模仿着写了一些，这算不算最早的写作呢？不过，写得实在不成样，后来全都毁去了。说起早期接触古体诗，我还想起一件事，我自己买的第一本书，就是一本古体诗选，一本唐代李益的诗选。不记得那时多大年龄，是跟父母去县城，逛新华书店时买的。应该是在读《唐诗三百首》之后吧！

彭：您最早的兴趣点在古体诗，并不是现代诗歌。

张：说起最早的兴趣是在古体诗上，现在想来，《唐诗三百首》大概算个诱因，语文课本上有许多古体诗也应该是一个因素。记得那时学了岑参的《白雪歌送武判官归京》，后来交语文老师要求的日记。记得那天早上起来，外面下了大雪——那个时候，四川冬天每年都是大雪，不像现在，稀罕了。我写日记时，便引用了岑参诗中的两句"忽如一夜春风来，千树万树梨花开"，得到了老师表扬，说引用得好。很难说，自己的古体诗兴趣跟这个有没有关系。

彭：但您后来却转向了现代诗，您出版的四部诗集都是这一类。是什么样的契机让您的兴趣点发生了这种转移？

张：这是读高中时候的事了。当时我从准嫂子（现在是嫂子了，当时我哥还在跟她谈朋友）的书架上发现了一本《雪莱诗集》，读了几首后，便深深为之着迷,尤其是那首著名的《西风颂》,其中有两句,恐怕每个人都知道吧?

彭:"冬天来了,春天还会远吗?"

张:对,就是这首。我对现代汉语诗的兴趣应该就是从这里开始的。有点遗憾,印象中让我走上现代诗写作道路的,并不是本土诗人的写作,而是雪莱这种现代汉语译诗。

读了雪莱的诗之后,我又读过匈牙利诗人裴多菲的诗。那也是嫂子书架上的藏书。

彭:看来,嫂子的书架是个巨大的宝藏,算是您现代汉语诗创作的启蒙?

张:是一个关键的契机。我的兴趣点从古体诗转向现代诗,真正大幅度的,甚或说全面的转移是在大学期间。大概是从大二开始,因为之前有过很长一段时间的迷茫,便有意识地让自己泡在大量的阅读当中,那种读书的状态现在回想起来完全可以用"疯狂"来形容。诗歌外的文体,像小说、戏剧、散文之类,也读了很多很多。就诗歌来看,我敢这样说,当时学校图书馆几乎所有的诗歌读物,都被我一一借阅了。从各种翻译的外国诗人诗作,到现代汉语诗人的现当代写作,甚至包括逐年出版的诗歌年鉴,我都丝毫不放过。

彭:读了这么多,您个人有什么偏好?

张:那我说说对我影响最大的几个诗人吧。

最早给我很大影响的是艾略特。他的《荒原》《四个四重奏》《阿尔弗瑞德·普鲁弗洛克的情歌》以及一些短诗,我都是长时间反反复复地阅读,一边还进行了大量的模仿。尽管直到今天我也不敢说自己读懂了他的这些诗歌,但一直都特别痴迷、欣赏那种从语言到主题不无迷离、荒诞怪异,又非常晦涩的风格。大三时,我曾写过一首自己迄今为止篇幅最长的诗,叫《狂欢之夜》,缘于那年的元旦狂欢晚会,写了很久,也写得很辛苦,有八百多行,其实就是艾略特影响下的一种写作尝试。

艾略特之外,还有像叶芝和波德莱尔也给我很大的影响。那时有本四川文艺出版社出版、裘小龙译的《抒情诗人叶芝诗选》,我到现在都非常喜欢,经常读。后来也买过他的诗全集,其他人译的,不喜欢。波德莱尔的《恶之花》,也是经常阅读的。

不过,总体来看,外国诗人中给我影响最大的应该是奥地利诗人里尔克，他被称为"诗人中的诗人"。但很奇怪，我的印象里，他是最后才出现在我的阅读视野中的，不过，从此就再也没有离开过。

彭： 里尔克的《秋日》我也很喜欢。

张： 你读的哪个版本？里尔克的诗有很多译本。《秋日》这首诗最好的译本是冯至的，美得令人心醉：

> 谁，此时没有房屋，就不必建筑，
> 谁，此时孤独，就永远孤独，
> 就醒着，读着，写着长信，
> 在林荫道上来回不安的，游荡。

当然，我最喜欢、最迷恋里尔克的还是他的《献给奥尔弗斯的十四行诗》，读得最多，还有他的短诗，像刚才提到的《秋日》，还有《爱的歌曲》《豹》《少女的祈祷》等，我都很喜欢，也给学生们推荐。他给我的影响真的太大了。经常有这样的情况，每次我感到诗思枯竭的时候，我就去读里尔克的诗，往往能由此获得创作的灵感。

彭： 我注意到，刚才您提到了很多有名的外国诗人，里面没有歌德？

张： 你也注意到了。歌德，算是我心中的遗憾吧。恩格斯曾对歌德有过很高的评价，说歌德和黑格尔在自己的领域都是奥林匹斯山上的宙斯。但是，很遗憾，不知是因为风格问题，还是因为自己读得太少的缘故，总之，我没能喜欢上他的诗歌。说到这里，我想到一件事，那是读大学期间，曾有位非常关心我的诗歌写作，让我到现在都对他心存感激的学长极力向我推荐歌德，他认为歌德的诗才是真正的经典，我真正要学习的对象应该是他。我还记得那次聊天是在川师的晚晴茶园。

彭： 我居然不知道川师有个晚晴茶园。

张： 就在第二办公区旁边。那里有个亭子，知道吧？以前有学校的离退休处。当时就在那里，学长向我声情并茂地朗诵了歌德的《五月之歌》……唉，可惜，我还是没有喜欢上歌德的诗歌，辜负了他！

彭： 中国的现当代诗人，您关注得多吗？

张： 我接触中国的现当代诗人要晚于国外诗人。估计每个中国学生都一样，最开始接触的诗人恐怕都来自课本，我也是这样。像闻一多、贺敬之、柯岩、郭小川、艾青他们的诗歌，就是读中学时从课本上看到的。

彭： 好像是这样，即使不喜欢诗歌，只要从中学阶段过来，也都会知道这几个诗人。

张：这几个诗人中，我一度很喜欢艾青的诗，尤其是那首《大堰河——我的保姆》曾让我着迷。但是，真正要说对我有比较大影响的，首先应该是朦胧诗那一代吧，像北岛、舒婷、顾城、杨炼、欧阳江河等。后来又有如徐志摩、余光中、海子、冯至、张枣等诗人的影响。冯至的十四行诗，我认为是我读过的中国诗人写的十四行诗中写得最好的。另外，像席慕蓉、卞之琳、戴望舒、翟永明、辛笛、穆旦、陈敬容等的诗歌，也读过不少。其中，最喜欢的是被称为"童话诗人"的顾城，记得当时自己写过一些诗歌，题目还记得，如《彩色糖纸》《周末我们去了幼儿园》等，就是受了他的影响。

彭：顾城的名篇是"黑夜给了我黑色的眼睛／我却用它寻找光明"。

张：张口就来，说明这两句诗真的流传很广。可惜了，顾城！

彭：可惜的还不只是顾城，海子也算一个。

张：是的。我自己也有一段时间，特别迷恋海子。不过，现在课本里选的那首《面朝大海，春暖花开》，我觉得并不能代表海子的诗风。他的诗歌，我尤其喜欢其中的短诗；至于他的长诗，我试着读过，但好像不怎么喜欢。

彭：从普及和受欢迎程度来说，徐志摩的《再别康桥》，余光中的《乡愁》，舒婷的《致橡树》，还有戴望舒的《雨巷》流传很广，就连我这个不读诗的人都会背。再往前几年，学长学姐们的青春期有席慕蓉、汪国真的诗歌陪伴。您是怎么看待诗歌的流行的？大众的审美和诗人的审美容易接近吗？

张：是啊，席慕蓉热、汪国真热都出现在我上大学的时候。当时我还写过一篇诗论，名为《从席慕蓉热到汪国真热看中国当代诗坛的走向》。当时以为写得多好、多深刻，后来去看，简直一团糟。诗歌的流行有很多因素，诗歌本身有时反而是次要的。大众的审美与诗人的审美肯定有差异，但就那些真正的经典来说，这两者往往是契合一致的，也应该是契合一致的。虽然我是这么理解的，但就我个人的写作来看，很遗憾，还远远没有达到这个境界。

彭：听您讲了这么多，那我是不是可以这样理解：中国的古诗词将您引入了诗歌的大门，而西方的现代诗孕育了您创作的土壤？

张：这样说也不是不可以，但也有不妥之处。的确，我首先接触的是中国古诗词，由此产生了对诗歌的兴趣，开始走上诗歌写作的道路。虽然，在最初的现代汉语诗歌的创作中，西方的现代诗给我很大影响，但要说土壤的话，恐怕还是得从中国文学（自然包括古典诗词在内）、文化说起吧。从这点来说，我很欣赏余光中的诗，我认为，在中国传统文化、文学与现代汉语诗歌写作的结合上，他是做得最好的。

彭：您认为现代诗歌与古代文学有什么共通之处？

张：从诗性这个角度讲，并不存在古代文学与现代诗歌的本质的不同，只是在表达方式及风格特点上，二者有区别罢了。粗略来看，我个人认为，古代文学（自然包括古代诗歌）偏于情兴的抒写，而现代诗歌更强调义理的传达。

彭：那您选择现代诗创作，有没有现代诗受众更多，市场接受度更高的原因呢？

张：没有考虑过这些，纯粹是兴趣问题。我认为我的写作是一场自言自语，其中就包含我的写作完全是个人的，完全凭兴趣而为的意思。我从来没有想过把写诗当成一种功业，一种功利追求。

彭：您最早接触的诗歌就是《唐诗三百首》，您的大学专业也是研究古体诗，您为什么不选择在自己熟悉的领域开辟一条安全的创作道路？

张：这个还是要从个人兴趣来寻找原因吧。因为兴趣，我喜欢诗歌写作；也因为兴趣，我慢慢由最开始的古诗词写作转向了现代汉语诗歌写作。当然，也正是因为作为古代文学专业的老师，却偏偏写作现代汉语诗歌这个问题，所以曾有个师兄还开我这方面的玩笑，说太有意思了。其实，说到底，还是因为兴趣，跟专业无关，跟是否合适、安全也无关。

彭：您更倾向于大家称呼您大学教师、学者还是诗人？

张：大学教师是我的职业，我从来不敢怠慢。教授学生知识的过程是知识的传达与意识的沟通，是有很大自由度的，但毕竟是个互动的活动，还是要取决于施与受的双方在价值观念、人生体验、思维方式等方面的匹配度，还是有阻隔的。而诗歌写作呢，在我看来，其实是个封闭、向内的环境，只需要我体验我的情感、表达我的思想、与我的内心进行对话，这种天马行空式的自由更容易带给我安全感、愉悦感。不过，虽然我喜欢写诗，但我并不敢以诗人自居。在我的理解中，"诗人"称号非常神圣，不能轻易冠之。至少到目前为止，我深感自己还远远配不上它。我最多只能算是一个对诗歌有着浓厚兴趣，喜欢不时写上几句诗的人罢了。

彭：说说您新出的诗集吧。您最中意您的哪首作品？或者说哪首作品更能代表您？

张：实际上不存在我最中意哪首作品，或哪首作品更能代表我的问题。套句俗话，就是：我最中意的作品，永远是我还没有写出来的作品。如果非要让我选，那我相对喜欢《最后的远行》这首，因为这首诗包含着我对现实生命状态的一种感受和理解。

彭：《最后的远行》中记录了您行走四方的足迹。您是怎么想到要给"远行"下"最后"这样一个定语？

张：写这首诗的时候，我还在山东读书，遇到一些事情，让我对现实感到很无奈，于是一时之间有了一种悲壮的感受，以为自己从此不会再远行了，会去选择一种在当时的自己看来世俗的、平庸的"幸福"生活。不过，后来自然还是不甘放弃。但既然写成了，后期出版也就不愿意再改动了，算是对岁月的尊重吧。

彭：能看得出来，您热爱旅游，旅途中的见闻对您诗歌的写作有什么影响？是否会专门计划出游来寻找创作灵感？

张：相比"旅游"这个词，我更喜欢用"走出去"来表达。我渴望走出去，但并不会为了写作而走出去。"走出去"是个性自由的追求和表达。写作也是自由的表达。两者契合了，就有了关系。走出去就会导致写作的发生。不然，就是单纯的走出去看看罢了。写作，需要大量的感性经验的积累；走出去，从这方面讲，显然是最佳形式。从这个意义上说，行万里路，比读万卷书要重要得多。如果谈对写作的具体影响，大概可以从题材内容的丰富，对生命、社会、自然等问题思考的深刻度等方面做理解吧。

彭：《秋天的眼》中，有很多关于人生和生命的思考，在找寻答案的过程中，您是否曾迷失？

张：关于人生、生命等问题的思考，应该说，我从没停止过。在诗歌的写作中，更是如此。这个问题有答案吗？大概包括我在内的每个人，都希望寻找到这个答案。但直到现在，我都不敢说自己找到答案了。找不到答案，是不是就是迷失呢？我不知道。

彭：您的诗集中也多次提到了"死亡""杀死自己"，死亡是什么？和大众的理解一致吗？有人说死亡意味着消亡和毁灭，您怎么看？

张：我一直深信老庄哲学以及存在主义哲学关于死亡的理解，前者说"出生入死"，后者认为"向死而生"。所以我从来不害怕死亡，甚至是渴望走向那一步。而死亡到底是什么，直到今天，任何人，任何科学研究，都无法回答。所以，说死亡意味着消亡、毁灭之类的观点，也仅仅是一种主观臆测罢了。我更愿意相信，那是另一种存在状态。

彭：您曾说过，"对待生命以悲观，对待生活以乐观"，二者是否存在冲突，能具体谈谈吗？

张：二者并不冲突。一个是就本质和终极意义上的理解，一个是从现实生活所做的选择。人生多艰，这是注定了的，不可更改的。所以，生命的底色是沉重的晦暗。但我们却不可能因此而放弃；相反，只能，也必须更加努力地、坚韧地在晦暗的底色上涂抹一片或一笔，哪怕一丝亮色出来。结果如何，我们每个人都不可预知，但我们必须那么去做。

彭：《在夜的，你的怀抱里》收集了您以爱情为主题的诗歌，您怎样理解爱情？现代社会节奏快，爱情亦被附加了其他色彩，"从前的日色变得慢，车马邮件都慢，一生只够爱一个人"的爱情观是值得高举还是只能怀念？

张：如前所说，爱情同诗歌一起，构成了我生命中不可或缺的，或称之为意义的部分。我以为，爱情应该是一种精神上的契合，是心灵的一种深刻感动，不应该跟物质层面的追求有过多关系。但在如今这个时代，这样的爱情，似乎很不容易产生了。也正因为此，木心的这首诗中表达的爱情，才特别令人怀念和向往。但终究，那只能是一种理想。再者，在我看来，爱情，其实跟爱一个人还是几个人之间并无必然关系，关键在是否用心，是否真诚。人是在不断往前走着的，会遇到很多风景，可哪里才是属于自己的风景呢？我们每一个人，恐怕都在这样憧憬着，又遗憾地去苦苦寻觅吧？因此，最终只能如徐志摩说的那样，"我将于茫茫人海中访我唯一灵魂之伴侣；得之，我幸；不得，我命。如此而已。"

彭：您的诗歌创作对象多是自然景物，而主题多是爱情，这样的创作选择和您的价值观念、人生体验关联大吗？

张：应该很大吧。不过，最初爱写自然景物，却是因为雪莱。他的作品中有非常多的关于自然物事的吟咏，于是我最初写现代汉语诗，也大量去写诸如太阳、月亮、星辰、河水、树林、晨雾、朝云、晚霞以及风雨雷电等题材。后来呢，应该跟我的价值观有关系。我很喜欢自然山水，反倒对人文景观不是很喜欢。高中阶段，在持续了很长一段时间的对自然对象的摹写后，我的写作对象才开始慢慢扩大到对爱情、对生命的关注。当然，这也跟那时特别喜欢班上一个女孩有很大关系。好像就是从那以后，爱情主题慢慢变成了我写作的重点，甚至主要内容。后来我一再说的"爱情和诗歌是我生命之不可或缺之部分"的价值观念，也就是在这个时期形成的。

彭：读您的诗，里面总是充满忧伤。写爱情也好，写远行也罢，都是这样。您还特别爱写秋天，悲秋情怀十分浓郁。那么，您享受这份忧伤吗？您创作的归途是要沉醉在这份忧伤中，还是终将走出这份忧伤？

张：不是享受忧伤，而是生命本就忧伤。我无时不感受到这种忧伤，尤其是在夜晚。我喜欢夜晚，又害怕夜晚。喜欢，是因为进入夜晚，我才感到了生命鲜活的一面；害怕，是因为一到夜晚，我的思绪就前所未有的活跃，让我感到自己被巨大的、无时无处不在的悲哀、忧伤所包围。而我的诗歌要对我所体验和感受到的这种生命状态进行表达和阐释，于是，一旦写作，就很自然地充满了忧伤的调子。我有时也力图改变，但试了很多次，却发现我改变不了。所以，忧伤大概是永远的，是我永远走不出来的吧。

彭：我发现您的作品中"猫"的意象很多。从心理学角度分析，喜欢猫的人更崇尚独立自主，属于内向型性格，喜欢孤独，喜欢宁静和恬淡，不善于对他人表露感情，很少会向人敞开心扉。对照您本人，您觉得准确吗？

张：这点我倒是没有留意。如果我的写作中"猫"的意象多次出现，那应该是一种无意识的行为。从人际交往来说，我不太喜欢，甚至有点排斥参加各类诗歌的，乃至文学的，各门类艺术的活动。从诗歌写作来说，我从来就带有强烈的自闭性质，或在这样的写作中，越来越走向自闭。这样来看，这种心理学的解释，至少对我而言还是很有道理的。

彭：您的诗歌不论从选材还是表达，都是很个人的，对社会的呼应好像比较少？

张：不仅是你，很多人都有这种印象，其实这跟我出版的作品是特意选出的有关。但我的作品中，并不是没有这种呼应，只是没选出来发表而已。并且，按我的理解，诗歌以及其他艺术活动都应该是个人的。我从来就相信，越个人的写作，才会越纯粹，越真诚；越社会化的写作，就越容易远离诗歌的本真，而走向功利目的。

彭：那可不可以认为：您的写作只是个人的自娱自乐？

张：在我看来，写作就应该是自娱自乐的，也就是我说的自言自语。这跟所言语的对象、内容无关，只是一种表达方式，一种价值诉求。就前者言，它是纯粹个人的，不求与他人应和、同调；就后者言，则不以社会的、时代的认可为目的，而重在个人的体认，及得三五朋友的一笑。但是，我所面对的毕竟是一个众声喧嚣的时代，唯一能够确定的是，在这种自言自语式的写作道路上，我会一直走下去。

彭：有人评价您的诗歌"有志摩之情，望舒之味，适之先生之自由，而清新自然还在好多著名的现代诗人之上"，您怎么看？

张：把我的诗跟徐志摩、戴望舒、胡适的诗放在一起评价，万万不敢当。这是朋友唐小林在我的诗集《跪在佛前一万年》的序中说的话。不过，不同作者的写作之间，肯定会多多少少有相通的地方，如情感啊，思想啊，风格特色啊，等等。大概小林认为我的文字里也透露有这几位诗人所传达的诸如深挚的情感、古典的意味、自由的思想等等吧。

彭：您怎么看序言里您的朋友形容您"把写诗当做日常生活"？是生活本是诗，还是您用诗意的眼光去看待生活？

张：我曾说过，我于生命的理解是悲观主义的，于生活的态度是乐观主义的。其实，这前后之间是存在一种因果关系的。正因为生命的悲观主义，我才努力让自己乐观地活着。大概这是生活中诗意产生的原因吧。再者，从前面我说的诗歌是我生命的组成部分来看，我也没法停止我的写作，由此，诗歌与生活便自然地交织在了一起。我也曾赞赏、鼓励我的学生用诗意的眼光去看待现实的问题。打个比方说，即便处身垃圾堆，也要努力去发现，去看到垃圾堆中生长的一棵小草或是开放的一朵小花……

彭：距离您上一部诗集的出版，已间隔了十年，您在这十年间，思考的最多的问题是什么？十年过去了，回过头来看过去的那些诗，您觉得在这十年间，您的心境发生变化了吗？有没有一直执着坚守的？

张：其实，诗集出版上的这个时间间隔是无意义的。因为前后出版的诗集中的那些作品，并没有这种时间间隔。只是哪些作品在之前的诗集里出版了，哪些现在才出版了而已。说现实点就是，如果有充足的经费，本用不着这种间隔，随时可以出版。当然，就心境来看，时间过去，肯定有些变化，大概是对很多问题，包括对生命、对现实的选择等的理解更清楚了吧。真正知道自己不能放弃的是什么，可以放弃的又是什么。现在回头来看，大概可以知道，我很久以前就说过的"爱情和诗歌是我生命之不可或缺之部分"这句话，于我的的确确不是一句空话。

彭：据我所知，您的学术之路是沿古代文学及文论展开的，网络上也能查到您多篇公开发表的学术文章都跟现代诗歌完全不沾边。作为一名大学教师，您怎样平衡您的专业和兴趣？

张：一开始，我对学术还是有很大的兴趣的，也有过把这个当作自己事业追求的想法。但是，硕士毕业留校后，又"循规蹈矩"地读了博士，进入博士后流动站，完成了这一系列"程序"后，却突然发现，自己对学术已没了兴趣。这方面的原因很多，但主要的原因大概还是自己的懒散以及做事仍然凭着兴趣吧。师长们每每对我有恨其不争之意，我对他们的厚望每每只有愧疚之心。当然，这之间也有反复，不过在反复挣扎一二十年后，我最终绝望地发现，我的志趣，的的确确不在学术方面。当初，山东大学我的博士生导师郑老师收到我的第一部诗集《跪在佛前一万年》后，在发给我的短信中，有些怪我不务正业，而现在他大概也终于接受了我不会在学术上有半点成就的现实了吧，还第一次勉励我"诗有进步"。念及我各个阶段经历、遇到的各位老师们，我真的非常惶恐，非常愧疚不安。但是，我却知道，我不可能改变自己了，因为比较于学术这种外在功业（仅属个人的理解）言，诗歌才是深刻于我生命里的存在和追求。我曾写过很多谈及我的诗歌创作这一话题的诗，其中有首诗里有这样的话："除了诗歌，我别无他途"。我真的是这样理解的。所以，你问我怎样平衡，好像平衡不了吧。

彭：看您的微信朋友圈，发现您写的好像都是古体诗，是不是您在进行创作上的转变？这种转变有没有一种您对岁月的妥协，或者只是写作上单纯的主动迎接、追求变化而已？

张：这几年我写作上的确有这种转变。至于你说的妥协，很有意思。你不说，我真还没想过这个问题。你这么一说，仔细想想，似乎有那么一点吧。古体诗词的写作，本来就跟现代诗歌写作有很大不同：现代诗歌写作的自由往往是人年轻时候的追求；而古体诗词讲究规范，年龄越大可能越容易自觉接受。看来，这个转变恐怕跟我现在已经步入中年有关。我自己都没意识到呢！不过，真要理性分析的话，近几年来我再度回归古体诗写作道路上来，一是兴趣使然，二则因为我感觉自己的现代汉语诗歌写作，在写了这么多年后，突然不知道怎么继续写下去了，不得不有意转变，看看能否找到一条突破的路子。再看看以前写的那些古体诗词，可以说完全是胡写一气，这两年通过不断地摸索和学习，终于稍稍懂得该怎么写了。

彭：您近期比较感兴趣和正在思考的问题是什么？

张：我的兴趣，这么多年来，基本上没有什么变化吧，还是偶尔运动运动，看看书，写些自己喜欢的文字，跟朋友聚聚，等等，如是而已。至于思考，也许，到这个年龄，更多的是诸如生命、死亡之类的吧。

域外视野

现代民族意识的符码表达

——以电影《印度合伙人》为例

□焦　阳①

　　印度新电影成长于全球化语境下与东方乡土社会的现代转型之中，不论是形式上的审美特征，还是内涵上的意识表达，都烙有现代性的印记。"非西方社会引进现代性是较晚近而突然的，因而与本土传统形成的矛盾比较激烈"②。作为印度社会现代转型的微缩景观与影像呈现，其丰富多元的母体内核下呈现出共生的民族性与现代性，充满着矛盾与张力。近年来，印度新电影将主体视角投射到现代化进程中传统民族文化所受到的冲击，将叙事主体转向在二者冲击下挣扎的社会底层小人物的命运，涌现出如《摔跤吧！爸爸》《厕所英雄》《神秘巨星》《小萝莉的猴神大叔》等一大批高票房、好口碑的作品。"现代性与民族性呈现出高度的互动性与体系的多维性，你中有我，我中有你，时而分立，时而互涵，共同组成了一幅前所未有的现代民族景观。"③

　　在现代意识的建构中，印度新电影充满着现代性对民族性的外部突袭，从而激发自醒、自审与自觉的民族危机意识。民族性的沿袭与现代化的推进呈现出相互渗透、相互角力、相互妥协、趋于平衡的发展态势。广袤的地域、独特的语言与民俗、悠久的历史文化与宗教等元素是印度新电影中惯常运用的民族符号，转化为可视化和景观化的影视语汇，从而完成了印度民族现代意识的符号化书写。

---

　　①　焦阳：四川大学艺术学院副院长、影视与戏剧专业副教授，研究方向为影视戏剧表导演、应用戏剧。

　　②　王铭铭：《文化变迁与现代性的思考》，《民俗研究》，1998 年第 1 期。
　　③　周安华等：《亚洲新电影之现代性研究》，北京：中国电影出版社，2017 年，第 86 页。

根据印度企业家阿鲁纳恰拉姆的事迹改编的，具有传记色彩的《印度合伙人》讲述了"宠妻狂魔"拉克希米为了保护妻子的健康，反复尝试制作低成本护垫的方法。他顶着被家人、邻居误解为疯子、变态的压力，无奈之下远走他乡，在大都市德里遇到了知己，也是合伙人的女音乐人帕里。在帕里的支持下，拉克希米终于成功发明了低成本的护垫生产机器，而他更是做出了一个令人震惊的举动——分文不取地开放该项专利，以期让更多的女性真正受益。拉克希米的壮举不仅转变了印度女性经期卫生的观念，更推动了印度于 2018 年 7 月取消卫生巾进口关税的社会变革。影片以大团圆为结局，登上联合国舞台演讲的拉克希米最终衣锦还乡，继续他守护妻子的初心。

毫无疑问，这是一部敢于直视民族弱点的励志影片，该片将叙事的焦点关注于与女性息息相关的"那五天"以及印度宗教信仰中对生理期的讳莫如深，剧中的主人公不得不在宗教信仰与生命健康、民族传统与现代卫生之间做出选择。影片中运用的大量民族符号语汇，既展现了印度作为民族国家的风貌与传统，又为以主人公为代表的现代化推进者设置了重重障碍，最终合力谱写了印度现代民族意识建构的乐章。在下文中，本文将从三方面分析该片中印度社会的现代性与民族性之间的角力，对其现代民族意识的符号化表达进行阐述。

一、民族信仰牢狱与现代身体隐喻

印度作为统一的多民族国家，主要宗教为印度教、基督教、锡克教和佛教，其中最重要的是印度教。就其影响范围而言，据统计，全世界印度教教徒约有 10.5 亿人，而他们大多居住于印度本土，印度 83% 以上的人口信奉印度教；就其时间长度而言，印度教被公认为世界上最古老的宗教，其历史可以追溯到一万年前的《永恒之法》。印度教教义在印度的影响深远，渗透到印度文化和生活的方方面面，在广大民众的生活中居于至高无上的中心地位，并起着决定性作用。正如马克思所言："这个宗教既是纵欲享乐的宗教，又是自我折磨的禁欲主义的宗教；既是林加（男性生殖器——引者）崇拜的宗教，又是扎格纳特的宗教；既是和尚的宗教，又是舞女的宗教。"① 宗教令印度成为神圣的"宗教博物馆",同时也成为现代化发展的束缚。

《印度合伙人》正是基于印度社会的这一历史文化语境而创作,该片以女性最为隐秘且无法避免的生理期为切入点,从男主人公拉克希米的关爱视角出发,通过窥探印度教义中不祥的征兆,为历经数千年而亘古不变的传统习俗制造了视觉惊奇,将传统教义、世俗观念与现代人的生存诉求、社会现实问题之间的矛盾暴露于大众视野之中,从而展开了以男主人公经历为代表的现代化进程在印度世俗社会艰难而执着的探索、抗衡与推进。

影片中,照顾完一家老小餐食刚坐下准备就餐的妻子突然离席,仓皇跑到屋外。拉克希米疑惑地追问发生了什么事,并准备起身前去一探究竟时,却被眼都未抬的母亲轻声且威严地多次阻止:"你吃你的饭吧,拉克希米坐下,你别过去,她们的事。"全景镜头中所有的女性均如平常一般埋头用餐,唯有拉克希米这唯一的男性坐立不安,不顾母亲和妹妹的劝阻来到屋外寻找自己的妻子。怎料到妻子却惊恐地退后,不但央求他离开这里,还害怕地央求他小点声,说这是习俗,家里的女人都必须待在屋外,这不干净。拉克希米一改之前与妻子的亲密作态,严厉地告诉她这些习俗是骗傻女人的,而且习俗是可以更改的,只要妻子进屋来。但是妻子双手合十不再争辩,只是默默地望着拉克希米央求他,民族性与现代性之间的第一次冲突以双方的失语而暂时停止。

随之而来的冲突以不可调和的态势接踵而至,不论是夜晚拉克希米关爱地为睡在屋外的妻子盖上毯子,还是白天妻子因为意外看到爬在墙上的蜥蜴而害怕,本能地扑到拉克希米怀中,妻子都异于常态地惊恐、自责与其的身体接触。进而拉克希米发现自己用脚踢开的一块脏布竟然是妻子在生理期所使用的,不禁生气地责备道:"我连擦自行车都不会用这块布,你想什么呢?"甜蜜的新婚夫妻关系因生理期的到来而被彻底打破,娇俏可爱的妻子在习俗教义的魅惑下变得奇怪、愚昧甚至难以沟通、不可理喻,生理期如同隔开夫妻二人的鸿沟。拉克希米质问、指责妻子的话语和注视的眼神又何尝不是民族性与现代性的第二次正面

---

① 中共中央马克思恩格斯列宁斯大林著作编译局编:《马克思恩格斯选集》(第2卷),北京:人民出版社,2013年,第62—63页。

冲突？

在印度文化中，女性生理期被认为是不祥的征兆，生理期女性留在家中会给家庭带来灾难，因此印度至今保留着将生理期女性赶出家门的习俗，她们通常睡在室外，甚至是牛棚、猪圈；不仅如此，生理期女性还不被允许自己做饭和使用公共水源。如果违反这样的禁忌，遵照印度教义的戒律将被泼 365 次牛粪以示惩罚。由世俗偏见而带来的，除了民众对女性生理期及其相关事物的恐惧与排斥，还包括沿袭至今的威胁女性健康甚至生命的陋习，正如影片中苏巴斯·高尔医生所言：每周有 10~12 名女性因为生理期用脏布、树叶、炉灰来处理而患病，其后果是许多女性年纪轻轻就不能生育，更为严重的是死亡。

影片至此，拉克希米踏上了漫长而又艰难的自制护垫之路。护垫作为现代女性生理期的必备品，通过移置作用将女性身体及其苦难符号化。与此同时，"现代性的进步性是以个人的解放与自由为前提特征"①，作为反传统习俗的护垫，跨域映射了不可阻挡的现代性，传递着势不可挡的现代信号，在传统习俗、教义、文化的组合链条中打开了一个切口。受过教育的苏巴斯·高尔犹如一位智者，他的警语不仅如先知一般，告知世人因护垫离场而给女性带来的灾难性后果，更重要的是启发世人，特别是让观众去想象和关注到同一种属关系中的"切口"缺席。"想象不仅意味着对其他不在场的组分的激活、召唤、选择与置换，而且意味着集合中组分之间的意义对比以及组分置换可能带来的整体意义对比。"② 在此种想象的凝缩作用下，观众通过比照结构，切入符码所隐喻的印度世俗社会民族性——腐化且不近人情的传统习俗，低下的女性社会地位，落后且偏见的文化历史等。

二、角色性格塑造与现代民族意识构建

正如前文所述，印度教教徒构成了印度社会的主体人口群体，受种姓

---

① 周安华：《亚洲新电影的现代性研究》，北京：中国电影出版社，2017 年，第124 页。

② 刘涛：《隐喻与转喻的互动模型：从语言到图像》，《新闻界》，2018 年第 12期。

制度的影响，印度女性的地位十分低下。对此，早在英属印度时期，英国就出台了一系列的法律和政策，以期有所改善，如《萨尔德法典》中将女性的最低结婚年龄提高到 14 周岁（1940 年提高到了 15 岁）。印度独立之后，改善女性社会地位和生存环境是历届政府最为关心的首要问题。男女平权、婚姻自由不仅写进了印度宪法，还多次通过修改《婚姻法》，并制定《禁止嫁妆法》，以期废除传统印度教中的嫁妆制度，保障女性的合法权益。但是，这些都未能从根本上改变女性低下的社会地位。即便是工业化的到来和西方思想的引入，也并未改变这一社会事实。女性在印度社会的现代化进程中"缺席"。影片通过展现拉克希米的护垫实验进程，塑造了多个男性"合伙人"形象，促成了这一壮举的实现，从而完成了现代性对民族性的有力回击。

影片无疑充满着浓厚的"美国梦"色彩，从拉克希米产生制作护垫的念头起就屡遭质疑与否定。在妻子、母亲、姊妹以及一众村民的眼中，拉克希米受到了巫术的蛊惑，与其接触的人都将被传染。"物体通过某种神秘的交感可以远距离地相互作用，通过一种我们看不见的'以太'把一物体的推动力传输给另一物体"①。这些言论引发了村民们的恐惧，村议会将村民们聚集到村口的大树下，商议如何处置拉克希米。面对高声指责的母亲及村民们，拉克希米及其同伴几乎"失语"，他们被村民们包围并孤立其中，无力回击。宗教信仰、印度农村公民社会以及妇女自身的陈旧观念象征着三座大山，压在以拉克希米为代表的现代化进程推动者的身上，切断了现代化在印度农村的发展进程。村民们对拉克希米的避而远之，妻子被带回了哥哥家，母亲则带妹妹们寄居在已出嫁的姐姐家，村庄再也容不下拉克希米。就在村议会即将宣布将其赶出村庄的这一决定之前，他主动选择了离开，立誓要将格雅特丽的羞辱变为尊重，为此不惜一切代价，即便会因此下地狱。至此，现代化暂时放弃了在印度农村的推进，随着拉克希米乘坐的大巴车转向了印度的中心城市。

随着时间的推移，三类角色在拉克希米颠沛流离的护垫实验旅程中推动这一事件的发展，助力"梦"的实现。第一类是与拉克希米朝夕相处的日常生活伙伴——棉花店小贩、路边补鞋匠，他们与拉克希米同属于印度

---

① 〔英〕詹姆斯·乔治·弗雷泽：《金枝：巫术与宗教之研究》，徐育新等译，北京：大众文艺出版社，1998 年，第 21 页。

社会的普通民众，有类似的生活境遇。在这一类角色的塑造上，演员们都以高度的现实还原性呈现生活本貌——工匠们服饰褴褛、肮脏，头发蓬乱甚至有些邋遢。更值得关注的是，这一对伙伴一个高高瘦瘦、一个矮矮胖胖，像极了《等待戈多》中的那一对老流浪汉爱斯特拉冈和弗拉基米尔。两者间大多运用极为快速、简单的对话方式，展现其与拉克希米质朴的友谊，以及真诚、无条件的帮助。

第二类角色以智者为代表，这一群体包括以专业医学知识警示拉克希米卫生危害的医生，拉克希米期望获得免费知识，而住家照料其生活起居的大学教授，以及生活阅历丰富的工厂老板。这一类角色均为年长的男性，在形象塑造上都配有代表知识的符号——眼镜。他们话语简练、出现频率较低，却对拉克希米在剧中的行动起着决定性的推动作用。他们往往出现在拉克希米面临无法解决的困境或是彷徨无助之时。如拉克希米在反复试验失败时，工厂老板一直重复的话语"在给顾客用之前，我们必须自己试用一下"点醒了他，他下定决心要亲身体验护垫样品。教授在向拉克希米展示护垫的制作过程时，忠告他"如果你整天被盲目的情感牵着走，那你一辈子都会是个笑话……做个男人，而不是懦夫"，激发了拉克希米自己尝试制作护垫机器的决心和行动。

以上两类男性角色无交错地出现在拉克希米实验之路的时间轴上，共同推动其护垫实验的正向发展，形成了现代性进程的男性合伙人浮雕。两类角色尽管身处不同的社会阶层与生活环境，但都具有坚毅、执着的性格特征，隐喻着男性依然是印度现代化得以推进的中坚力量，以及印度现代民族意识的生成。

影片还艺术性地塑造了第三类合伙人角色——儿童与青年知识女性，二者在拉克希米即将放弃的时候起到了扭转局面的决定性作用。前者在拉克希米因终日见不到教授，无法习得制作知识而灰心丧气，准备离开之时，帮助拉克希米通过网络查找到了相关信息，并协助拉克希米电询纤维素公司，获得了制作护垫的原材料。后者是拉克希米发明护垫制作机器后的第一位护垫使用者，并且在拉克希米因借款到期被追债时，鼓励他参加全国创新大赛，一举获得最佳发明总统奖和20万卢比的奖金，进而荣登报纸头条，成为英雄。在拉克希米置气要将发明专利送与他人时，帕丽毅然放弃了知名公司的工作邀约，背起挎包走街串巷地兜售拉克希米制作的护垫，并帮助他上电视宣传，将机器远销其他国家；继而陪伴拉克希米远赴美利坚，登上联合国的舞台，向世界讲述自己发明护垫制作机器的经历。影片在这一类角色的塑造上赋予了其理想化的色彩，在先进科技与国际化视野的引领下，二者化学性的能量爆破将现代化进程推向了制高点，传奇性地将古老印度以颠覆性形象展现在世界的舞台之上。

值得关注的是，这三类角色并非同时在场，而是以历时关系出现在拉克希米造梦的进程之中，在这一时间轴上，在场的角色与其他不在场的角色之间存在聚合关系，共同建构了实现伟大创新的力量。在想象思维的作用下，在场的同类群体集合隐喻着推动印度民族现代化进程的三类动能群体：印度普通民众、知识分子以及现代女性和儿童，他们共同彰显着坚毅、执着、勇敢的印度现代民族意识。

三、逐梦创业之旅与反传统禁忌意识

"梦是一个经过伪装的受压抑欲望的满足。"① 作为梦的两种典型化方式之一，移置被看作是无意识中对付禁忌的重要手段②。尽管拉克希米制作护垫的初衷仅仅是出于对妻子的关爱，但毫无疑问的是，推动其发展的动力在于其潜意识中对印度社会传统习俗的不满与抗争。

影片以欢乐、热情的印度传统婚礼场景拉开序幕，映入眼帘的不仅是传统印度婚礼的四柱帐篷、着红色金边装的美丽新娘与着白色宽松服饰、包裹红色头布并佩戴鲜花的老成新郎外，还大胆且着力呈现了充满情趣的恋爱场景，配之以充满民族风情的乐曲。不同于传统印度男权社会的刻板形象，拉克希米与新婚妻子之间迷藏式的嬉戏，营造了童趣与浪漫的氛围。"在现代观念逐渐渗透的当代印度电影中所表现出的人物情感逐渐从旧俗中走出，构建起新的婚姻家庭关系。"③

影片以随之而来的婚后场景为切入点，并借助歌词抒发男主角对婚姻生活的憧憬："从今以后，我们将并肩同行，并且我的家将成为你的家；从今以后，我的快乐将会是你的快乐，我们将生死与共；你的美人痣，你

---

① 〔美〕尼克·布朗：《电影理论史评》，徐建生译，北京：中国电影出版社，1994 年，第 114 页。

② 〔法〕雅克·拉康：《拉康选集》，褚孝泉译，上海：上海三联书店，2001 年，第 442 页。

③ 汪许莹：《当代印度电影的世俗化建构》，《艺术百家》，2012 年第 4 期。

善良的心，你的电费，从今以后将会是我的责任；我的天空充满了梦想，我的海洋填满了快乐，从今以后，我的家就是你的家。"几件日常小事更是印证了男主角的这一誓言，勾勒出了一位关爱妻子、尊重妻子的新印度男性形象：拉克希米发现妻子每日烹饪时被洋葱熏得眼泪直流而心生怜悯，继而细心观察到祭拜时的猴神装置并获得灵感，亲自动手为妻子制作了猴神自动切洋葱机；锻炼身体、强健体魄以保护妻子，给予其更坚实的安全感；怜惜妻子操持家务的辛苦，笨拙地尝试动手洗衣服，却闹出了刷烂衣衫的囧事；为妻子制作自行车后坐垫，以提供更舒适的乘坐体验；等等。这与同样身为女性，却视月事为极度隐秘与不堪之事，大声呵斥并阻止其关心妻子的拉克希米的母亲，以及胆怯劝说拉克希米"这是习俗，不干净"，请求其不要管女人之事的妻子形成了强烈对比。不禁令观众心生疑问：如果女性自身都无法正视生理的正常反应，谁又能捍卫其生存的尊严？由此引发了拉克希米内心深处潜在的不解与疑惑，造成其对婚姻美好憧憬的错位，进而植下了"你进来了，习俗就改变了"的梦想种子。

在接下来的叙事中，影片围绕女性生理期这位丈夫呈现出的不同寻常，反复强调"生理期是女人的事，不要管女人的事"这一传统习俗警示：当拉克希米去购买护垫时，镜头特写店主偷偷摸摸地将护垫递给他。当拉克希米用护垫为受伤工友做紧急包扎时，身旁的工友惊恐万分，叫嚣着："那是女人的东西，不要用这个！"当妻子因生理期而被禁锢于家中时，窗外广场上却是一群青年男子肆意欢乐地踢球，并公开地嘲讽着这一禁忌。女性生理期犹如一座天然牢狱将统一的生存空间人为地隔离，男性越是自由与欢乐，女性越是束缚与痛苦。面对周围人对女性生理期的忌讳、排斥、蔑视，拉克希米难以理解，反复地叩问：为什么？这一声声叩问时而是他的自我思考，时而是疑惑的求解，时而是对印度社会传统陈旧习俗的质问。此时其受压抑的愿望与公众的认知、行为产生了强烈的冲击与对抗，形成了民族性与现代性的角力。

如前文所述，拉克希米开始了漫长而艰难的护垫制作实验。尽管在众人眼中，他被视为异类，但为了实现这一目标，他寻找制作材料而骑着破旧的自行车来回穿梭于小镇的大街小巷；为了冲破家人、邻里的成见与阻挠，他决然离开故里，只身一人登上了驶向大都市的汽车。交通工具的变换不仅带来了速度的提升，也隐喻了其强烈的制作愿望与反抗传统禁忌的决心。

世界是一个大舞台，被誉为"护垫侠"的拉克希米从未想到过有一天他会登上联合国的舞台，这对于他而言无疑是一场梦，他毫不掩饰地告知听众他的紧张。然而紧张的拉克希米做出了一个大胆的决定，他拒绝了翻译的协助，以自己的"拉式英语"向世界讲述他的创业经历。这一举动就表面而言正如拉克希米所述，翻译影响了他的思维，但回顾历史，印度曾作为英属殖民地，英语是其官方语言，拉克希米在整部影片中却一直使用着印地语，即便此时运用英语表达，也渗透着浓厚的民族性。这里隐喻着在印度推进现代化进程中，并非一味地否定其民族性，与之相反，印度现代民族意识建构的核心在于对其民族性的坚守。

正如先前拉克希米受到的质疑，他被认为是疯狂的、受了巫术的蛊惑，但他认为那是因为人们从不思考，只会活着，而人只要活着就会面临许多的问题，现在的印度社会充满着问题，这些问题也带来了机会。对女性而言，每月的生理期好似一场测试赛；对拉克希米而言，这场追逐梦想的创业之旅更是一场与世俗偏见赛跑的测试赛。在这场比赛中，他单纯的动机赋予了他执着的信念，像一张白纸一般可以肆意发挥想象描绘蓝图，即使历经挫折、失败也可以跌倒重来。"想象会把不知名的事物用一种形式呈现出来"①，护垫制作机器的发明，世界舞台的认可意味拉克希米守护妻子的幸福与尊严、改变传统习俗的梦想得以实现，但他并未止步于此，他在联合国舞台上为女性的尊严与地位振臂高呼："大男人、壮男人并不能让国家强大，女性强壮、母亲强壮、姐妹强壮国家才会强大。如今这一护垫机器给了女性力量，用一生制造护垫就可以成就一生的事业"，并立下了为一百万女性创造就业机会的新梦想与将带着他的"拉式英语"重返联合国舞台的誓言。

四、结　语

印度新电影在西方现代观念逐渐渗透下，将歌舞、宗教、民俗、文化等为代表的传统民族性符号作为载体，在对本土文化的批判性认同与西方

---

① 〔英〕莎士比亚：《仲夏夜之梦》，朱生豪译，北京：世界图书出版社，2013年。

现代性的选择性接受中，以现实主义的方式观照当下生活，尤其是小人物、小事件，营造出欢乐、焦虑、悲伤、幸福等复杂的综合情感体验，从而获得观众的心理认同与市场的认可，在视觉符码表达与文化认同中有意或无意地进行着现代民族意识的建构。

鲁迅在韩国：鲁迅魅力之普遍性与
永恒性的明证
——朴宰雨教授访谈录①

□张 叉 朴宰雨②

张 叉：您是国际鲁迅研究会会长、韩国世界华文文学协会会长，鲁
迅研究一直以来是您研究中的亮点，推出了《鲁迅在韩文世界》《海外知
识分子接受鲁迅影响的类型——以韩国为例》与《韩国学界对中国近、
现、当代作品中韩国人形象的发掘与研究》③等不少高质量的成果。您是
怎样萌生研究鲁迅的兴趣的？

---

① 2016 年四川省社科规划基地四川省比较文学研究基地项目"比较文学中外名
人访谈录"（项目编号 SC16E036）阶段性研究成果。

② 张叉：四川师范大学文学院教授、硕士研究生导师，四川师范大学外国语言
文学一级学科硕士点建设专家委员会第一任主任，四川师范大学第八届学位委员会外
国语学院分院学位委员会主席，四川师范大学外国语文研究所第二任所长，四川省比
较文学研究基地兼职研究员，国际期刊《美中外语》（*US-China Foreign Language*）与
《中美英语教学》（*Sino-US English Teaching*）审稿专家，国内学术集刊《外国语文论
丛》主编，四川省比较文学学会理事，成都市武侯区作家协会常务副主席兼秘书长。
主要从事英美文学、比较文学与比较文化研究。
朴宰雨（박재우）：中国古典文学博士，韩国外国语大学（한국외국어대학교）教
授，翻译家、散文家，韩国外国语大学研究生院院长，中国文学研究专家，国际鲁迅
研究会会长，世界汉学研究会（澳门）理事长，韩国世界华文文学协会会长，中国社
会科学院《当代韩国》韩方主编。发表《韩国鲁迅研究的历史与动向》等论文 70 余
篇，《鲁迅与我的初衷》等散文 20 余篇，出版《中国二十世纪韩人题材小说研究》等
专著 20 余种，《从韩中鲁迅研究对话到东亚鲁迅学》等编著 20 余种，"爱情三部曲"
等译著 20 余种。2018 年获中国作家协会"中国文学之友"称号。主要从事鲁迅与中
国现当代文学、韩中比较文学、韩国与世界华文文学研究。

③ 详见朴宰雨：《鲁迅在韩文世界》，《上海鲁迅研究》，2011 年第 3 期；朴宰
雨：《海外知识分子接受鲁迅影响的类型——以韩国为例》，《文艺报》，2013 年 9 月 11
日；朴宰雨、尹锡珉：《韩国学界对中国近、现、当代作品中韩国人形象的发掘与研
究》，《外国文学研究》，2015 年第 3 期。

朴宰雨：我上首尔大学（서울대학교）的时候，中文系设置的课程主要是讲《论语》《孟子》《三国志》及陶渊明、唐诗这些课，感到沉闷、无聊。实际上，我大学二年级第二学期的时候，韩国首尔大学有一个叫《星辰》的学报，有一个记者请我来写一篇关于鲁迅思想和文学的评论文章。我当时读中文系，但是没有听说过鲁迅。那个时候韩国对中国文学主要强调的是《诗经》和唐诗这样的古典文学，现当代文学涉及很少，所以我对鲁迅可以说是一无所知。当时鲁迅研究方面的韩文资料很有限，我东奔西走，到处查找资料，最后才写出文章来。这成为改变我命运的事情，在我了解了鲁迅之后发觉，原来中国也有这样的精神斗士，真的了不起。于是，我就开始关注鲁迅，并产生了研究鲁迅的兴趣。

张　叉：鲁迅是什么时候开始被译介到韩国的？

朴宰雨：1920 年，杨白华（양백화）翻译日本人介绍中国新文学的文章《以胡适为中心漩涡的新文学运动》，这是韩国有关鲁迅的最早介绍。但是，直到 1927 年，才真正把鲁迅作品介绍到韩国。柳树人（유수인）见到鲁迅，在得到鲁迅同意的情况下把《狂人日记》翻译成韩文，1927 年 8 月登载于《东光》（《동광》）16 号。柳树人初读鲁迅《狂人日记》，是跟着父亲流亡到中国东北读中学的时候。他和同学们一起读《狂人日记》，在懂得其真正的意义之后感动得"几乎发狂"，认为鲁迅"不仅写了中国的狂人，也写了朝鲜的狂人"，此后，鲁迅就成了他们崇拜的第一位中国人。

张　叉：您认为鲁迅比李泳禧（리영희）更伟大，鲁迅为什么那么伟大？

朴宰雨：因为韩国当时需要民主化斗争，反对军事独裁，我参加学生运动，所以对这样的斗士非常有认同感。但是，更受到影响的是写本科论文的时候，后来还受到李泳禧教授的影响。他不是中国文学专家，而是言论家、国际问题专家、民主思想家。他在 20 世纪 70 年代至 80 年代的韩国民主化运动中担任了与中国二三十年代的鲁迅一样的角色，所以我们尊称他为"韩国民主化的思想导师"。他在 20 世纪 70 年代中后期，多次提到鲁迅，说鲁迅是他的老师。我在 1974 年写过一篇有关鲁迅的文章，李泳禧教授也提到鲁迅，所以非常认同。之后，还通过日本作家，受到鲁迅的文学革命类的书的影响非常大。通过这两个人，对鲁迅的文学精神的理解又加强了，鲁迅当之无愧是更加伟大的人。李泳禧也是很伟大的，因为韩国民主化运动成功了，当时很多年轻人都受这个伟大思想家的影响，但是他经常提到"鲁迅是我的老师"。李泳禧年轻的时候提到过鲁迅对他的影响，还写了很多这方面的文章。我是第一个在韩国把李泳禧称作"韩国的鲁迅"的人。

张　又：在鲁迅所有的精神营养中，最宝贵的是什么？

朴宰雨：很多人都知道，鲁迅的批判精神是他的核心精神，但是他的批判精神比较抽象，他的批判精神里采取的是第三方的态度，不是主流或反主流的态度。鲁迅采取的是第三立场，非常深刻。第一立场当然可以有批判的对象，但是第三立场就冷静很多。第一立场，清朝通过科举考试当官，这是知识分子的第一条路；留学到日本去，日本也有很多革命分子，如孙中山；但是鲁迅选择了第三条路，就是用文笔来改革。在各种表现上，他不是马上选择主流或是反主流的立场，所以他从日本回到中国之后，到了辛亥革命的时候，基本上采取的是肯定态度，但在《阿Q正传》里他也批判了辛亥革命中实际存在的各种问题。他采取的第三种立场，这个态度不是一般的批判态度，他的批判态度非常冷静、非常独特、非常深刻。

张　又：您是第一个在韩国把李泳禧称作"韩国的鲁迅"的人，您为什么把他称作"韩国的鲁迅"？

朴宰雨：在韩国民主化运动中，很多知识分子都将李泳禧称为"精神导师"，包括以前的卢武铉（노무현）总统、现在的文在寅（문재인）总统都把他当作老师，但是李泳禧把鲁迅当作自己的老师。从很多文章来看，李泳禧是国际问题专家，鲁迅文学不一定在他的研究领域内，但是他说到自己是如何走上这样一条道路的时候，常常提到鲁迅。鲁迅在《呐喊·自序》里讲了个"铁屋子"的故事："'假如一间铁屋子，是绝无窗户而万难破毁的，里面有许多熟睡的人们，不久都要闷死了，然而是从昏睡入死灭，并不感到就死的悲哀。现在你大嚷起来，惊起了较为清醒的几个人，使这不幸的少数者来受无可挽救的临终的苦楚，你倒以为对得起他们么？''然而几个人既然起来，你不能说决没有毁坏这铁屋的希望。'"①这个故事非常有名。李泳禧在韩国反对军事独裁统治时，呼吁韩国的人

---

① 《鲁迅全集》第一卷，北京：人民文学出版社，1981年，第419页。

民、知识分子要"醒过来",继续为民族而战斗。他为此付出了八年心血,是韩国的民族英雄。李泳禧并不是研究鲁迅文学的学者,但是他能够马上抓到鲁迅思想的本质和核心精神。他通过文笔的力量,把这个精神传递给韩国知识分子或者老百姓,把它当作韩国民主化运动的精神宝库。我常常说,李泳禧在 20 世纪 70 年代至 80 年代所担任的角色、发挥的作用,就是鲁迅 20 世纪 20 至 30 年代在中国所担任的角色、发挥的作用。当然,中国和韩国的社会结构、时代命题有所不同,但是鲁迅和李泳禧的影响、角色、作用是可以这样放到一起来进行比较、分析的,把李泳禧称作"韩国的鲁迅"是恰当的。

张　叉:亚洲对日本帝国主义在第二次世界大战的罪恶的清算问题,李泳禧的看法是什么?

朴宰雨:在李泳禧看来,亚洲的问题是漠视第二次世界大战造成的伤痛,更是没有能够真正对日本帝国主义侵略的罪恶进行清算。他 2005 年去中国沈阳参加东亚问题的学术讨论会,在会上讲起日本对韩国的侵略和殖民统治,眼里射出的是愤怒的光芒。

张　叉:您刚才提到鲁迅《呐喊·自序》里"铁屋子"的故事,这让人想起您的一段坐牢的特殊经历,您能谈谈这个经历吗?

朴宰雨:1973 年,我进入首尔大学中文系读书。在刚进大学那段时间,我的心思并没有放到专业学习上,倒是把生活中主要的时间都花在参加学生抵抗运动上了。那时,正赶上朴正熙(박정희)军事政权大搞独裁统治,政府对持批判、抵抗态度的学生运动无法容忍,加以严厉弹压,这样我就被抓去坐牢了,时间不长。无论如何,参加学生运动,坐了牢房,尽管时间很短,但它对我这一辈子思考现实与历史、文学等问题,都影响很深。由于有这么一段经历,所以我对鲁迅"铁屋子"的故事感受很深,很有思想上的共鸣。这段人生经历,我准备以后写文章、出书,详细地记录、整理。

张　叉:1932 年 4 月 29 日,尹奉吉(윤봉길)在上海虹口公园行刺,炸死日本驻沪留民团行政委员长河端贞次、侵华日军总司令白川义则,炸伤日本驻华公使重光葵、日军第九师团长植田谦吉,自己因而被捕,押往日本后慷慨就义。尹奉吉是义士,而鲁迅是作家,您是如何在他们身上发现双方精神的契合点的?

朴宰雨:对于这个问题,我常常代表韩方和中方合作,在一些学术会议上进行讨论。尹奉吉在上海虹口公园刺杀日本侵略者是一大义举，因为尹奉吉的雅号是梅，后来韩国政府跟上海虹口区政府多次协商，在上海的鲁迅公园（其前身是虹口公园）里建立了梅亭，纪念尹奉吉义士。韩国人到鲁迅公园，大多要去参观尹奉吉纪念馆，中国人大多要参观鲁迅纪念馆。韩国人虽然大致明白何谓"梅亭"，但是代入感、认同感都不强；一般韩国观光客听过鲁迅大名，但亲切感不如尹奉吉，因为尹奉吉是韩国人民心中的英雄。尹奉吉是韩国的民族英雄，鲁迅是中国的思想导师，他们在同一个公园的两个纪念馆里，对此，韩中之间应该要有一种连接、一种交流。在我看来，反帝方面，尹奉吉是韩国的民族英雄，杀死日本驻沪留民团行政委员长河端贞次、侵华日军总司令白川义则，杀伤日本驻华公使重光葵、日军第九师团长植田谦吉这样的壮举，非常能证明尹奉吉的价值。以前中国国民党政府对韩国临时政府没有给予什么帮助，但是通过这个事件，中国国民党政府改变了态度，认为需要联合韩国的抗日力量，这都是尹奉吉舍生取义之后的事情。所以鲁迅和尹奉吉，一个是中国反封建思想的思想导师，一个是韩国抗日反帝的民族英雄，两人的精神是契合的。况且两人的纪念馆在同一个公园里，所以打通对话不仅是十分重要的，而且是完全可能的。

张　叉：您取笔名为朴树人，把书斋命名为树人斋，"无一不是和鲁迅有关系的"①。您能简要概括鲁迅在您心目中的形象吗？

朴宰雨：鲁迅是二十世纪东亚历史上非常重要的思想的、文化的资源。他首先是属于中国的知识分子，同时也是属于东亚的知识分子。他是在现代东亚知识界里一直备受瞩目的文学家兼思想家，是一位很难再有的历史文化向导。为东亚文学、东亚文化的未来，在东亚知识分子互相进行对话的时候，鲁迅是一个非常重要的环节。② 在我心目中，鲁迅既是老师，又是朋友。他是我灵魂深处超越时空的、我经常学习的老师，是我反思自己时标准严厉的前辈、先行者，也是我孤独时能够分担苦闷的朋友。

张　叉：韩国著名社会活动家、文学批评家任轩永（임헌영）读到鲁

---

① 朴宰雨：《鲁迅和我的初衷》，《上海鲁迅研究》，2005年第4期。

② 朴宰雨：《贴近鲁迅的原因〈韩国鲁迅研究论文集〉序》，《当代作家评论》，2005年第6期。

迅《故乡》的时候痛哭流涕，这是为何？

朴宰雨：鲁迅文学作品的魅力是普遍而永恒的，在中国有很多人喜欢，在其他国家也有很多人喜欢，其中，就包括我们很多韩国人。任轩永在读到鲁迅《故乡》的时候痛哭了一场，那是因为在抗日战争中，任轩永已经家破人亡、流离失所，丧失家园之惨痛经历使他对鲁迅的《故乡》有了最为深切的体验，从而引发内心的震颤，在感情上产生了共鸣。

张　叉：任轩永同鲁迅有什么关系？

朴宰雨：任轩永有过两次坐牢的经历，两次都同鲁迅有关。1974 年，韩国宣布紧急状态，任轩永被捕入狱，"既然坐牢，那我就在监狱里读读鲁迅吧。" 他找到了当时难以购到的五本中文版《鲁迅全集》复印版本，同翻译版本对照着苦读。任轩永第二次入狱也跟鲁迅有关。1976 年，他参加 "南民战"，行动指针依然是鲁迅。他被投入监狱，埋头学习中文，于是读《鲁迅全集》。1983 年出狱后，他最先购买的书籍就是中国的人民文学出版社为纪念鲁迅 100 周年诞辰所出版的 16 卷本《鲁迅全集》日语版译本。[①]

张　叉：韩国接受鲁迅影响的知识分子大致可以分成哪些类型？

朴宰雨：大致可以分成 "思想家型" "作家型" "学者型" 和 "一般读者型" 四类。

张　叉：何为 "思想家型"？

朴宰雨："思想家型" 又可分为 "实践性思想家型" "自由思想家型" 和 "行动上变节而心态上保持鲁迅情怀型"。

"实践性思想家型"：基本是指接受鲁迅的精神内核和思想精粹，正面接受鲁迅、崇拜鲁迅、拥抱鲁迅，从鲁迅那里获得精神力量，在自己所处的历史语境下，立足现实土壤，积极进行实践的变革指向性知识分子。

"自由思想家型"：基本是指那些虽崇拜鲁迅，但从自己需要的角度出发去接受鲁迅，或者用自己的一套思想来重新阐释鲁迅的知识分子。

"行动上变节而心态上保持鲁迅情怀型"：指那些当初崇拜革命家鲁迅或左翼鲁迅，积极支持或亲身参加反法西斯斗争或革命运动，后因受独裁权力的各种弹压与怀柔政策而转向的人。他们虽然在社会实践上有所转

---

① 夏榆：《鲁迅：在东亚的天空下》，《南方周末》，2006 年 12 月 14 日。

向，但内心深处还是保持了些许鲁迅情怀。

张　叉：何为"作家型"？

朴宰雨："作家型"指正面接受鲁迅文学并用于指导自己创作的作家。他们从鲁迅文学里学到其文学思想与创作精华，活用鲁迅作品的题材、人物形象、创作技巧等，以鲁迅为参照系指导自己的创作。还有一些在创作志趣与文学立场上与鲁迅不同的作家，尽管他们自称受到鲁迅的影响，但多误读鲁迅，或批判鲁迅的界限。

张　叉：何为"学者型"？

朴宰雨：有相当一些中文专业学者或能读懂中文的知识分子，他们认同鲁迅的思想与文学，从中切实觉悟到知识分子的使命。这类知识分子曾长期经受军事独裁统治，大都支持民主变革运动，有些人甚至还因直接参与运动而坐牢。他们研究并推广鲁迅，将鲁迅精神运用到自己的社会实践中，站在民间立场参与社会抵抗运动。民主变革运动基本成功后，他们大都回归原来的行业，不少已成为大学中文系的骨干教师，继续在价值指向上汲取鲁迅精神的养料。还有另一些纯粹研究鲁迅的学者，他们并不把鲁迅与自身所处的现实挂钩，只是站在学院派的立场去研究鲁迅。在这些学者中，也不乏一些口头上肯定鲁迅的历史文化价值，但内心却否定鲁迅现实意义的"口是心非"的学者。

张　叉：何为"一般读者型"？

朴宰雨："一般读者型"包括"从鲁迅作品中正面吸收精神营养"的读者和只为增加知识而读鲁迅作品的读者。后者体会不到鲁迅的价值与意义，而前者却因认识到鲁迅作品的价值而由衷喜欢鲁迅，或把鲁迅作品当作自己所推崇的世界经典，这类读者的不断产生正是鲁迅作品在韩国长销不衰的原因之一。

张　叉：考察韩国接受鲁迅影响的知识分子的类型有何意义？

朴宰雨：韩国相当多的知识分子，在近百年的历史中都不同程度地受到鲁迅的影响。考察韩国知识分子受鲁迅影响的不同类型，可以说一方面反映了鲁迅与韩国现代知识分子的特殊关系，另一方面又在一定意义上成为"世界各地接受鲁迅"的范例。①

---

① 朴宰雨：《海外知识分子接受鲁迅影响的类型——以韩国为例》，《文艺报》，2013 年 9 月 11 日。

张　叉：过去，鲁迅在韩国产生持久影响力的原因何在？

朴宰雨：鲁迅坚决反对封建食人统治、反对帝国主义和法西斯主义的思想和关怀被压迫民众的命运的文学，在严酷的日本帝国主义统治下呻吟的韩国人民看来，是令人在黑暗中、在绝望中能找到一线光明和希望的思想和文学，是让人产生深刻共鸣的思想和文学。韩国知识界和民众与中国不同，他们一直没有把鲁迅神格化，而基本上把鲁迅看作启蒙主义思想家兼作家。虽然不同的人对鲁迅有不同的看法，但是把他看作重视人的尊严并反对法西斯强权的高压、腐败和虚伪的进步知识分子，关怀民众，对民众"哀其不幸，怒其不争"的批判现实主义的文学家，这一点是一致的。

张　叉：现在，鲁迅是否已经过时？

朴宰雨：确实，近年来有一些人说，现在的社会条件已经改变了，没有必要再读鲁迅作品了。虽然现在韩国已经达到了一定程度的民主化，但是在全球范围内，新自由主义的霸权统治越来越严酷，我们也容易被卷进去，而且社会的两极分化也在加剧，现实世界充满了虚伪的言论。在这种情况下，如果我们把鲁迅放在仓库里而不顾，最高兴的是哪些人呢？鲁迅现在并没有过时，将来也不会。关于这一点，任轩永有过精辟的论述："现在，我们已进入了 21 世纪，我们将民族解放理论置于历史的仓库中，忙于传播世界化的福音。如果鲁迅还在世的话，他会说什么呢？丧失民族主体性的世界化可能吗？不会的。亚洲似乎重新需要鲁迅。"